DÖDENS GREPP

EN KUSLIG MORDMYSTERIEROMAN

DS TOMEK BOWEN – BRITTISK DECKARTHRILLER
BOK 2

JACK PROBYN

CLIFF EDGE PRESS

E-bokens ISBN: 978-1-80520-279-0
ISBN: 978-1-80520-288-2
Första upplagan

Besök Jack Probyns webbplats på www.jackprobynbooks.com.

KAPITEL
ETT

S enast Amelia Duggan såg lilla Annabelle Lake var när hon vinkade av henne vid skolgrinden. Skoldagen var slut, och horder av barn från Canvey Beck Primary School rann ut på gatorna med sina föräldrar. Men inte Annabelle Lake. Hon behövde inte att hennes föräldrar kom och hämtade henne. De bodde i den lilla återvändsgränden mittemot skolan, ett stenkast från ingången. En kort promenad längs vägen, gå över vid trafikljusen, och sedan var hon i trygghet.

Varje eftermiddag brukade Amelia titta på när hon gick hem, bara för att försäkra sig om att hon korsade den trafikerade gatan och att hon satte foten innanför ytterdörren utan problem.

Den här eftermiddagen var inget annorlunda.

"Har du väska och jacka?" frågade Amelia.

"Ja, fröken", svarade Annabelle.

"Och du har tvättat händerna?"

"Ja, fröken."

"Är du säker? Jag hörde att du var på toaletten för några minuter sedan."

Amelia, som anade att hon hade blivit avslöjad, fnissade barnsligt och skyndade sig sedan till toaletten. Klockan var 15.30. Skolan hade slutat för femton minuter sedan, men Annabelle hade stannat kvar, som hon ofta gjorde, för att låta de äldre årskurserna lämna skolgården. Hon tyckte inte om stora folksamlingar, de skrämde henne. Och Amelia tillbringade mer än gärna de extra femton minuterna med henne för att hon skulle känna sig så bekväm som möjligt.

Några ögonblick senare kom Annabelle Lake tillbaka till klassrummet, händerna var blöta. Hon höll upp dem i luften, och Amelia gav henne en high ten. De var de två A:na. Amelia och Annabelle, och Amelia hade funnits vid den lilla flickans sida ända sedan hon började i förskoleklass. Hon hade sett henne växa från en skygg, blyg liten person som inte hade velat vara där till ett leende, sprudlande barn som lyste upp allas dag så fort hon skuttade in i byggnaden. Trots de svårigheter hon skulle möta senare i livet tänkte hon inte låta dem hindra henne från att leva i stunden, leva i nuet.

Med hennes väska i handen följde Amelia efter Annabelle när hon tog sig nerför trappan och genom ett par dubbeldörrar. När de kom ut på parkeringen var platsen tom, bortsett från några föräldrar som väntade på att deras barn skulle bli klara med kvarsittningen. Just den skaran hade ökat de senaste åren. Hon visste inte vad som höll på att hända med stället. Och som lärarassistent hade hon ingen insyn i de intrikata detaljerna i hur skolan styrdes, hur den kördes i botten. Den senaste Ofsted-rapporten hade klassat dem som "Requires Improvement". Hon var övertygad om att vissa barns attityder och beteenden bidrog starkt till det. I alla sina tidigare jobb hade hon aldrig stött på barn som var så oorganiserade, elaka, hämndlystna och så ovilliga att lära sig som dem på Canvey Beck, en av Canvey Islands bättre skolor. Förutom Annabelle Lake, förstås. Lilla Annabelle var skälet till att hon gick till jobbet, skälet till att hon såg fram emot den skitstorm hon måste utstå varje dag. En del av henne anade att skolans totala förfall – och det ökande våld hon såg på skolgården – berodde på det senaste inflödet av invandrare och migranter på ön. Utan någon annanstans att ta vägen, och utan andra som ville hjälpa dem, hade de sökt skydd på öns sydsida i olika husvagnsområden och sociala bostäder, till de kvarvarande Canveybornas stora förtret. Hon påstod inte att de alla var rasister, men med valkretsen Castle Point bland topp tre i högst andel Leave-väljare under Brexitomröstningen var det svårt att föreställa sig någon annan anledning än en rasistisk. Inflödet av östeuropeiska barn i skolan hade stört och oroat många av de barn hon hade uppsikt över i sin klass, och bara den senaste veckan hade hon avbrutit tre slagsmål, alla mellan dem som tyckte att de förtjänade att gå på skolan och dem som de ansåg inte gjorde det. Och det märkliga var att det oftast var just de som inte hade någon annanstans att ta vägen, de som flydde sina krigshärjade länder, som presterade bättre i klassrummet. Det var oroliga tider för skolan, men barn som Annabelle Lake var hennes skäl till hopp. De inspirerade henne att fortsätta med jobbet hon hade älskat så länge. I slutet av personalparkeringen stannade de vid skolgrinden. Annabelles hus syntes bakom en låg rad häckar.

"Vi ses i morgon", sa Amelia.

"Ja, fröken. Älskar dig, fröken."

Amelia svarade att hon älskade henne också och korsade sedan armarna mot kylan medan hon såg den lilla flickan linka nerför gatan, vänta tålmodigt vid trafikljusen och sedan gå över. Hon fick syn på några av föräldrarna hon kände igen på andra sidan vägen, som väntade på sina barn, iförda västar och träningsbyxor, cigarett i ena handen, telefon i den andra.

Annabelle lunkade mot sitt hus, den överstora ryggsäcken hoppade till för varje steg och tyngde ner henne. När hon närmade sig raden av häckar körde en bil upp intill henne, och hon stannade till. Föraren var osynlig bakom blänket från den förmörkande novemberhimlen och reflexerna från de hotfulla molnen ovanför som lovade en veckas regn. Amelia granskade bilen i ett försök att stilla sin oro. Det var en Ford Fiesta. Svart, med svarta fälgar, en baslåda som pumpade musik och tonade rutor. Hon kände igen den som Annabelles morbrors bil. Han dök ofta upp för att hämta henne på måfå. Sa att det var för att hon skulle sova hos honom den kvällen.

Eftersom hon inte hade någon anledning att misstänka något annat hade hon ofta låtit Annabelle följa med morbrodern. Nu var det inget undantag. Allt som syntes av den lilla flickan var tofsarna på huvudet och toppen av ryggsäcken.

Amelia såg hur Annabelle öppnade bildörren och hoppade in.

Ett ögonblick senare svängde bilen ut ur korsningen och körde åt motsatt håll.

Åt hållet bort från hennes morbror och moster.

Åt hållet bort från hela hennes familj.

KAPITEL
TVÅ

Tomek tyckte inte om kyrkogårdar. När han tänkte efter kunde han inte föreställa sig någon som gjorde det. Förutom dem som fick betalt för att arbeta där eller frivilligt höll markerna så rena och prydliga som möjligt. Och inte ens då tyckte han att *njöt* var rätt ord. Tolererade verkade mer träffande. Ja, de tolererade det. På samma sätt som Tomek höll på att lära sig tolerera nya saker i sitt liv. Dottern han inte visste att han hade, som en eftermiddag hade dykt upp på hans tröskel; den totala leda han kände varje dag av att inte kunna arbeta medan han var avstängd i väntan på utredning. Till och med att stå ut med dag-tv hade han svårt för. Och så var det det här. Southend Cemetery. En av de största, om inte den största, samlingarna av ben och döda kroppar han hade besökt. Och han hade varit på några brottsplatser genom åren som hade försökt slå det.

Han sänkte blicken och lät ögonen falla på gravstenen.

Tony William Hunt. Han ville ha sitt kaffe kallare än klimatet.

Inskriptionen fick Tomek att le. Det sammanfattade honom till punkt och pricka.

Mannen hade varit död i fyra veckor, och på den första månadsdagen efter hans död tyckte Tomek att det var på tiden att han visade sig. Om det hade varit skuld eller sorg som hindrat honom från att komma tidigare visste han inte. Allt han visste var att han först nu började förlika sig med det som hade hänt, och att han, om han skulle kunna fortsätta sin karriär,

behövde lägga det bakom sig. Han kunde inte fortsätta leva i det förflutna, i rädsla för vad han hade gjort och hur det hade gått till.

Ett stort löv, brunt och smutsigt av regnet som hade bankat ner det djupare i marken, fladdrade mot gravstenens fot. Tomek böjde sig ner för att ta bort det, för att göra snyggt. När han reste sig från den genomblöta marken hörde han fotsteg och prasslet från en parkas. De stannade några steg ifrån honom. Och om det nu var möjligt, kände han hur lufttrycket och temperaturen sjönk några grader.

Sedan kände han en isande blick bränna i ryggen.

"Nej ..." var det enda ord som kom över hennes läppar. Följt av: "Nej ... Nej, du har inte här att göra. Nej! Håll dig borta från honom!"

Tomek behövde inte bli tillsagd två gånger. Han behövde inte heller vända sig om för att ta reda på vem som skällde ut honom för att han stod vid Tonys grav. Sedan den där dagen – den dag som Tomek vägrade att diskutera med någon annan än förnuftets röster i sitt eget huvud – hade Susan Hunt gjort sina känslor för honom mycket tydliga. Hon hade offentligt hängt ut honom i diverse Facebook-grupper, dragit hans namn i smutsen i medierna och hjälpt till att ladda sprängämnena i bomben som just nu höll på att förstöra hans karriär.

Han kunde knappast klandra henne. Han *hade* varit ansvarig för hennes makes död. Han kunde knappast lasta henne för att ha avverkat alla sorgefaser och kanaliserat dem mot honom på ett destruktivt och hämndlystet sätt.

"Hej, fru Hunt", sa Tomek lågt. Han hade händerna i fickorna och försökte hålla tonen så lätt som möjligt. Han var inte där för att bråka, inte för att provocera, han ville bara visa sin respekt och gå.

"Försvinn", sa hon. "Och dra åt helvete."

"Jag ville bara visa min—"

"Det skiter jag i. Försvinn. Du har inte här att göra."

Det stämde, under vilka normala omständigheter som helst. Men det här var inte normala omständigheter. Skulden hade fört honom hit. Skulden över att ha låtit hennes man dö när han hade chansen – hur liten den än kan ha sett ut då – att rädda honom.

Tomek tog upp något ur fickan. En portionspåse med Sainsbury's eget snabbkaffe. Tiderna hade varit tuffa på sistone, och han var inte i läge att köpa märkesvarorna – de märken som Tony förtjänade.

"Jag vet att det är hans favorit", sa Tomek och tog fram en termos ur den andra rockfickan. "Men jag tänkte att vi kunde ta en kaffe tillsammans. I det här vädret lär den inte hålla sig varm särskilt länge."

"Nej!" vrålade hon, hennes röst rullade över gravarna och störde de döda. "Du har inte rätt att komma i närheten av honom. Jag har sagt det. Om jag hittar dig här igen skaffar jag ett besöksförbud mot dig."

Gick det ens att få ett besöksförbud utfärdat mot en död person? Det visste Tomek inte. Men han ville definitivt inte stanna kvar tillräckligt länge för att ta reda på det.

Att vara den enda i världen som enligt lag inte fick befinna sig inom hundra meter från ett lik. Det skulle ha gjort hans jobb ännu svårare.

Med sänkt huvud backade han bort från graven ut på gången som skar genom kyrkogården. Susan stod där, orubblig, kroppen stel, och blockerade Tomeks väg ut. Hon tvingade honom att ta omvägen tillbaka till bilen.

"Jag vet att ni kanske aldrig kan förlåta mig, och jag vet att ni kanske aldrig vill det, men om ni kan, skulle det betyda mycket om vi kunde sätta oss ner och prata om vad som hände."

"Det skulle betyda mycket för dig, menar du", sa hon, som ett konstaterande snarare än en fråga. "Det här handlar inte om dig, så försök inte göra det. Det är du som lät honom dö, och jag hoppas att du får leva med det beslutet resten av ditt liv."

Det gjorde Tomek, och det skulle han fortsätta att göra.

Det hade inte gått en enda dag då han inte hade tänkt på det, då det inte hade ätit honom inifrån.

Men han kunde inte ens börja föreställa sig hur hon mådde. Hon saknade en make, sin själsfrände, sin livspartner. Det var långt mer allvarligt och förkrossande än den skuld han bar på. Vem var han att be om förlåtelse när det var det sista han förtjänade?

När han insåg att han utkämpade en strid han redan förlorat och att det hade varit ett misstag att komma hit, vände Tomek Susan ryggen och gick tillbaka mot bilen – varifrån han skulle åka för att träffa det andra misstaget i sitt liv.

KAPITEL
TRE

"**Ä**r du redo?" frågade han henne.
Men frågan nådde henne aldrig; de två vita öronpropparna som satt så långt in de kunde i hennes öron hindrade den från att komma fram. För att få hennes uppmärksamhet viftade han frenetiskt med handen framför hennes ansikte.

"*Va?*" väste hon när hon höll i hörlurarna mellan fingrarna och gav honom en hånfull blick.

"Handla. Vi går. Är du redo? Nu."

Fnysningen som kom ur hennes näsa var så kraftig att han nästan tog några steg tillbaka, men de senaste veckorna hade han lärt sig att stå ut med den. Faktum var att tålamodet var en av de få saker han faktiskt hade kvar.

"Jag vill inte åka och handla mat," sa hon.

"Vill du äta?"

"Jo—" började hon, men hejdade sig. "Nej."

"Jag kan tyvärr bara ta ditt första svar. Och om du vill fortsätta äta så reser du dig från soffan, tar på dig jacka och skor och följer med mig till affären."

"Du är inte min mamma."

"Nej, du har rätt. Jag är din pappa. Vilket är precis samma sak, bara med mer hår på kroppen. Och det jag säger gäller."

Kasia satt envist kvar i soffan och stirrade upp på honom, låst i en trotsig stirrtävling tills någon gav sig. I början av året hade han aldrig trott att han skulle hamna i dagliga stirrdueller och gräl med en trettonåring. Faktum är att han inte hade föreställt sig mycket av det som skulle hända. Han trodde inte att han skulle hinna både hitta kärleken och önska att han aldrig gjort det inom loppet av några veckor. Han trodde inte att han någonsin skulle bli avstängd från sitt jobb som kriminalinspektör, i väntan på utredning. Och han trodde definitivt inte att han skulle få veta att han var pappa – tretton år för sent.

Inget av det stod på hans bingobricka för året.

"Tre ..." började han, föräldraskap på det enda sätt han kände till: från den stränga polska uppväxt han hade utsatts för innan hans föräldrar hade stött ut honom ur familjen. "Två ..."

Ändå satt Kasia kvar, med trotset glödande bakom ögonen.

"Tvinga mig inte att komma till ett ..."

Som tur var ville hon i kväll varken pröva hans tålamod eller syna hans bluff. Så, med ännu en pust ur näsborrarna, gled hon ner från soffan och tog sig bort till skohyllan vid ytterdörren. Hon stoppade hörlurarna i öronen igen, och där satt de hela vägen till deras lokala Aldi. Sedan hon hade kommit in i hans liv hade hon blivit en enda sak: en belastning på hans resurser. Ekonomi, tid och allt annat. Hon hade slukat varenda vaken minut. Se till att hon kom upp och blev klar för skolan; att hon hade mat till frukost, lunch och middag; att hon hade tillräckligt med saldo på mobilen för att klara resten av månaden; att hon hade extra skoluniform efter att han hade lyckats spilla pastasås över den när han lade upp hennes mat. Det var konstant, en kulturchock av högsta rang. I tjugotvå år, ända sedan han flyttade hemifrån och bodde på olika ställen (med ex och i delade boenden med vänner), hade han aldrig behövt bry sig om någon annan än sig själv.

Ingen hade varit beroende av honom för att klara sig.

Men nu var allt annorlunda.

Och aldrig kände han det mer än när han gick mellan hyllorna på Aldi med henne.

"Vad vill du ha till lunch?"

Som vanligt satt hon med mobilen. Fastklistrad vid den där förbannade prylen. Hon satt så länge med den att han började tro att den på något sätt hade sytts fast i handen på henne.

"Vet inte", kom det typiska svaret med en typisk axelryckning.

"Strålande. Vad sägs om det här?" Tomek pekade på en burk surkål.

Hon ägnade den knappt en blick, innehållet i telefonen var oändligt mycket mer lockande.

"Vill du ha hundra pund?" sa han tvärt.

Det fick, föga förvånande, hennes uppmärksamhet. Hon lyfte blicken mot honom och ögonen blev stora. "*På riktigt?*"

"Nej. Inte alls. Nu ... surkålen. Vill du ha det?"

Hon rynkade på näsan åt burken. "Usch ... nej. Vad är det ens?"

"Rena delikatessen," sa han. "Du är till en fjärdedel polsk, så du äter polska grejer. Du bor i ett polskt hem, så du ska gilla polska grejer."

Hans pappas röst ekade i huvudet. Hans farsa, Perry, hade sagt något liknande till honom för många år sedan, när Tomek en gång hade protesterat mot att äta rödkål för tionde dagen i rad.

Föräldraskap på det enda sätt han kände till.

"Jag vill ha soppa," sa hon, och tog honom på sängen.

"Soppa?"

"Ja. Vet du vad det är? Har ni det i Polen?"

Tomek log snett. "Jag tror att du kommer att gilla Polen," sa han. "Om vi någonsin får chansen att åka. Eller om jag ens tar med dig till mina föräldrar – dina farföräldrar. De lever i princip på soppa."

Det fick henne att tystna och faktiskt engagera sig i resten av matinköpen. Även om det bara var till femtio procent fick det duga. När de slingrade sig fram genom gångarna blev hon till slut hjälpsam och pekade ut sådant hon ville äta och dricka, i stället för att göra allt till ett gräl. Det vill säga, tills de kom till hygienavdelningen.

"Behöver du något härifrån?" Tomek stirrade tomt på väggen av hygien- och hårvårdsprodukter. "Hårgel? Duschgel?"

Så mycket att välja på. Så många onödiga produkter. Alla fullproppade med marknadsföringstrams som inte betydde något. Saker han aldrig hade hört talas om, ord han var säker på att någon hittat på. Värst var det när han hade tagit henne till Boots för att fylla på sminkväskan (något han inte riktigt tyckte passade i hennes ålder, men det var mammans fel och ett gräl för en annan dag). Han hade tillbringat femton minuter med att försöka ta in den enorma mängden skit som Kasia hade att välja bland. De olika märkena som slogs om plats när de gjorde exakt samma sak. Och när de kom till hudvårdsavdelningen hade han nästan fått en hjärnblödning. Hyaluronsyra. Peptidteknologi. Alla påstod de att de gjorde något annat, något onödigt. Avstressande, anti-age. Allt var anti-nånting nuförtiden, ett förbannat slöseri med tid, och det gjorde ont att se henne gå på det i så ung ålder.

Men återigen, det var mammans fel och ett gräl för en annan dag. Ännu ett gräl han visste att han skulle förlora.

"Sedan när behöver man femton "beauty blenders"?" hade han frågat henne. Han gjorde citattecken i luften eftersom han inte kunde fatta att det fanns ett fint namn för något som i grunden var en mjuk svamp.

"De gör alla något olika," hade hon svarat skarpt.

Där var det. Det där något annorlunda igen.

"Vad exakt? Betyder den här att du kan blenda vänster näsborre medan du måste använda den andra för högersidan?"

Kasia hade suckat och trängt sig förbi honom, skyndat bort från hyllan.

"Du är man, du kommer aldrig att fatta."

"Jag försöker ju, det är därför jag frågar."

"Nej, det gör du inte. Du beter dig som ett rövhål."

Det var första gången hon hade svurit åt honom, något han inte hade haft något emot att säga ifrån om mitt i butiken. Han fick ta emot mycket skit i jobbet, han tänkte inte acceptera det hemma heller. Sedan dess hade hon inte sagt något värre än "skit", och det hade gällt läxorna i stället för honom.

Nu däremot, när de stod bredvid varandra och tittade på väggen med Aldis hudvård, anade Tomek ett nytt begynnande gräl. Han drog sig tillbaka till väggen med toalettrullar och höll tyst.

"Deodorant?" frågade han, oförmögen att låta bli.

Hon gav honom en bister blick och stormade sedan bort till gångens slut.

Tomek tog det som sin cue att följa efter, utan att avfyra någon av de stickiga kommentarer som låg på tungan.

I slutet av gången ställde de sig sist i kön och betalade sedan för matinköpen. På vägen hem åkte hörlurarna in igen, och han fick packa upp maten själv medan Kasia kröp ihop till en boll i soffan och scrollade på sin telefon.

TikTok, antagligen. Eller Snapchat. De verkade vara grejen nuförtiden, och han hade ingen koll på dem. Inte på något mer ingående sätt i alla fall.

Allt han visste var att det definitivt inte var en trygg plats för henne att vara på. Men han hade inget alternativ att erbjuda. Inte om hon nu inte ville börja titta på foton av lik och läsa utredningsanteckningar om seriemördare och mördare.

När han var klar med att packa upp maten stack han in huvudet genom köksdörröppningen och fann henne sittande vid skrivbordet vid fönsterbrädet. Hon stirrade på ett papper.

"Är allt okej?" frågade han henne, lite försiktigt.

"Jag ... jag har hemkunskap i morgon."

"Jaha. Vad är det?"

"Där vi lagar mat på lektionen."

"Och någon får lön för att lära ut det, eller?"

Hon nickade.

"Okej. Vad behöver du att jag gör åt det?"

"Tja, jag behöver en massa ingredienser. Kål. Morötter. Lök. Majonnäs."

"Herregud. Vad ska du göra?"

"Coleslaw, tror jag."

Tomek tänkte på burken coleslaw som stod i kylen. Försökte låta bli att bli irriterad, även om han redan anade vart det barkade.

"Okej ..."

"Men jag behöver ingredienserna."

"Det har vi inte."

"Jag behöver dem."

"Synd," sa han.

"Men om vi glömmer ingredienserna sa Mrs Shaw att vi får kvarsittning."

"Då skulle du kanske ha tänkt på det när vi var i affären. Vi åker inte tillbaka. Du får förklara för Mrs Shaw att du inte har ingredienserna och att du tar med dem nästa gång."

"Men ..." Hon försökte protestera men orden dog på hennes läppar.

Tomek visste att hon hade gjort det här med flit. För att ge igen för något. Av ren trots. För att hämnas för vad han än kan ha sagt eller gjort de senaste dagarna. Eller så var det helt enkelt hennes sätt att långsamt ge igen för de tretton år av hennes liv han hade missat. De han inte ens hade vetat om. Hon ville få honom att framstå som en dålig pappa, en värdelös farsa som inte var beredd att åka tillbaka till affären för sin egen dotters utbildning.

Inte för att lära sig laga mat direkt utgjorde någon utbildning. Och det hade hon helt rätt i. Han tänkte inte åka tillbaka till affären, inte när hon hade känt till det i en hel vecka.

Dessutom var det så här hans föräldraskap såg ut. Han hittade på det efter hand.

Föräldraskap på det enda sätt han kände till.

KAPITEL
FYRA

I de veckor som gått sedan Tomek senast hade sett DCI Nick Cleaves, hade mannen tappat det lilla hår som fanns kvar på huvudet, och ljudet av hans tunga, uppgivna andetag hade fördjupats. Som om han suckade vid varje utandning. Mötet för att diskutera hans avstängning hade funnits i Tomeks kalender i nästan en vecka nu, men han hade nästan glömt det. Det hade fullständigt fallit honom ur minnet, tack vare tankarna på kål, morot, lök och majonnäs som simmade runt i huvudet kvällen innan. Det var först när Kasia ganska artigt – och rätt överraskande – hade frågat vad han hade för planer för dagen som han kom på det.

"Du är sen igen", kommenterade Nick när han öppnade dörren till sitt kontor. "Jag hade kunnat tro att du under den där semestern din faktiskt skulle ha lärt dig att passa tider."

Tomek stängde dörren bakom sig och dämpade kollegornas röster på andra sidan. "Jag skulle inte kalla det här en semester, chefen", sa han. "Snarare en levande mardröm."

"Är det så illa?"

Tomek slog sig ner mittemot mannen och lade händerna över magen, flätade samman fingrarna.

"Jag håller på att bli galen hemma", började han. "Det finns bara så många gånger jag kan damma av fönsterbrädan och städa badrummet. Jag har nästan dränkt mina bonsaiträd för att jag har vattnat dem så mycket. De förbannade sakerna har tur som lever efter det som hände dem, och nu håller jag nästan på att ta kål på dem för att jag inte vet vad jag annars ska göra av mig själv. Jag har tappat min känsla av mening."

"Har inte det där fokuset flyttats över till Kasia?" Nick vek händerna över sin större, bulligare mage och gjorde efter Tomek. Nicks var resultatet av åratal av stillasittande bakom ett skrivbord och ett ohälsosamt beroende av smördegsrullar med korv, medan Tomeks var resultatet av de senaste veckorna. Ibland blandade han ihop tristess med hunger och kom på sig själv med att vräka i sig snacks och ta en öl på kvällen om han var på humör, vilket han oftast var.

"Kasia är okej", svarade han.

"Det var inte det jag frågade."

"Jag vet. Men Kasia är okej."

Nick suckade, vilket fick ett leende att sprida sig över Tomeks ansikte. Det var en av de saker han hade saknat mest med att vara borta från kontoret: den berömda Nasty Nick-sucken, så kraftfull och ljudlig att effekterna kunde märkas på andra sidan jordklotet. Förmögen att orsaka cykloner i väst och flytta tektoniska plattor i öst.

"Hur har ni två... *kommit överens?*" Tvekan i Nicks röst var tydlig. Kanske påminde samtalet honom om den struliga relationen till sonen, och sonens senare beslut att gå med i de väpnade styrkorna.

"Vi kommer överens så gott man kan vänta sig. Vi är inte bästa vänner, men—"

"Ni ska inte vara vänner", svarade Nick. "Ni ska vara far och dotter. Ett lag."

Nick hade inte bara en son han inte längre pratade med, han hade också två döttrar, båda i ungefär samma ålder som Kasia. En del av Tomek kände för att vara ärlig och bekänna för mannen han respekterade så mycket, be om hjälp och vägledning. Men den andra delen av honom ville inte erkänna att han inte hade en aning om vad han höll på med. Han ville inte erkänna att han började känna agg mot Kasia och allt hon stod för: hans katastrofala relation med hennes mamma, den omvälvning hon orsakat i hans liv och den osäkra framtid som väntade dem båda. Det ville han inte erkänna för sin chef. Vem som helst utom sin chef.

"Vi kommer dit så småningom", sa han till Nick, även om han inte trodde på sina egna ord.

"Hm. Det är jag säker på att ni gör. Under tiden kanske jag kan fylla det svarta hål i ditt liv som frånvaron från jobbet har skapat..."

Tomeks ansikte lyste upp, och plötsligt verkade rummet bli en nyans ljusare.

"För två dagar sedan kidnappades en ung flicka utanför en skola på Canvey", började Nick. "En lärare såg henne lämna skolan och sedan hoppa in i baksätet på en Ford Fiesta, precis utanför hennes eget hus. Först tänkte hon inte mer på det, men när flickans mamma kom över till skolan och frågade var hon var, då slog de larm. Det har gått fyrtioåtta timmar och hon har fortfarande inte dykt upp."

Tomek nickade, helt uppslukad av Nicks ord och av den förväntan som bubblade i honom. Förväntan över att något hemskt hade hänt någon och att han kunde dra på sig sin superhjältedräkt och rädda dagen.

"Vi har sedan lyckats hitta bilen hon fördes bort i", fortsatte Nick. "Den dumpades på en gård uppe i trakterna av Maldon – Latchingdon, för att vara exakt. Bilen är registrerad på en Bradley Baxter, men den verkar ha blivit stulen. Mr Baxter anmälde bilen stulen samma dag."

"Och jag antar att det inte fanns några spår av flickan?" frågade Tomek. Medan han hade lyssnat hade hans tankar målat upp bilder av den lilla flickan som steg in i bilen och kördes till ingenstans. Sedan togs ut och... tja, han ville inte låta fantasin skena än.

"Ja och nej", svarade Nick. "Vi hittade Mr Baxters DNA i bilen, som väntat. Vi hittade också den lilla flickans. Vi hittade dessutom Baxters flickväns DNA... och så fanns det ett till, kopplat till en ung kvinna. Det visar sig att Mr Baxter hade haft en affär med den unga kvinnan och att hans favoritplats var baksätet på bilen."

Tomek fnissade. "Vem sa att romantiken var död?"

"Det säger nog mer om dagens ungdom," svarade Nick. "På min tid var bilarna inte tillräckligt bekväma för sånt där."

"Jag trodde inte att det fanns bilar på din tid?"

Nick gav Tomek en föraktfull blick.

"Så det fanns inga spår efter kidnapparen?" frågade Tomek.

Nick skakade på huvudet. "Det var som om hon själv hade satt sig i bilen och kört hela vägen ensam."

"Vad heter hon?"

"Annabelle Lake." Nick sträckte sig över till andra sidan av skrivbordet och räckte Tomek en tjock akt. Även om fallet bara var ett par dagar gammalt hade teamet redan samlat på sig en mängd information. "Vittnesmål från föräldrar och förbipasserande som var utanför skolan när hon fördes bort. Hennes föräldrar, släktingar. DNA-rapporterna vi redan har fått fram. Allt finns där i."

Tomek tog emot handlingarna från Nick varsamt, nästan högtidligt, som om en oförsiktig rörelse kunde få pärmen att fatta eld när som helst.

"Betyder det här att jag får komma tillbaka?" frågade Tomek, utan att kunna dölja ivern i rösten.

"Inte än."

Och då föll allt tillbaka med ett brak.

"Åh."

"Jag delar bara det här med dig för att vi verkligen skulle behöva din hjälp. Bara så att du kan läsa igenom och bekanta dig med anteckningarna."

"Varför just jag?"

"Därför att du är bra på sånt här, med tanke på vad som hände förra gången. Att rädda barn är din grej."

Tomek lutade huvudet åt sidan och log spydigt. "Du får mig att framstå som någon sorts barnviskare..."

"Nej, du har rätt", började Nick. "Du behövde ju inte ens säga något, och Kasia damp ner på din tröskel."

Stämningen i rummet föll omedelbart samman. Tomek höll andan medan han tryckte ner vreden som just hade skjutit i blodet.

"Jag... jag är ledsen, kompis. Det där var över gränsen."

Tomek sa ingenting. Bättre att låta honom vältra sig i sin egen ånger.

"Hur går det med min avstängning?" frågade Tomek snabbt. Han ville inte stanna i rummet mycket längre.

"IOPC överlägger fortfarande. Allt hänger på ditt ord mot Katies."

"Det där vet jag. Jag trodde du skulle ha något mer användbart åt mig."

Nick lutade sig fram i stolen och vilade armbågarna mot skrivbordet, ljuset speglade sig i hans flint. "Fast jag tror att det finns ett inofficiellt sätt för dig att skynda på processen och få den att tippa till din fördel... Och jag tror att du vet vad det är."

Det skulle inte bli lätt. The Independent Office for Police Complaints, den oberoende instans som utreder felaktigt agerande av tjänstgörande poliser, höll för närvarande på att avgöra mellan två saker: det första gällde ett falskt Instagramkonto som hade skapats i hans namn och använts för att skicka sexuellt explicita bilder av honom själv till en minderårig flicka, och det andra var huruvida Detective Inspector Tony Hunt hade varit död när Tomek hittade honom, eller om han hade låtit mannen dö för att kunna jaga gärningspersonen. Gärningspersonen ifråga var Charlotte Hanton, eller Katie Norton-Downs som han hade känt henne, kvinnan som Tomek hade släppt in i sitt liv och i sitt hem.

Den enda som kunde stoppa utredningen och få den att vända till hans fördel.

"Jag ska tänka på det", sa han till Nick.

"Bra. Svälj bara stoltheten och gör det som behövs. Då är du tillbaka på nolltid."

KAPITEL
FEM

E fter att ha fått veta att han skulle behöva konfrontera kvinnan som satt hans karriär på spel, kände Tomek att han behövde en drink. Så, på väg ut från Nicks kontor, drog han ihop gänget och sa åt dem att möta honom på puben runt hörnet från stationen.

The Last Post hade varit ett stamställe för Tomek under de tidiga åren av hans karriär, och det hade varit det sista stället en av hans vänner besökte innan han mördades. Men trots de negativa känslor som var förknippade med det, hamnade han fortfarande där på kvällarna efter ett långt och slitigt pass. Ibland var det helt tomt, eftersom alla studenter och ungdomar hade gått vidare till nattklubbarna, eller så drogs de med i allt ståhej. Omringad av hundratals fulla och högljudda tonåringar som hanterade alkoholen illa och gjorde sitt bästa för att flirta med så många som möjligt av det motsatta könet.

I kväll var det dock vardag, och alla ungar med falska leg låg nerbäddade.

Tomek satt och vårdade sin andra pint när dörrarna öppnades. In klev DS Sean Campbell, Tomeks närmaste vän, DC Rachel Hamilton, teamets senaste rekryt, och DC Nadia Chakrabarti, kvinnan han betraktade som sin kontorsmorsa, trots att hon var några år yngre än han. I kväll var de nästan vardagligt klädda, i jeans och skjortor, med det uppenbara undantaget Nadia, fem månader gravid, som bar en klänning över gravidmagen. Det var skönt att se dem igen, utanför kontoret. Även om det bara hade gått några veckor, hade det känts som flera år. Flera år bort från hans utökade familj.

När de hade slagit sig ner i ett bås, undan från de andra medelålders männen i det hörnet av puben, erbjöd sig Sean att ta nästa runda.

"Vill du ha en tredje?" frågade Sean Tomek.

"Gärna."

Nadia nickade mot det halvfulla glas han höll skyddande i händerna.

"Har det varit en tuff dag, eller?"

Tomek himlade med ögonen. "Det kan du inte ana."

"Vad hade Elaka Nick att säga till sitt försvar?"

"Du vet hur Nick är. Han andas mer än han säger något. Men den här gången var han förvånansvärt pratsam. Han berättade om Annabelle Lake, delade ärendefilerna med mig..."

"Stackars tjej", sa Rachel och stirrade ner i ölfläckarna på bordet. Håret föll fint från hennes axlar och hon hade fått ett nytt inslag i ansiktet: ett par leopardmönstrade glasögon. "Jag kan inte föreställa mig vad hon går igenom."

"Har ni hört något från kidnapparna överhuvudtaget?" frågade Tomek. "Har de ställt något krav på lösensumma?"

Båda kvinnorna skakade på huvudet. Sedan tog Rachel av sig glasögonen och stoppade ner dem i ett litet fodral. Det var hennes egen variant av att släppa ner håret. Och bra tajmat dessutom, för i nästa ögonblick kom Sean tillbaka med drinkarna. En till pint Peroni åt Tomek, en pint Guinness var åt Sean och Rachel, och en pint cola åt Nadia.

"Är du den som kör i kväll?" frågade Tomek henne.

"För det närmaste året och lite till, ja. Men tro inte att det betyder att du kan bjuda in mig varje gång bara för att få skjuts hem", svarade Nadia och lade en hand på magen.

"Det ska jag komma ihåg." Han sträckte sig över och lade handen på hennes mage. Den kändes fast och märklig att ta på, som en jättestor böld som växte i henne. "Hur går allt?"

"Bra", svarade hon. "Gjorde ett ultraljud häromdagen. Allt är perfekt, allt är friskt."

Just som han skulle svara kände han något peta honom i handen. När han insåg att det var Nadias baby som sparkade till, drog han undan handen och skrek. "Den sparkade!"

"Nej, nej, nej – inte *den*. Hon... *hon* sparkade."

"Du ska få en flicka?"

Nadia nickade. "Nu kan jag komma till dig för råd när hon är i samma ålder som Kasia."

Där kom det. Kasia. Han undrade hur lång tid det skulle ta innan samtalet gled över på henne. Rekordfort. Det var det enda folk verkade vilja prata med honom om nu. Ingenting om Charlotte, ingenting om Tony, ingenting om sömnlösa nätter, ingenting om bilderna han såg för sitt inre varje gång han blundade: vännen som hängde där, blödde till döds, halvnaken, upphängd i ett rep. Ingenting om hur hans psykiska hälsa blev sämre. Ingenting om hans ökade beroende av alkohol för att orka hantera det.

Inget sådant alls.

Bara Kasia.

Allt om Kasia.

"Nå, då så", började han och gav upp. "Låt oss ta det på en gång."

"Ta vad då?" frågade Rachel. Lampan ovanför fångade hennes bruna ögon och fick det långa rödbruna håret att glimra. Det var antingen alkoholen som talade, eller hans genuina känslor, men plötsligt tyckte han att hon var rätt attraktiv.

"Jag och Kasia. Kasia och jag. Ställ alla era frågor så är det ur världen."

En tystnad lade sig över bordet medan de vägde det lämpliga i vad de skulle säga. I en enda klunk svepte han den andra pinten och vände uppmärksamheten mot nästa som Sean just köpt åt honom.

"Det här är er enda chans", sa han och kämpade ner en rap.

Det räckte för att få fart på dem. Sean tog ordet först och ställde den självklara frågan.

"Hur har det varit att bo med henne?"

"Skit", svarade Tomek. "Lägenheten är inte stor nog för oss båda. Jag har fått tillbringa de senaste fyra veckorna på soffan medan hon lever lyxliv i min säng. Hennes grejer är *överallt*, och min del av garderoben har reducerats till det jag får plats med på en enda galge. Hennes skolböcker ligger över hela matbordet och mitt skrivbord. Jag kan inte fisa när jag vill, jag kan inte ens äta mina jordnötter längre eftersom hon är extremt allergisk och bara synen av dem triggar henne. Jag kan inte titta på det jag vill på tv för att hon alltid har något hon vill se – även om hon inte tittar utan bara är klistrad vid mobilen i stället. Och det är en annan sak – hon pratar inte; hon tillbringar mesta tiden med att scrolla på telefonen. Jag tror inte det dröjer länge innan hennes ögon blir fyrkantiga. Hon vill inte berätta hur dagen i skolan varit. Hon kommunicerar inte med mig. Och vi bråkar mycket. Det är som när man först flyttar ihop med sin flickvän. Det är en *riktig* ögonöppnare."

Tomek tog en ny klunk, längre den här gången, för att lugna ner sig. Han var glad att få det ur sig, det kändes som att en tyngd lyftes. Det var allt sådant han hade känt sedan dagen då hon flyttade in. Ändå hade han inte kunnat uttrycka det för någon. Och han kände att han kunde lita på de här tre, mer än på Nick, sina föräldrar eller någon annan han kände.

Sean lade handflatan på bordet, som en signal om att han ville prata först. "Det här låter kanske som en dum fråga, men hon är definitivt din, eller hur?"

Som om hon vore ett föremål han ägde.

"Ja", svarade han kort.

Strax efter att hon dykt upp oinbjuden på hans tröskel hade Tomek känt sig tvungen att bekräfta faderskapet med ett DNA-test. Han hittade ett på nätet, tog proverna hemma och skickade in dem för analys. Inom tjugofyra timmar var han nittio pund fattigare och en okänd dotter rikare. Han tyckte inte att de tog ut varandra.

"Vem är mamman?" frågade Rachel.

Tomek hade inte velat gå in på det, men så mindes han att han hade lovat att de fick ställa alla frågor de ville.

"Anika Coleman." Han tog en ny klunk för att samla mod att fortsätta. "Vi hade gått i skolan tillsammans och sen blev det liksom bara så. Hon var en av de coola då, folk kastade sig för hennes fötter, och till slut lyckades jag hamna med henne. Men det var de värsta sex månaderna i mitt liv. Hon behandlade mig som skit, var otrogen med någon snubbe, och sedan slutade det med att hennes morbror dödade två av mina polare."

"Oj..." kom Rachels dämpade reaktion.

"Och sen slog han mig dessutom medvetslös och hängde mig över en järnvägsbro", lade han till, som om det var en eftertanke, en liten detalj på slutet. "Som tur var lyckades jag ta mig ur den lilla pärsen med bara en skråma, men jag har varken hört eller sett något av hennes morbror sedan dess. När jag kom tillbaka till lägenheten vi delade då var Anika spårlöst borta, så jag tog mina grejer och drog. Jag hade inte pratat med henne på tretton år... tills nyligen. Det visar sig att hon sitter i fängelse nu för narkotikabrott och det fanns ingen annan för Kasia att gå till."

En förstummad tystnad lade sig över bordet. Tomek fyllde den med ljudet av klunkar ur glaset och en lite för hård sättning mot bordsskivan.

"Jag..." började Nadia. "Jag vet inte vad jag ska säga, Tomek."

"Inte mycket du kan, egentligen."

"Jag är chockad..."

"Hur tror du att *jag* känner mig?"

"Nej, inte över det. Jag är chockad över det du sa innan. Hur kan du säga sådana saker om Kasia? Hon har inte bett om att hamna i den här situationen. Och ja, ja, jag vet att inte du heller har gjort det. Men ni är i den nu, båda två, så du får hålla tyst och bara ta tag i det. Du vet att jag älskar dig och allt det där, men av vad du just sa låter det för mig som att du behöver växa upp, och det fort. Det här är mycket värre för henne än för dig. Du är vuxen, du kan bearbeta saker, du kan hantera dem bättre än hon kan. Hon är bara ett barn."

Tomek kunde inte förmå sig att möta hennes blick. Som ett bortskämt barn som fått sin första utskällning. Han kunde faktiskt inte förmå sig att möta någon av deras blickar.

"Just nu är hon nog skrämd och rädd. Hon har inte sin mamma längre, och nu har hon fått dig påprackad. Hennes pappa. Oavsett om du gillar den titeln eller inte. Och just nu måste du kliva fram och reda upp din skit. Ingen kräver att du ska vara världens bästa pappa – och det vet hon inte ens vad det är, så hennes förväntningar kommer inte vara så höga. Du ska bara vara den pappa hon behöver, inte den pappa hon vill ha. Då tror jag att ni kommer fungera alldeles utmärkt."

Tomek sjönk ihop lite i sätet. Det var bara en liten rörelse, men alla vid bordet märkte den. Han visste innerst inne att det hon sagt var rätt. Mer än rätt, faktiskt. Det var precis det han behövt höra. Nu återstod bara att ta till sig rådet och omsätta det i praktiken.

Det skulle vara lättare sagt än gjort.

"Jag hatar att säga det, Nads", sa han. "Men om du är så hård mot ditt barn, vill jag inte ens tänka på hur framgångsrikt det blir när det blir stort."

"*Hon!*" skrek hon honom i ansiktet och slog handen i bordet. "När *hon* blir stor!"

KAPITEL
SEX

D et hade tagit Tomek drygt en dag att fatta ett beslut. Och sedan hade det tagit ytterligare två dagar att få hans besöksbokning godkänd. Under tiden hade Nick och teamet inte kommit närmare att hitta lilla Annabelle Lake och började känna att de hade tömt alla sina möjligheter. Möjligheter som Tomek inte var benägen att ägna sin uppmärksamhet åt. Åtminstone inte just nu.

Inte när han hade ett namn att rentvå.

Larmet surrade i sin bur uppe i taket och meddelade att det var dags att gå in.

Besökstid på HMP Send, i Woking, högsäkerhetsfängelset i hjärtat av Surrey.

Dörren i andra änden av väntrummet öppnades och Tomek, tillsammans med de andra besökarna, hasade sig tveksamt genom dörren, en anstrykning av bävan och oro låg i luften, som om det var de som skulle bli inspärrade.

Tomek böjde på sig i dörröppningen och lät blicken svepa över besöksrummet. Charlotte Hanton, eller Katie Norton-Downs som han en gång känt henne, hade vid ett tillfälle varit hans livs kärlek. Hon hade snubblat in i den av misstag, stannat kvar, fått honom att bli kär i henne och sedan försvunnit, samtidigt som hon slet ut hans hjärta. Utom att det inte alls hade varit ett misstag. Snarare ett smart och manipulativt upplägg för att hålla sig nära trippelmordsutredningen han arbetade med.

Han fick syn på henne. Hon satt med ryggen mot honom, brunt hår som föll ned till mitten av ryggen och täckte den grå träningsoveralltröja hon tvingades bära.

Han tog sig fram till henne.

Så fort han såg hennes ansikte försökte han trycka ned soppan av känslor som bubblade inom honom. Vreden, förbittringen, sveket, sårigheten, smärtan. Den rest av kärlek och ömhet som ändå fanns kvar någonstans i maggropen, trots att han visste att den inte borde. Trots allt hon gjort mot honom kände han fortfarande medlidande med henne. Hans livs kärlek satt i fängelse. Det var inte så det skulle vara. De skulle ha hållit ihop, kanske till och med gift sig.

Men deras vägar hade gått åt helt olika håll.

"Tomek..." sa hon, med rösten som en frestande viskning. Hon log mot honom och blottade tänderna.

Det där leendet. Han fick inte. Han hade alltid fallit för *det där* leendet...

"Hej, Charlotte", sa han och försökte låta så kall han bara kunde. "Du ser bra ut."

"Tack", svarade hon och lät blicken glida över sin träningsoverall som om hon ville försäkra sig om att hon såg samma outfit som han. "Det betyder mycket för mig. Jag uppskattar det. Särskilt när det kommer från dig." Hon lade en hand på bordet mellan dem, med handflatan uppåt.

Tomek vågade inte titta på den. För om han gjorde det visste han att viljan att röra vid den och fläta in sina fingrar i hennes skulle bli för stark.

Efter en liten stund fattade hon vinken och drog tillbaka handen en aning.

"Hur har du haft det?" frågade hon.

Tomek tvekade ett ögonblick och vägde beslutet att ta upp Kasia i samtalet.

"Uttråkad", svarade han.

"Jag har hört att de har stängt av dig?"

Tomek nickade.

"Det måste göra dig galen. Du var alltid så besatt av ditt jobb."

"Och av goda skäl."

"Jag har också hört att du har fått en liten överraskning på dörrmattan."

Tomeks hjärta hackade till. Han höll andan. Funderade...

Hur visste hon? Hur kunde hon ha vetat?

"Hur...?"

"Jag hoppas att du inte tar illa upp för intrånget", sa hon och sänkte rösten en aning. "Men några av kvinnorna här inne gjorde mig en tjänst. Jag ville se om du var okej. Som tur är har de folk på utsidan som är skyldiga dem några tjänster, så de kallade in dem. Allt är väldigt cirkulärt i den här världen."

Dussintals tankar for genom huvudet. Han försökte minnas om han sett något misstänkt utanför huset, någonstans längs gatan. Samma ansikte två gånger. Samma bil som stått där i några dagar. Samma bil som inte hade något där att göra.

Han kom inte på något.

"Har du följt efter mig?"

"Bara en eller två gånger!" sa hon, som om det gjorde saken bättre. "Jag behövde bara veta att du klarade dig."

"Jag har inte haft tid att bearbeta det", ljög han. Kvällarna när han legat vaken kunde vittna om motsatsen.

"Det förvånar mig inte." Leendet återvände till hennes ansikte, och hon strök en tjock hårslinga bakom örat. "Du får berätta allt om henne. Jag vill veta vad hon heter, vad hon är intresserad av. Du sa aldrig att du hade en dotter."

"*Du* sa aldrig att du hade en dotter", svarade Tomek, och giftet började sippra fram i rösten.

Där han satt blev han allt mer obekväm. En av kvinnorna i rummet hade skickat någon till hans hem. De hade sett honom, spionerat på honom, kanske till och med lyssnat på hans samtal. De hade trängt igenom hans bubbla av privatliv och spräckt hans trygghet. Inte bara det, de hade spräckt Kasias trygghet också. Det gick inte att veta vilka vridna och lömska saker Charlotte kunde ha planerat för dem båda. Gud visste att hon var kapabel till det.

"Jag vill inte ha dig eller någon du känner i närheten av min lägenhet eller i närheten av min dotter", väste han. "Förstår du? Det där är ett stort jävla nej. Och jag tänker inte tolerera det."

Charlottes pupiller vidgades, och hennes huvud lutade åt sidan. I det ögonblicket såg hon några år yngre ut – och betydligt mer attraktiv. "Tomek, älskling. Jag skulle aldrig. Jag sa hela tiden att jag aldrig ville skada dig. Bara lära dig. Bara förändra dig... Och det fungerade, eller hur?"

Tomek sänkte blicken mot knät. Det var en fråga han hade brottats med flera gånger, mitt i natten, medan han stirrade upp på gardinerna som glödde i en djup nyans av orange när ljuset utifrån försökte pressa sig igenom dem. Hon hade förändrat honom, ja. Hon hade fått honom att se hur pedofiler och våldtäktsmän var sjuka människor, människor som inte gick att hjälpa hur mycket stöd och råd de än fick. Hon hade fått honom att se att hans kollega, som hon hade trott ingick i samma onda krets, led av samma sjukdom. Hon hade fått honom att ändra sina övertygelser så att han lämnade mannen där att dö, att utstå den vedergällning han tyckte att han förtjänade.

Tomek slöt ögonen.

Men han hade inte förtjänat det. Inte alls. Tony hade inte varit någon pedofil eller våldtäktsman. Han var motsatsen. En hårt arbetande och hängiven kriminalinspektör som hade satt sig i den svåra positionen att låtsas vara ett monster. Han hade använt sig själv som bete för att locka fram mördaren. Och det var han som hade fått betala priset.

Och det hade Tomek också.

Han hade låtit någon dö.

Sin egen vän, sin egen kollega. Och det beslutet skulle han bära med sig resten av livet.

Han lyfte blicken mot Charlotte och mötte hennes blick.

"Du fick mig att se mycket", svarade han.

"Och det var allt jag ville. Jag ville bara att du skulle... *förändras*. Alla klarar inte det, men du gjorde det. Jag visste att du hade det i dig."

"Jag vill ändå inte ha dig i närheten av mig eller min dotter."

Ett sken glimmade i Charlottes ögon. "Du får berätta allt om henne. Jag vill veta allt."

"Det finns inget du behöver veta", svarade han, och irritationen steg snabbt. Samtalet rörde sig inte framåt, och det gillade han inte. "Hur är det med *din* dotter, va? Hur är det med lilla *Caitlin?*"

När hennes dotters namn nämndes spände Charlotte sig och hennes uppsyn sjönk. Hon sänkte axlarna och vände uppmärksamheten mot resten av rummet, oförmögen att möta hans blick.

"Vi har inte pratat sedan jag kom hit. De låter mig inte."

"Vet du var hon är?"

"Socialtjänsten. Ett fosterhem någonstans."

Tomek nickade eftertänksamt. Även om han inte hyste några sentimentala känslor för flickan kunde han ändå inte föreställa sig hur hon måste ha haft det. Ett liv utan pappa. Ett liv med två mammor som visade sig vara mördare. Och nu ett liv av ensamhet och sorg.

"Varför har du kommit i dag, Tomek?" frågade Charlotte och korsade armarna över bröstet. Frågan överrumplade honom. "Du har inte kommit för att träffa mig, det är säkert. Inte medan utredningen fortfarande pågår. Jag är säker på att du har riskerat mycket för att vara här... så varför är du här?"

"För att se om jag kan få dig att ta tillbaka dina uppgifter och ditt vittnesmål." Han tog på sig yrkesrollen och stängde ute all känsla och sentimentalitet. Det var dags att prata allvar. "Min karriär är körd, tack vare dig. Och jag behöver att du gör det rätt igen. Du står i skuld till mig."

Charlotte funderade på detta en stund. Hon höll blicken fäst vid hans, deras ögon låsta i en osynlig och outtalad kamp. Tomek vacklade inte, vek inte undan.

"Vad behöver du av mig?" mumlade hon.

"Jag behöver att du tar tillbaka allt du har sagt, all bevisning du har lagt fram mot mig. Jag behöver att du säger till dem att jag aldrig skickade de där meddelandena, att jag aldrig skrev till den där skolflickan. Och jag behöver att du säger till dem att Tony redan var död när jag kom dit. Det är ditt ord mot mitt, och hittills vinner ditt."

Charlotte fortsatte att fundera, och den här gången kunde han se kuggarna i hennes hjärna arbeta med beslutet medan ansiktet fick en glasartad blick av tankearbete.

"Vad får jag i gengäld?"

Tomek himlade med ögonen. "För helvete, Charlotte. Det finns ingenting du kan vinna här, ingenting att tjäna. Du sitter fast här. Du kommer aldrig ut från det här stället. Så vad har du att förlora? Om du fortfarande brydde dig om mig... skulle du göra det här."

Det nonchalanta försöket till utpressning gick inte obemärkt förbi.

"Jag vill ha något i gengäld."

Sucken lämnade Tomeks näsborrar innan han hann hejda den. "Vad? *Vad* är det du vill ha i gengäld?"

"Ett meddelande. Jag vill att du lämnar vidare ett meddelande."

Tomek stelnade medan han lyssnade, redan medveten om vart det här var på väg.

"Caitlin", sa hon. "Jag behöver att du pratar med min lilla flicka. Du är pappa nu, du kan föreställa dig hur det är för mig att vara utan henne. Hon är min bebis, hon är allt jag tänker på. Jag måste veta att hon mår bra, och jag behöver att hon vet att jag älskar henne. Att jag alltid kommer att älska henne."

"Det är allt?"

Hon nickade.

"Så du säger att allt jag behöver göra är att hitta din dotter, säga till henne att du älskar henne, och sedan tar du tillbaka dina uppgifter?"

"Ja."

Det verkade för bra för att vara sant. Men han var inte i position att förhandla med henne. Med tanke på hur liten uppgiften var kunde han inte se något problem med den.

Men varför kändes det ändå som om en del av honom slöt en pakt med djävulen?

"Om du gör det för mig så kommer jag att säga dem allt du vill att jag ska säga. Innan du vet ordet av är du tillbaka på jobbet och fångar skurkar igen."

Ja, tänkte Tomek och kämpade för att hålla tillbaka leendet. *Fånga sådana som du.*

KAPITEL
SJU

B egreppet gott och ont hade alltid förvirrat Tomek. Gränsen mellan
rätt och fel hade ofta suddats ut genom åren i takt med att hans
uppfattning förändrades, inte minst sedan han beslutat att lämna Tony att
dö mitt i ett litet båthus.

Gjorde det honom till en skurk? Eller gjorde det honom till hjälten
eftersom han var den som tog fast skurkarna? Som Charlotte Hanton och
Sophia Wainwright, Charlottes medhjälpare. De hade båda blivit våldtagna
av samme man och därefter dödat honom. De hade utkrävt hämnd på
mannen som hade förstört deras liv, och sedan på männen som hade
ruinerat flera andras liv. De hade gjort onda saker, men bara mot andra
onda människor som förtjänade det. Gjorde det dem goda? Hade deras
hämndaktioner varit en tjänst åt allmänheten? Hade de *gjort* gott?

Och så fanns ämnet Caitlin, Charlottes dotter. Hon hade använts som
bete för att locka pedofiler in i hennes föräldrars fälla. Gjorde det henne till
en av de goda, eller en av de onda? För en sjuåring var det en enorm börda
att bära.

Hennes liv skulle aldrig bli detsamma. Båda kvinnorna i hennes liv,
båda som sade sig vara hennes mammor, satt i fängelse i väntan på dom
efter avslutad rättegång. Med största sannolikhet skulle hon aldrig se dem
igen.

Skulle hon växa upp och bli en ond eller en god människa?

Född ur en brutal våldtäkt, och efter sådant hon hade sett och varit med om under sitt korta liv, var det svårt att föreställa sig att hon skulle leva något annat än ett liv med våld, asocialt beteende, som i förlängningen kunde bli en kriminell bana. I sina föräldrars fotspår.

Det var sådant som gärningsmannaprofilerare och rättspsykologer ägnade år åt, skrev böcker om och försörjde sig på.

Och ändå, när han såg på henne från andra sidan rummet, där hon lekte med en leksaksdinosaurie på bordet, kunde han inte känna något av det där om henne. Hon var social, lät de andra barnen runt omkring henne vara med, och hon var pratsam, vänlig.

Antingen skulle hon växa upp till ett helt vanligt barn, eller så hade hon redan bemästrat konsten att bedra och manipulera mentalt av kvinnorna som hade uppfostrat henne.

"Hon har haft ett par tuffa veckor", sa en röst bredvid honom. Det var föreståndaren för familjehemmet. Hönsmamma, hade hon kallat sig när hon presenterade sig för honom.

Tomek tänkte inte kalla henne det, utan hade istället bestämt sig för att använda hennes riktiga namn, Hannah.

Hannah var i slutet av fyrtioårsåldern och hade förklarat för honom att hon aldrig kunnat få egna barn, så hon hade valt att ägna sitt liv åt dem som saknade föräldrar. Hon kände en samhörighet med dem, hade hon sagt. Som om de var yin till hennes yang. Nyckeln till hennes lås.

"Faktum är att hon har haft ett par tunga år", lade Hannah till som en eftertanke.

"Hur har hon kommit till rätta?" frågade Tomek. Han kände sig tvungen att småprata, fast han i själva verket bara ville in och ut igen. Han ville inte bli kvar längre än nödvändigt; Caitlin var en ständig påminnelse om Charlotte, om deras relation, och ju mindre tid han tillbringade i hennes närhet, desto bättre.

Men först kom det meningslösa småpratet.

"Svårt i början", började Hannah och försköt tyngden från ena foten till den andra. "Hon var väldigt blyg, försiktig. Det tog ett tag innan hon kom ut ur sin bubbla, men hon är en tuff liten sak, vår Caitlin."

"Hm. Det är skönt att höra."

"Vill du prata med henne?"

Han hade inget val. Om han ville att hans karriär, den enda stabilitet han hade i livet, skulle komma på rätt spår igen, var han tvungen.

"Har hon haft några besökare?" frågade Tomek medan de gick fram till henne.

"Inte sedan hon kom hit, nej. Bara socialsekreterare och folk som du."

"Någon kontakt med hennes föräldrar?"

"De har försökt, men vi har blockerat all kontakt. Brev, post, den typen av saker. Vi tycker inte att det är rätt att hon har någon kontakt med dem just nu, inte medan hon försöker komma till rätta."

Oj då. Tomek var på väg att spräcka deras lilla bubbla av trygghet och privatliv. Och de visste det inte ens. Var det självviskt? Kanske. Skulle det stoppa honom? Tja, han var ju här nu.

Där var det där med hjältar och skurkar igen.

De stannade vid Caitlin, en på var sida om hennes axlar. Om hon märkte att de var där, gjorde hon inget för att visa det utan fortsatte att leka med sin dinosaurie.

"Caitlin, hjärtat", sa Hannah och hukade sig ner i höjd med den lilla flickan. "Det är någon här som vill träffa dig. Han säger att du kanske känner igen honom."

Caitlin höll blicken kvar på leksaken, förlorad i sin egen fantasi.

Tomek hukade sig på hennes andra sida och ignorerade knaket i knäna och smärtan i höfterna. Orörligheten de senaste veckorna hade åldrat honom snabbare än jobbet. Och han behövde verkligen komma ut och ta en löprunda igen. Beslutsångest och en antydan till depression hade smugit sig på och hindrat honom från att känna den salta vinden och sanden piska kroppen när han joggade längs strandpromenaden. Det var hög tid.

"Hej, Caitlin", började han, med en klump i halsen. "Jag heter Tomek. Minns du mig?"

Det dröjde länge innan hon beskedligt erkände hans närvaro. Hon ställde varsamt ner dinosaurien på soffbordet och vände sig mot honom. Blicken av igenkänning var inte det enda han lade märke till i hennes ögon. Det var mörkret, tomheten, det svarta hål som verkade suga in och sluka alla känslor.

"Ja", sa hon, med kall och hård röst. "Jag kommer ihåg dig."

Skurk. Definitivt en skurk.

Eller i hennes fall, en elak flicka.

"Bra. Då lämnar jag er två ifred", sa Hannah och vandrade iväg. Fast hon kom bara till dörrkarmen och höll uppsikt över deras samtal därifrån.

Tomek lade en hand på knät för att avlasta vikten från lederna.

"Caitlin", började han, osäker på hur han skulle fortsätta. "Jag har något att berätta för dig. Jag har pratat med din mamma. Och det är något hon vill att du ska veta..."

KAPITEL
ÅTTA

För tredje gången på trettio sekunder tittade Kasia på klockan på mobilen. Klockan var 19.15, och det sista mötet pågick. Och fortfarande syntes det inte till någon Tomek.

Eller far, som han kallade sig.

Hon tyckte fortfarande inte att de var vid pappa-stadiet än. Hon kände sig inte tillräckligt bekväm. Hittills hade han betett sig som om han inte haft något val än att ta hand om henne, som om hon var en börda han ångrade och beklagade varje dag. Hittills hade han inte gjort något eller gett henne några tecken på att han ville ta hand om henne, bry sig om henne.

Och det visade han just nu.

Mer än två timmar sen till föräldramötet. Kvällen då han skulle sitta ner med hennes mentor och få höra hur dåligt allt hade gått. För det hade gått dåligt, riktigt dåligt. Hur skulle det kunna vara annorlunda? Hon kände ingen på skolan. Hon trivdes inte där. Faktum är att hon hatade det.

Mer än hon hatade Tomek och sin mamma.

Det enda positiva med att gå i skolan – och det som fått henne att stanna på lektionerna i stället för att skolka och smita ut ur byggnaden före och efter lunchrasten – hade varit Sylvia, hennes enda vän. De gick i samma klass, och Sylvia hade varit en av de få som tagit sig tid att prata med henne. Sedan dess hade de blivit nära vänner. De hade de flesta lektioner tillsammans, bland annat NO, engelska, geografi, historia och idrott. Den enda lektion de tvingades vara ifrån varandra på var matte, hennes minst omtyckta ämne. Sylvia gjorde lektionerna roligare; de satt längst bak i klassrummet, klottrade på sidorna, ställde dumma frågor, låtsades att de inte visste svaren, gav lärarna attityd när de gav henne attityd.

Hon kände att alla var ute efter henne, att alla ville göra hennes liv till ett helvete. Det var likadant med Tomek. Varför kunde han inte bara ha tagit med henne tillbaka till affärerna för att köpa ingredienserna hon behövde? Varför kunde han inte ha kommit i tid? Det var ju inte som att han hade någon annanstans att vara, eller något annat att göra...

Det hördes ett ljud vid klassrumsdörren. Janie Stephens, en av de mest populära tjejerna på skolan, stormade ut ur rummet, tätt följd av sin pappa som ropade efter henne. Hon fattade inte hur Janie kunde se så perfekt ut varje dag, men hon avundades sättet hon kunde sminka sig på. Sättet hon fick sig själv att se attraktiv ut och få alla killar att ligga för hennes fötter. Hon styrde på skolan och det visste hon. Och alla andra visste det också.

Kasia avundades henne verkligen.

Sedan kom Miss Holloway ut ur rummet, grinig som hon alltid var. I kväll hade hon på sig den där fina gröna klänningen som fladdrade kring anklarna. Kasia tyckte att Miss Holloway var söt, kanske till och med snyggare än Janie. Men hon var också en riktig häxa. Med utskällningarna, det ständiga gnället. Precis som Tomek gjorde hon livet i skolan svårt och miserabelt.

"Har din pappa dykt upp än, Kasia?" frågade Miss Holloway.

Kasia drog ur hörluren och blängde på sin lärare. "Han är inte min pappa."

"Förlåt," sa hon försvarande. "Tomek då. Har Tomek synts till?"

Sättet hon sa det på fick honom att låta som om han var hennes storebror, vilket var ännu värre.

"Jag vet inte var han är."

"Jag är säker på att han kommer snart."

Miss Holloway tittade på klockan, suckade.

"Du kan gå om du vill, fröken. Han dyker förmodligen inte ens upp."

Miss Holloway korsade armarna över bröstet. "Jag brukar inte vänta längre än till halv åtta, men jag är beredd att göra ett undantag den här gången."

Åh, vad bra. Mer väntan. Precis det sista hon ville.

Kasia grymtade och vände tillbaka uppmärksamheten till mobilen.

Hon hade scrollat igenom TikTok i timmar och tappat bort sig i videor med katter, hundar, realityprogram och dansvideor.

Hon hade försökt göra några själv, när Tomek inte var hemma (när han gjorde vad det nu var han gjorde), men de hade inte fått något fäste. Det högsta antalet visningar hon hade haft på en video var femtio. Och hon var säker på att det var några av tjejerna i skolan som delade runt den, skrattade åt henne, drev med henne.

Låten på hennes Spotify byttes och nu lyssnade hon på Harry Styles. Hon älskade honom, hade lyssnat på honom i flera år. I sitt gamla sovrum hade hon haft affischer av honom på väggen, men nu hade de alla tagits ner och åkt i soptunnan. Hon hade inte fått ta med sig så mycket saker, och det hon faktiskt hade med sig fick inte sitta på väggarna eller stå någonstans, för det fanns inte plats. Rummet hon bodde i – Tomeks sovrum – kändes inte som ett rum alls. Snarare som ett hotell hon tvingades bo på.

Det värsta hotellet någonsin.

När hon lyssnade på "Watermelon Sugar" blundade hon och önskade att hon kunde vrida tillbaka tiden. Till de gamla goda dagarna. Med sin mamma, skolan hon gillade, sina vänner.

KAPITEL
NIO

T omek sladdade in bilen på skolans parkering och ställde den på sned i
rutan. Han var sen. Väldigt sen. Hur mycket, visste han inte. Men
Kasia skulle utan tvekan insistera på att påminna honom efteråt. Bilresan
till och från familjehemmet i Kent hade tagit lite drygt två timmar, och
trafiken hade varit en mardröm på tillbakavägen vid Dartford Tunnel.
Rusningstid, sämsta möjliga tid att göra något viktigt.

Han skuttade uppför trappan till skolan, tog sig längs korridorerna och
styrde stegen mot Kasias klassrum. Han hade varit där en gång tidigare, när
hon först började på skolan, och lyckligtvis låg det inte alltför långt från
entrén, annars hade hans lokalsinne gett upp och han skulle ha spenderat
ytterligare tjugo minuter på att försöka hitta dit.

Till slut hittade han Kasia halvliggande på en stol, med hörlurarna
instoppade i öronen och telefonen i handen. Hon såg ovårdad ut. Översta
knappen uppknäppt, slipsknuten lika liten som hennes förväntningar på
honom, kjolen halvvägs upp på låren. Varje morgon såg han till att hon
lämnade huset prydlig, respektabel, men det var uppenbart att det ändrades
i samma ögonblick som hon klev utanför dörren.

"Kasia", sa han och försökte dölja flåset i rösten. "Förlåt att jag är sen."

I samma ögonblick kom hennes lärare ut från klassrummet. Miss
Holloway. Tomek mindes henne från introduktionen. Hon var i mitten till
slutet av trettioårsåldern, alltid oklanderligt klädd, med håret uppsatt i en
knut, ett tunt lager smink i ansiktet, och hon såg ut att fortfarande trivas

med sitt jobb, något man inte kunde säga om vissa andra lärare han hade träffat de senaste veckorna. Tomek tyckte att hon var en bra förebild för hans dotter. Om hon bara märkte det.

"Mr Bowen", sa Miss Holloway. Hon kom fram med handen utsträckt. Tomek tog den och mötte hennes blick. "Trevligt att träffas igen."

"Detsamma. Förlåt att jag är sen."

Miss Holloway tittade på klockan. "Precis i tid. Jag gav dig till halv åtta, och du har några minuter till godo."

Tomeks kinder hettade av genans. Han hade inte insett att klockan var så mycket.

"Förlåt att jag lät dig vänta, Miss Holloway", sa han, även om han visste att skadan redan var skedd.

"Det är okej. Du är här nu. Och säg gärna Bridget."

Bridget. Han gillade det namnet.

Innan han gick in i klassrummet vinkade Tomek till sig Kasias uppmärksamhet och gestikulerade att hon skulle följa med. Motvilligt, och med den sedvanliga tonårsattityden, dundrade hon in i rummet utan att bry sig om honom när hon klev in. Ingen varm välkomsthälsning, inget trevligt hej. Bara den dämpade blicken av besvikelse.

Tomek visste inte vad han skulle förvänta sig av sitt första utvecklingssamtal. Det var okänd mark för dem båda, och ändå kände han en gnutta förväntan; kanske skulle han äntligen få veta hur det gick för henne i skolan.

"Så här brukar det gå till, Mr Bowen—"

"Tomek, tack."

"Så här går det till, Tomek: jag ger dig en kort genomgång av hur Kasia har kommit in i det, sedan pratar vi om hennes ämnen och eventuell feedback från lärarna, och därefter får Kasia och du möjlighet att ställa frågor. Låter det bra?"

Tomek nickade och gjorde sig beredd. Han vände sig mot Kasia, som fortfarande satt där med ena hörluren i. Han sträckte sig fram och ryckte ut den ur hennes öra.

"Lyssna..." sa han till henne. "Det här är viktigt."

Bridget log stelt innan hon fortsatte. Redan från start anade Tomek att det här inte skulle bli så positivt som han hade hoppats.

"Först vill jag säga att Kasia är en omtänksam flicka med stor potential. Jag önskar bara att hon ansträngde sig lite mer. Tyvärr har närvaron varit oroande – hennes närvarostatistik visar att hon har kommit för sent till tio lektioner och har missat minst fem de senaste fyra veckorna. Det är betydligt högre än för många andra elever. De flesta kommer upp i sådana siffror på ett helt läsår, inte på en månad."

"Du får det att låta som något positivt", anmärkte Tomek.

"Tro mig. Det är det inte." Hon vände sig mot Kasia, vars uppmärksamhet flutit över till något på väggen. "Det är ett allvarligt problem, och jag hoppas att vi kan arbeta tillsammans för att förbättra det."

Tomeks knogar vitnade när han knöt nävarna. "Tro mig, vi ska nog ta tag i det." Sedan vände han sig mot henne, oförmögen att hålla sig. "Fem lektioner. *Fem*? Jag kan hamna i fängelse för det."

"Det är väl inte det enda då, eller?" sa Kasia och tittade fortfarande på väggen.

Tomek var tacksam över att Bridget var i rummet med dem, och att döma av hennes min var Kasia det också; han kunde inte skälla på henne om han hade ett vittne.

"Det är jobbrelaterat", förklarade han för Bridget, med en känsla av att han behövde rättfärdiga sig. "Pågående. Inget att oroa sig för. Du sa..."

"Åh. Ja. Närvaron. Det är inte världens undergång, och jag tror att det är något vi kan arbeta med. Om jag ska vara ärlig kan jag förstå varför det är som det är. Jag bytte också skola mitt under terminen, och i ungefär din ålder, Kasia, så jag vet hur det är. Det är lite skrämmande och det finns en anpassningsperiod att ta sig igenom. Men du kommer dit snart nog." Hon vände på dokumentet i handen. På det fanns en tabell med ämnen, betyg på en tiogradig skala och skriftlig feedback från hennes olika lärare. "Hennes starkaste ämnen är engelska och naturvetenskap, vilket är lite märkligt eftersom vi inte brukar se elever tycka om just de två tillsammans, men vi klagar inte. Det vi verkar kämpa med, däremot, är matten. Just nu ligger hon på en trea på GCSE."

"En trea... Vad är det?"

"Vårt nya system. Det är numrerat från ett till nio, där nio är högst – förstås."

"Vad motsvarar det mot när jag gick i skolan?"

"Motsvarigheten är ett D på GCSE."

"Okej. Och varför bestämde de sig för att ändra det?"

Bridget ryckte på axlarna. "Du frågar fel person. Någon rökte väl något de inte borde och tyckte att det var en briljant idé. Hur som helst... Matten.

Poängen är lite oroande, eftersom jag undervisar Kasia i matte, men det är ingen massiv anledning till oro – jag ser verkligen mycket lovande där, och jag tror att vi med lite vägledning lätt kan få upp det till minst en femma eller kanske till och med en sexa."

Tomek noterade att Bridget använde ordet "vi". Som om hon faktiskt brydde sig om Kasias utveckling. Som om hon *verkligen* ville hjälpa. Men cynikern i honom ifrågasatte varför hon skulle bry sig om just Kasia när hon hade trettio andra ungar att bry sig om och hundratals till som hon undervisade varje dag. Det var likadant med hans ärenden på jobbet. Brottsoffren kände säkert likadant när han sa att han skulle göra allt han kunde för att hjälpa dem. Men sanningen var att han var för hårt belastad, för tunt utspridd. Och att det var i det närmaste omöjligt att lova snabba vändor. Skulle hon vara annorlunda? Tyvärr började han tänka att det var för bra för att vara sant.

"Är det något du vill säga om det?" frågade Bridget Kasia. "Finns det någon anledning till att du inte gillar matte?"

Kasia valde att inte svara.

"Beror det på att Sylvia inte är i klassen? Jag har sett er två tillsammans på luncherna och i klassrummen. Men hon är inte i vår matteklass, eller hur?"

Sylvia. *Sylvia, Sylvia, Sylvia.* Tomek lät namnet snurra i huvudet flera gånger, försökte minnas om han hade hört det någonstans, om hon hade nämnt det alls. Svaret var ett rungande nej. Han kunde inte minnas det över huvud taget.

"Finns det ett sätt att få dem i samma klassrum?" frågade Tomek, och Kasia vinklade lite på huvudet mot samtalet.

Framsteg. På väg åt rätt håll. Bevisa för henne att han brydde sig.

"Det måste jag undersöka, men jag ska göra mitt bästa."

Tomek gav henne ett varmt leende som tack.

"Förutom de där tre verkar Kasia gå riktigt bra i historia och hemkunskap."

"Hemkunskap", sa Tomek. "Med Mrs Shaw?"

"Just det."

"Intressant. Verkligen intressant." Tomek kastade en snabb sidoblick mot sin dotter. Hennes kinder hade rodnat och blicken föll ner på bordet. Orden "snälla titta inte på mig sådär" stod med stora bokstäver i pannan på henne.

"Har du något favoritämne, Kasia?" frågade Bridget.

"Historia. Jag gillar att lära mig om romarna."

"Mycket bra. Historia var alltid mitt favoritämne också. Det och matte." Ansträngningen att locka ur Kasia en replik var lovvärd, om än lite felriktad.

"Finns det några ämnen där hon inte går så bra?" frågade Tomek.

Bridget konsulterade papperet. "Bild, geografi och musik."

"Det mesta av det där är ju bara att färglägga, eller hur?"

"Ehm..."

"Så vitt jag minns var geografi bara att måla efter nummer. Bild är, tja... bild. Och musik är enda undantaget." Han stötte Kasia i armen med armbågen. "Åtminstone behöver jag inte hoppas på att du blir musiker som tecknar med fötterna samtidigt som du spelar piano."

Till hans förvåning gav den där lilla kommentaren faktiskt en reaktion. Den var liten till sin art, men vad den kunde betyda för deras relation var stort.

Fler framsteg. Mer på väg åt rätt håll.

"Jag är inte alltför orolig för de betygen", sa Tomek. "Mest de viktiga."

Samma som hans föräldrar hade varit hårda med att han skulle lära sig. Och så slog det honom.

"Hur är det med språk?"

"Kasia läser franska."

"Polska då?"

"Det finns inte i läroplanen."

"*Kurwa mać*", svarade han.

Det tog dem inte lång tid att lista ut vad han hade sagt.

"Varför finns det inte med?" frågade han.

"Det får du fråga regeringen om."

Tomek fnös. "Jag får väl hitta en privatlärare åt dig", sa han till Kasia. "Om det är något du skulle vilja lära dig?"

Han var tvungen att komma ihåg att det inte handlade om honom. Det handlade om henne. Hennes val, hennes beslut. Han hade haft lyxen att vara född i Polen, och hade lärt sig engelska så tidigt att han sög åt sig den lätt, som en svamp. Kasia hade inte samma lyx, och även om hon kanske inte var villig att stå ut med honom som pappa, kanske hon var villig att omfamna en del av sitt arv.

"Jag ska tänka på det", svarade hon.

Det var inte ett ja, men viktigare, det var inte ett nej.

"Är det något du vill säga oss?" frågade Tomek och sneglade på klockan.

"Jag är medveten om tiden och att jag har hållit dig kvar så här sent. Så om du vill att vi ska gå, gör vi det gärna. Kasia och jag har lite färgläggning att göra. I kväll ska vi öva på att hålla oss innanför linjerna."

Tomek behövde inte se sin dotter för att veta att hon satt och smålog för sig själv. Och gjorde allt hon kunde för att dölja det.

"Inget mer från mig. Om inte du har något du vill lägga till?"

Båda vuxna vände uppmärksamheten mot Kasia, som såg förvånad ut, som om hon just hade vunnit en miljon pund som tävlande i ett av de där skitdåliga dagtvprogrammen som brukade göra honom vansinnig.

"Nej", sa hon tveksamt. "Jag har inget mer att tillägga."

Tomek slog ihop händerna och reste sig. "Då var det avgjort. Tack så mycket, Miss Holloway. Mycket för oss att fundera på. Och tack för din tid."

De skakade hand och tillsammans gick han och Kasia ut ur rummet. Kasia var redan i väntrummet och grep sin väska från stolen hon hade suttit på när han nådde dörren. De hann halvvägs nerför korridoren när han kom att tänka på något.

"Gå du till bilen", sa han till henne, stack handen i fickan och kastade åt henne nycklarna. "Jag kommer strax."

Kasia protesterade inte, utan fortsatte nerför korridoren, ivrig att komma därifrån så fort som möjligt. Tomek gick tillbaka till klassrummet och stack in huvudet genom dörröppningen. Han fann Bridget i färd med att plocka ihop sina anteckningar.

"Bara jag."

Hans plötsliga närvaro överrumplade henne, och när hon snodde runt svängde klänningen runt knäna och visade mer hud än han hade väntat sig.

"Jävlar!" sa hon och täckte genast munnen efteråt. "Förlåt!"

"Det är lugnt. Hon har gått. Och hemma har hon hört mycket värre."

"Jag kan inte ens föreställa mig hur det är för er två. Skolan har gjort mig medveten om er situation."

Leendet på Tomeks läppar talade om för henne att han inte ville gå in på det.

"Jag ville be om ursäkt", sa han. "För att jag var sen."

"Åh, det är lugnt. Man vänjer sig med åren."

"Det tror jag säkert. Och jag ville tacka dig för allt du gör för Kasia. Det krävs inget geni för att förstå att det här är en enorm omställning för henne, och något geni är jag inte. Men jag börjar sakta komma in i allt, det gör vi båda." Han tvekade där han stod, och kände sig som en tonåring igen som skulle bjuda ut den söta tjejen han hade sett på under-13-kvällen. "Tidigare nämnde du det här med att vi hjälper henne. 'Vi'. Jag undrade om du skulle vara öppen för att hjälpa Kasia med matten. En sorts... privatundervisning?"

En möjlighet för honom att tro att hon menade allvar med att hjälpa hans dotter.

"Självklart."

"Är du säker?"

"Absolut. Jag har gjort det förr. Många gånger."

Tomek blev paff. "Wow. Jag behövde inte ens erbjuda dig några pengar."

Hon öppnade munnen för att svara, men han hann före. "Självklart skulle jag se till att du blir rättvist ersatt för din tid och din kompetens. Gud vet att hon kostar mig nog som det är, jag kan inte tänka mig att lite privatlärararvoden skulle göra någon större skillnad."

Innan han lät Bridget samla ihop sina saker och äntligen lämna skolan, efter vad som varit ett tretton timmar långt arbetspass, kom de överens om ett datum för Kasias första privatlektion och ett pris.

Det kändes rimligt, tyckte Tomek. Och när han skyndade nerför korridoren undrade han om hon skulle kunna tänka sig att ta emot betalning i form av en middag någon gång.

KAPITEL
TIO

I del spänning var det. Och allt var väldigt hemlighetsfullt. Väldigt, väldigt hemlighetsfullt, verkligen. Hon fick inte säga något till någon. Hon fick inte ge sig ut. Hon fick inte ens tänka på att hitta någon annan. Annars skulle spelet vara över och hon skulle förlora.

Och Annabelle Lake tyckte inte om att förlora. Det var det värsta som fanns. Så länge hon kunde minnas hade hon alltid varit tvungen att vinna. Även när hon spelade mot sig själv.

Men i det här spelet var hon helt bortkommen. Hon visste inte vad som pågick. Det enda hon visste var att hon såg fram emot att se hur allt skulle utveckla sig – om hon skulle vinna. Det var viktigt att vinna. Att vinna var viktigare än att vara med, hade Pappa sagt. Han sa mycket, men det var det hon lyssnade mest på.

Hon älskade sin mamma och sin pappa. Och ibland saknade hon dem, men hon var så uppslukad av spänningen i det att hon inte kunde tänka på dem alltför mycket. Hon hoppades att de inte skulle ta illa upp, att de skulle förlåta henne när allt det här var över. Särskilt Mamma, och särskilt Uncle Vincent.

Favoritleken, av alla dem hon hade fått för att hålla sig sysselsatt, var prick till prick. Hon älskade att räkna siffrorna i huvudet medan hon letade efter dem med blicken, och sedan med fingret rita upp åt vilket håll pennan behövde röra sig. Hela tiden stack hon ut tungan, djupt försjunken i tankar. Sedan fick hon, som belöning, en kartong full med sina favoritfiltpennor.

Ja, filtpennor. Inte blyertspennor. Det hade varit en trevlig överraskning. Hemma sa Mamma och Pappa alltid åt henne att använda blyertspennor när hon ville teckna eller färglägga (även om Uncle Vincent ofta lät henne använda filtpennor, så länge de höll sin lilla hemlighet mellan sig). De var renare, säkrare, och enligt hennes föräldrar var risken mindre att hon skulle fläcka ner några möbler. Hon tyckte inte det, men hon ville inte bråka och göra dem upprörda. Det gjorde de ändå redan tillräckligt.

Men här... här spelade inget av det där någon roll. Hon kunde göra som hon ville. Måla bordet, toaletten, väggarna, taken. Hon kunde till och med måla fönstren om hon verkligen ville. Men det gjorde hon inte.

Främst för att det kunde vara ett trick, för att testa om hon faktiskt *gjorde* alla de där sakerna hon ville. Om hon färglade väggarna kunde det betyda att hon skulle förlora spelet. Och det ville hon inte.

För att inte tala om att rita överallt på något som inte var hennes skulle anses elakt.

Och hon tyckte inte om att vara oartig.

Miss Duggans ord ekade i hennes huvud.

Det är klokt att vara artig, dumt att vara oartig.

Annabelle ville inte vara dum.

Nej, hon ville vinna, och hon kunde inte vinna om hon var dum. I stället måste hon vinna genom att vara klok.

KAPITEL
ELVA

Det var länge sedan Tomek senast hade suttit uppe och jobbat halva natten utan att känna ett sting av skuld. Faktiskt kunde han inte minnas att han någonsin hade gjort det. Visst, Charlotte Hanton hade protesterat mot att han jobbade sent och behövde resa till andra delar av landet som en del av jobbet, men det hade varit mitt under en seriemördarutredning. Hur skulle hon ha kunnat förvänta sig något annat? Nu var det däremot lite annorlunda. Kasia var hemma, och han borde ha tillbringat kvalitetstid med henne, tagit igen de senaste tretton åren då han inte ens visste att hon fanns. Bortsett från att det redan var långt efter hennes läggdags. Hon hade visserligen gått och lagt sig för lite drygt en halvtimme sedan, men han var nästan säker på att hon inte sov. Antagligen ännu ett ändlöst scrollande i sin hjärndöda app eller så tittade hon på något på Netflix. Om hon fortsatte så här skulle han kanske bli tvungen att beslagta enheten så att hon kunde somna i normal tid.

Tiderna hade förändrats sedan han var tonåring. Han hade inte haft några av de här distraktionerna. Allt han hade haft var sina serietidningar och det nästan osynliga skenet från gatlyktan utanför som lyste upp orden och bilderna. Gömma sig under täcket varje gång hans pappa gled förbi hans och brödernas sovrum. Det fanns inget av det här strömningsgrejet. Omedelbar tillgång till Netflix, Prime Video, Disney+. Allt skit som finns på YouTube nuförtiden – så kallade influencers som reagerar på videor där andra människor reagerar på något. Snart skulle vi alla sitta fast i en evig cirkel av agerande och reagerande, där vi skapade falska personer för att samla likes, visningar och en stor följarskara. Tomek avskydde tanken, men han övervägde ändå att skapa olika konton i sociala medier åt sig själv och tvinga Kasia att bli vän med honom. På så vis kunde han ha uppsikt över vad hon postade och gillade. Vilka hon umgicks med och skrev med. Hela verkligheten av att vara tonåring i dag var ett rent hjärnknull för honom, något han inte kunde få in i skallen.

Som tur var hade han inte det problemet med dokumenten rakt framför sig.

Kidnappningen av Annabelle Lake.

Han hade hållit akterna som Nick hade gett honom nära bröstet, och gömt dem i en hemlig låda i skrivbordet. Det sista han ville var att Kasia skulle se och oroa sig för den sortens saker han var inblandad i.

Vid det här laget hade lilla Annabelle Lake, nioåringen från Canvey Island, varit försvunnen i över fem dagar. Under den tiden hade teamet pratat med hennes familjemedlemmar flera gånger, med hennes lärare som råkade vara den sista som såg henne, och med en handfull vittnen i området. De hade gått runt med dörrknackning i den pittoreska återvändsgränden där hon bodde. De hade gått igenom ANPR-register och CCTV-material för att hitta fordon som betett sig märkligt på vägen vid samma tid som hon fördes bort och när de misstänkte att Ford Fiestan hade dumpats – och ingenting. Inga krav från kidnapparna, ingenting. Det var som om hon bara hade försvunnit från jordens yta. Och det var precis så hennes kidnappare hade tänkt sig det.

Längst upp i mappen som Nick hade gett honom låg ett förstorat foto av Annabelle. Ett par lätt missfärgade, sneda tänder grinade mot honom. Hennes ögon såg stora ut bakom ett par tjocka glasögon som fick henne att se ständigt förvånad ut. Hennes bruna hår var uppsatt i två tofsar som hängde på varsin sida av huvudet. Och ett dussintal fräknar täckte hennes kinder och näsa. Högst upp på vänster kind, strax under glasögonbågen, fanns ett litet ärr. Bakgrunden på fotot var himmelsblå, och hon bar skoluniform. Fotot var daterat tre månader tidigare, taget vid terminsstart. Det påminde Tomek om fotot hemma hos hans föräldrar. Det där när han började högstadiet. Två år efter att hans bror hade dött. Det fotot rymde inte samma oskuld och barnsliga sötma som Annabelle utstrålade. Hos henne satt det inristat i varje ansiktsdrag, medan Tomeks hade sett nedstämt, ledset ut, som om båda känslorna sipprade ut genom porerna och hårsäckarna. Till och med ljuset hade blivit fel, som om fotografen hade vetat vad som hänt och försökt bli konstnärlig med ett skolfoto. Tomek kunde inte minnas när han senast såg bilden – det skulle inte förvåna honom om hans mamma och pappa hade gjort sig av med den för länge sedan.

Han sköt de tankarna åt sidan, vände på fotot och lade det med framsidan ned mot skrivbordet. Sedan riktade han uppmärksamheten mot vittnesmålen. Han tillbringade de närmaste två timmarna med att tråla igenom detaljerna i den bevisning som samlats in. Han fortsatte läsa tills ögonen kändes tunga.

Han gav upp för natten strax efter kl. 1. Men sömnen ville inte infinna sig. En av ribborna i bäddsoffan som han hade tvingats köpa strax efter att Kasia kommit hade gått av i ena änden, och därför sjönk överkroppen några centimeter när han låg på sidan. Han hade försökt byta håll men det var ännu mindre bekvämt.

Där han låg blickade han ut över vardagsrummet som nu lutade några grader. På det rena bombnedslaget. På kläderna på golvet, på lådorna som hade tagits ner från vinden för att ge plats åt Kasias saker. På växterna som hade knuffats in i hörnet bort från solljuset. På bonsaiträden som höll på att bli ihoptryckta på fönsterbrädan. På dokumenten och skolmapparna som vällde över skrivbordet och ner på golvet.

Lägenheten hade knappt varit tillräckligt stor för honom när han bodde ensam. Och nu var den det definitivt inte.

Kanske var det de behövde miljöombyte. En ny plats. En nystart. En omstart. Kanske var det det Kasia ropade efter på sitt sätt. Det här var *hans* hem, och han undrade ofta om hon kände sig som en inkräktare, som rubbade status quo (vilket hon förstås hade gjort...). Men om de fick en ny plats där de kunde börja sina far-och-dotter-äventyr tillsammans, kanske det skulle nollställa allt, få henne att slappna av.

Ja, det skulle han göra. I morgon skulle han leta efter ett nytt ställe att bo på. Men tills dess fick han stå ut med den trasiga bäddsoffan, trots den nacksmärta han ofta vaknade med.

KAPITEL
TOLV

Tvårumslägenheten låg lite längre inåt land än Tomek skulle ha önskat. I tretton år, ända sedan han gjorde slut med Kasias mamma, hade han bott i samma lägenhet, mindre än fem minuters promenad från Old Leigh och stranden. Det var vad han var van vid, vad han kände till. Men som han fick lära sig, efter en snabb sökning på Rightmove och några av de lokala mäklarna, hade huspriserna i området blivit oöverkomliga – skrattretande, till och med. Så han tvingades vända ryggen åt vattnet och rikta blicken mot Leighs inland. Och det fanns en reell möjlighet att han till och med skulle tvingas titta längre bort. Southend. Hadleigh. Kanske till och med Basildon.

Den första av flera visningar han hade bokat den veckan låg på norra sidan av Leigh. Mäklaren, en man som hade presenterat sig som James-men-du-kan-kalla-mig-Jimmy i telefon, väntade på honom utanför lägenheten, lutad mot motorhuven på bilen som om han vore en usel undercover-snut i en sjuttiotalsspionrulle. Trots den uppenbara ansträngningen att se coolare ut än han var, var mannen oklanderligt klädd. Håret var välindränkt i pomada och kammat bakåt, så att pannan såg några centimeter högre ut än den var, och den tredelade kostymen var välpressad och satt tajt mot hans smala figur. Det syntes tydligt att både tid, möda och pengar hade lagts på det, och Tomek tvivlade på om det gjorde någon skillnad för säljet. Om det gav James-men-du-kan-kalla-mig-Jimmy några särskilda krafter – som förmågan att inte vara en självgod skitstövel.

Tomeks om än *begränsade* erfarenhet av mäklare var att de var hajar allihop, blodtörstiga doftspårare på jakt efter sitt byte, desperata efter sin provision. Varenda objekt de satte foten i var perfekt, hade outsagda mängder karaktär, och med lite kärlek och ett lager färg kunde det bli det vackraste hemmet för Tomek och hans familj. Då var familjen på en person, och han hade sett rakt igenom snacket och fokuserat på det som var viktigt för honom – ett sovrum i vettig storlek, ett kök med rätt vitvaror och en fönsterbräda stor nog för hans bonsaiträd. Men nu var det inte bara han. Han hade en familj på två att ta hänsyn till, någon annan än sig själv. Så han undrade om han kanske skulle gå på snacket.

"Mr Bowen?" sa Jimmy när Tomek närmade sig. Mannen talade med sådan självsäkerhet att, även om han inte var Mr Bowen, skulle Tomek ha blivit övertygad om att han var det.

"Trevligt att träffas." Jimmy tryckte sig loss från motorhuven och räckte fram handen, leende. Mannens tänder var så bländande att Tomek nästan blev blind, och när han gick fram var han så fokuserad på dem att han helt missade mannens hand.

"Förlåt," sa Tomek och dolde rodnaden, fortfarande oförmögen att slita blicken från mannens bländvita gravstenar. De var så... perfekt uppradade. Tomek nickade mot dem. "Är du inkopplad i elnätet eller har du en solpanel fastklistrad någonstans?"

Först förstod inte Jimmy vad Tomek syftade på. Sedan pekade han på tänderna och öppnade stolt munnen ännu mer, så att Tomek fick se fler av dem längst bak. "Åh, du menar *dem*? Gillar du dem?"

"Jag skulle gilla dem lite mer om jag inte behövde solglasögon för att titta på dig."

"Ha! Bra där. Fixade dem i Turkiet för några månader sen. Turkey teeth, kallar de det. Du skulle sett hur de var innan. Gula som spetsen på en cigarett, och jag röker inte ens."

"Varför gjorde du det då? Förlorade du ett vad?"

Jimmy ryckte på axlarna, som om han aldrig ifrågasatt sitt beslut. "Ville bara fixa dem, se vad allt ståhej handlar om. Först filar de ner tänderna tills de är som vässade blyertspennor, sen formar de ett nytt set efter munnen och vips är det klappat och klart, allt sitter som det ska. Alla är nöjda."

"Förutom ditt bankkonto, kan jag tänka."

"Det är därför man gör det i Turkiet, kompis. Billigare där. En polare gjorde en hårtransplantation för nästan ingenting för ett par månader sen. Hans hår är redan längre än frugans."

Tomek hade svårt att hänga med. Sedan när var folk så fascinerade av att ha vitast tänder och tätast hårfäste? Visst, han visste att håravfall oroade många män (lyckligtvis hade han välsignats med bra hårfäste och tjockt svart hår), och kunde förstå viljan att förbättra det, men *tänderna*? Det var ett steg för långt. Han oroade sig för nästa generation. Om de inte passade sig skulle inga kroppsdelar vara naturliga, och de skulle gå omkring som Barbies och Kens i naturlig storlek.

"Hoppas du inte har väntat för länge," sa Tomek för att fylla den pinsamma tystnaden.

"Bara några minuter. Ingen fara. Ska vi?"

Med det följde Tomek efter James-men-du-kan-kalla-mig-Jimmy längs sidan av den ombyggda fastigheten och upp för den lilla trappan till ytterdörren. När de klev in började Jimmy rabbla manuset han uppenbarligen hade memorerat. Samma som han förmodligen missbrukade på varje visning.

"Den här underbara lägenheten kom ut på marknaden nyligen, bara förra veckan faktiskt. Säljaren vill sälja ganska snabbt och vi har redan haft mycket intresse."

Såklart. Man ska plantera knapphetskänslan tidigt, så att han går och grunnar på det under resten av visningen.

"Lägenheten är värderad till trehundratrettio tusen och ligger bara ett stenkast från centrum, med bra kommunikationer till Southend och London. Du har två sovrum, båda ungefär hundra kvadratfot, med gott om plats för garderober, sängar, skåp, tv-apparater, skrivbord."

Jimmy öppnade dörren och steg in. Tomek följde strax efter.

"Det här är hallen," fortsatte Jimmy. "Rakt fram har du ett litet badrum, komplett med toalett och handfat..."

Det var en bra början. Alla nödvändigheter.

"Pannan står i det här lilla skåpet här, tillsammans med plats för alla dina kappor, skor och paraplyer. Dörren till vänster är vardagsrummet..."

De gick in i det stora rummet. Det var något mindre än Tomek var van vid, men å andra sidan hade allt i lägenheten känts mindre sedan det bytts ut mot en massa av Kasias grejer. Han blickade ut över rymden och föreställde sig en plats för skrivbordet, soffan, soffbordet och utrymmet för en tv. Alla nödvändigheter.

"Burspråksfönstren är treglas, och som du ser släpper de in mycket ljus. Den här delen av huset vetter mot söder, så du har ljus i princip hela dagen."

"Följer du med lägenheten då?" frågade Tomek.

Skämtet flög över huvudet. Tomek undrade om han fick samma typ av pikar av polarna eller kollegorna på jobbet. Och sedan undrade han om de var likadana allihop. I så fall fick Tomek komma ihåg att ta med solglasögon om han behövde åka in till deras kontor och skriva på något.

Jimmy fortsatte: "Fönstren sattes in för några år sen, så det är fortfarande garanti kvar på dem. Och det fina här är att det inte finns någon vidare kedja, så du kan flytta in ganska snabbt..."

Men Tomek lyssnade inte. Han letade efter det viktigaste utrymmet. En fönsterbräda stor nog för hans bonsaiträd.

"Om du följer med här..." Jimmy drog med sig Tomek in i köket. "Det här är ett ställe där jag kan tänka mig att du kommer tillbringa mycket tid, eller ingen alls beroende på vad du föredrar. Men som du ser är det här utrymmet stort nog för att ni ska kunna laga mat två samtidigt."

"Vi två?"

"Du och frugan?"

Tomek snörpte på läpparna. "Inte riktigt. Jag och min dotter."

"Åh. Förlåt."

"Anta aldrig, kompis."

"Jag vet, jag vet. Att anta gör en bara till en åsna."

"Inte bara det, du ser ut som ett pucko."

Men inte alls lika mycket som tänderna och den chockerande hårfästet gjorde.

Efter att ha sett köket där – och där hade James haft rätt – han skulle tillbringa mycket av sin tid, tog de sig till de två sovrummen längst bak i huset. Enligt Tomeks blygsamma och ärligt talat oerfarna uppfattning var de stora nog för både hans och Kasias behov. Ska sanningen fram var vad som helst bättre än den trånga tillvaro de levde i nu. Varje rum hade en liten alkov för en garderob, och tillräckligt med plats för att var och en skulle kunna röra sig bekvämt runt sängen. Men bara ett av dem innehöll den heliga graalen. Den dyrbara fönsterbrädan. Tomek paxade den som sin.

Sist på inköpslistan av rum att titta på, och nicka icke-committande åt, var badrummet. Det hade allt han hade lärt sig att förvänta sig av ett badrum: dusch, toalett och handfat. Förutom en liten detalj han inte var särskilt förtjust i.

Tomek pekade på den. "Vad gör den där?"

James-men-du-kan-kalla-mig-Jimmy tittade ner på bidén som hade klämts in i hörnet av badrummet bredvid toaletten. "Inte helt säker på den där... Tror att de förra ägarna är från kontinenten nånstans... Kan inte säga att jag har använt en sån själv. Men man ska aldrig säga aldrig!"

Det första som slog Tomek var inte vad han skulle göra med den om han bestämde sig för att lägga handpenning på stället. Snarare om färgen på den var vad Jimmy hade modellerat sina tänder efter.

"Så," frågade han och bländade Tomek med dem igen. "Vad tycker du?"

"Jag tror inte att du skulle se helt malplacerad ut," svarade Tomek, men förde över samtalet innan han förolämpade Jimmy mer. "Vilka är nästa steg?"

"Tja, om du är intresserad, säg till så säkrar vi handpenningen först. Efter det sköter vi försäljningen av din nuvarande bostad samtidigt som vi hanterar allt pappersarbete för den nya."

Det lät enkelt i teorin, men Tomek gissade att det var precis så Jimmy ville att det skulle låta.

"Låter för bra för att vara sant."

"Det brukar det vara, men inte med oss. Det är därför vi är rankade nummer ett på Tripadvisor."

Där kom det. Knappheten i början uppbackad av det sociala beviset i slutet. Varvet var runt.

"Alltså, jag gillar den. Den är stor nog för det vi behöver, men jag är inte där än."

"Jaså?"

"Ja. Jag måste hem och prata med chefen. Se vad hon tycker först."

På vägen hem stannade Tomek på Leigh High Street för att plocka upp lite grejer på lokala Co-op. På menyn i kväll blev det pizza, bestämde han. Med en flaska Coke till Kasia och en back öl till honom. Något att fira.

När han gick tillbaka till bilen, med ölflaskorna som slog mot benet, flackade blicken över till andra sidan gatan. Stannade när den landade på skoluniformsbutiken som kilats in mellan en presentbutik och ett kafé. Tomek hade gjort sitt bästa för att undvika "Too School For Cool" så länge som möjligt. Ändå stod den kvar, orörd, stängd. Polisens anslag som meddelade alla att den ingick i en pågående utredning hängde fortfarande på dörren. Tomek kunde inte titta länge. Den väckte bilder och minnen han gjort sitt yttersta för att trycka undan. De på honom och Charlotte i sängen, paddlandes längs Tollesburys vassar, på fotbollsstadion Roots Hall när de tittade på Mighty Shrimpers. Och sedan kom de mörkare tillbaka. Bilderna av att hon slaktade tre män, skar av deras genitalier och tryckte in dem i respektive mun. Att hon skar halsen av dem och klädde av dem.

Han vände bort blicken och gick vidare mot bilen, men han kunde inte skaka av sig bilderna som spelade upp sig i huvudet som på bio.

Bilresan hem var kort. Ett par vänstersvängar, några högersvängar till, och så var han framme. Eftersom gatan var full av smala radhus fanns det lite eller ingen plats för parkering. Vilket betydde att hitta en plats var som att hitta ett jordgubbsfrö i desserten. Nästan omöjligt. Ibland var han tvungen att parkera på nästa gata och gå. Andra gånger tvingades han vänta på att grannarna skulle få tummen ur och flytta på sig. De få gånger det gick lätt att hitta en plats, försvårades det typiskt nog av puckon som parkerade i usla vinklar och lämnade ingen plats för hans bil.

Värst var det ofta när han kom hem sent efter en lång dag av att försöka hålla brottslingar borta från gatan. Det var inte så att han tyckte att han förtjänade en egen plats för jobbet han gjorde men... Faktiskt ville han ha en egen plats. En rejäl, härlig, saftig plats med tillräckligt med utrymme på båda sidor för att han skulle kunna göra stjärnhopp. Då skulle det inte ta tio minuter extra att försöka hitta någonstans.

Som det just gjort nu.

Parkerad på gatan runt hörnet på den enda lediga platsen, flera hundra meter från hemmet.

Han strosade längs gatan när ett lätt duggregn började kittla i ansiktet. Han kilade in ölen och burkarna med Coke under ena armen, drog upp luvan över huvudet och ökade takten.

Men han tvärstannade när gestalten kom i sikte. En man, grov, bastant, trotsande vädret. Stod utanför hans lägenhet och stirrade upp på bonsaiträden i fönsterbrädan.

Genast kände Tomek hur kroppen slog om till stridsläge. Axlarna och bålen spändes, redo för en konfrontation, om så bara verbal.

När han närmade sig registrerade mannen hans ankomst och vände sig om. Den raka käklinjen och mejslade hakan stod i kontrast till vreden i uttrycket. Mannen var både hunkig modell och vettvilling i en och samma

person. Det var ögonen, främst. Himmelblå. Bländande och
överväldigande. Ännu mer bränsle på förvirringens brasa som rasade i
Tomek. Han såg ut att ha en plåtning på vardagarna och ett huliganslagsmål
att ta sig till på helgerna.

"Kan jag hjälpa dig?" frågade Tomek så strängt han kunde.

"Tomek, va?"

Mannen höll händerna i fickorna, vilket gjorde Tomek orolig. Han
hade föredragit att se vad de höll i, om något.

"Vem undrar?"

"En väns vän. De ville bara försäkra sig om att du har hållit din del av
uppgörelsen."

Charlotte. Meddelandet. Caitlin.

Överraskningen syntes i Tomeks ansikte.

"Hur hittade du den här adressen?"

"En väns väns vän."

Tomek undrade hur långt snubbens vänlista egentligen sträckte sig och
om han kände någon i kungafamiljen.

"Jag har gjort det jag skulle," svarade han.

"Bra. Då har jag också gjort det. Ha en trevlig kväll, Mr Bowen.
Förhoppningsvis behöver jag inte se dig igen."

Innan han visste ordet av var mannen ute från farstun och på väg nerför
gatan åt andra hållet, rakt in i det allt hårdare regnet. Utan att slösa tid
skyndade sig Tomek till ytterdörren, slet frustrerat med låset som
fortfarande behövde fixas, och dök in i vardagsrummet. Han hade inte
insett det, men pulsen var i taket, och han vek sig dubbel medan han
försökte få ner den.

Charlotte hade hållit sitt ord, jodå. Men det innebar ett nytt sorts
problem. Hon och hennes kriminella vänner, tillsammans med alla *deras*
kriminella vänner, kände till hans adress. Och om de kände till hans adress
innebar det att de var sårbara, utsatta. Framför allt var *Kasia* sårbar och
utsatt.

Han lämnade varorna på köksbänken och stack ner handen i fickan.
Sedan ringde han James-men-du-kan-kalla-mig-Jimmy.

"Hallå?" kom den självsäkra rösten i andra änden. Bara på det ordet
hörde Tomek att mannen log; han kunde nästan höra hur tänderna lyste
radioaktivt.

"James? Jag menar, Jimmy. Det är Mr Bowen, från lägenheten tidigare."

Ett ögonblick för att bearbeta namnet.

"Ah, Mr Bowen. Trevligt att höra av dig. Vad kan jag hjälpa till med?"

"Vi tar den."

"Redan? Har du hunnit prata med din dotter?"

"Nej. Jag vill bara... inte gå miste om den."

"Utmärkt. Jag ordnar allt det där." Om det nu var möjligt, var Jimmys telefonmanér mer övertygande än hans personliga.

"Tack."

"Ville du fortfarande besöka objektet i kväll överhuvudtaget?"

"Gärna. Hon behöver gott om tid för att lista ut var alla hennes grejer ska få plats."

Ett litet skratt. "Självklart. Tack för att du sa till. Lämna det till mig så ordnar jag allt åt dig. Ett nöje att göra affärer med dig."

Självklart var det det. Allt var värt det för den där procenten.

Tomek slängde telefonen på bänken och började packa upp varorna. Han var halvvägs genom att öppna sin öl – vätskan hade precis *pssssch* när han ryckte av kapsylen – när telefonen ringde. Luren vibrerade ilsket mot ytan. Han svarade utan att kolla nummerpresentatören.

"Hallå?"

"Upptagen?"

Nick. Gode gamle Nasty Nick som kunde stilla nerverna.

"Jag kan prata."

"Var orolig att jag skulle hitta dig med händerna innanför byxorna. All den där fritiden du helt plötsligt fått, och allt."

"Nope," svarade Tomek.

"Bra. Då har jag lite nyheter åt dig."

"Du går i pension?"

Nick låtsasskrattade. "Roligt."

"Jag får vara försiktig med när jag ringer *dig*."

En signatursuck ekade genom luren. "Vill du ha de goda nyheterna eller inte?"

"Ser inte skadan i det. Skjut."

"Du kommer tillbaka."

"Va?"

"Mirakulöst nog har Charlottes uppgifter – om Tony och Instagram-kontot – dragits tillbaka och det finns inget ärende mot dig. IOPC har lagt ner och din avstängning är över. Vi ses i morgon."

"*I morgon?*"

"Såvida du inte har planer?"

"Inte som jag kommer på. Det betyder bara att jag måste raka mig och se presentabel ut."

"Jag ville inte säga något häromdagen..."

"Jag har inte velat säga något de senaste åren, men du hör inte mig klaga."

Nick svarade inte.

"Det där, herrn, är vad jag tror att ungdomarna nuförtiden kallar en *clapback.*" För att understryka betydelsen kilade Tomek fast telefonen mellan öra och axel och slog handflatan med handens baksida.

"Fortsätt du, kompis," började Nick, "så sätter jag dig med Chey de nästa sex månaderna. Se hur roligt det är då."

Chey, även om det inte var något fel på honom – inga konstiga personlighetsfel, inget märkligt beteende – var ökänd på kontoret för att prutta och avge en konstant doft av skit. Det var en av anledningarna till att han var måltavla för skämten. Det, och för att han var yngst.

"Det behövs inte, herrn," sa Tomek och log för sig själv. "Glöm att jag sa något. Vi ses i morgon bitti."

KAPITEL
TRETTON

Efter att ha avslutat sitt pass hade James – "men du kan kalla mig Jimmy" – lämnat av nycklarna till deras nya lägenhet. Han litade tillräckligt på Tomek – "du är ju *polis*, trots allt" – för att han skulle göra det rätta och lämna tillbaka nycklarna utan krångel inom ett par dagar. Under deras korta utbyte snappade Tomek upp en bisarr sorts sexuell spänning i rummet. Det mesta kom, med all rätt, från familjen Colemans sida. Så fort hon fick syn på Jimmy blev Kasia kort i tonen och blyg, nästan timid. Hon gömde sig bakom sin telefon samtidigt som hon gjorde det uppenbart att hon följde varje rörelse han gjorde.

Hon var i den åldern då hormonerna började kicka igång och världen började ändra färg. Tomek kunde inte klandra henne för att hon var intresserad av Jimmy. Han såg vad som lockade. Han hade själv varit tonåring en gång; han visste hur det var. Förutom tänderna. Det hade inte varit en *grej* när han var i den åldern. Om det hade det, befarade han att han skulle ha sett ut som en strålkastare varje gång han öppnade munnen vid arton.

När Jimmy hade gått åt de upp sin middag, tog det nödvändigaste och gav sig av. Regnet hade lättat något, men trafiken i stan hade inte fått samma besked. Det tog dem tjugo minuter, lika länge som om de hade gått. De svängde in utanför lägenheten och Tomek slog av motorn. Lamporna var tända i vardagsrummet och köket, antagligen hade Jimmy lämnat dem tända inför deras besök.

"Vad tycker du?" frågade Tomek.

"Ser precis likadan ut som vår just nu."

"Strålande", sa Tomek sardoniskt, men hans tanke fastnade vid de två orden som hade kommit ur hennes mun.

Vår.

Vår. Vår lägenhet. Vårt utrymme. Vårt hem. De första dagarna av deras far–dotterrelation hade det alltid varit *hans* lägenhet, *hans* hem.

Det var bara ett litet steg, men det var åtminstone ett steg i rätt riktning. Tomek var först ur bilen och gick mot ytterdörren. Gårdagens gruff med modellen tillika fotbollshuliganen hade snurrat i Tomeks huvud sedan dess. Om något kunde fungera som drivkraft att flytta hemifrån (om det nu inte redan räckte att bli hänvisad till soffan så att dottern fick en bekväm säng), så var det utsikten att bli övervakad och få känna sig hotad. Det rådde inget tvivel i hans sinne om att Charlotte inte hade någon avsikt att låta honom vara ifred. Hon själv tänkte inte ta vägen någonstans och behövde därför hålla sig road, sysselsatt. Hon ville ha sina egna avsnitt av *Keeping Up With The Bowens.* Charlotte skulle inte lämna dem ifred så länge hon hade makten, kontakterna och tillgången att göra det. Om en flytt, om än bara några hundra meter bort, var en förebyggande åtgärd han behövde ta för att skydda sin familj, så var han beredd att göra det.

Han stack in nyckeln i låset och med ett enkelt vrid var han inne.

"Det här stället är värt det bara för ytterdörrens skull", konstaterade Kasia. "Jag hatar den jävla dörren vi har."

Tomek stannade tvärt och rynkade pannan mot henne. "Vad har jag sagt om det där språket?"

Hon tappade ansiktet och sänkte blicken. "Du gör det ju hela tiden."

"Och när du fyller arton kan du göra det också. Om du nu tar dig så långt ... Men så länge du bor under det här taket ..."

"Okej."

Det första rummet Tomek visade henne var skoskåpet. När han sa att det var där hon skulle sova glodde hon surt på honom, med ögonen smalnande. Nästa rum var vardagsrummet. Alla förhandsplaner och idéer han haft för ytan revs omedelbart när hon ändrade allt. Planlösningen, upplägget, mängden nya möbler de skulle behöva. Han insåg snabbt att det här var hennes hus, och att han bara skulle bo i det.

Sovrumsdiskussionen var likadan. Barmhärtigt nog hade hon valt det mindre rummet, utan hans övertalning, och hon hade redan klurat ut hur man fick plats med en säng, en garderob, ett sminkbord, ett skrivbord och en byrå i den lilla ytan. För Tomek var det som att be honom lösa Rubiks kub samtidigt som någon stod och talade om vad han skulle göra med instruktionerna rakt framför sig. Det gick ändå inte in hos honom, men det gjorde det hos henne. Och det var viktigt. Att ge henne friheten att bestämma över sitt eget utrymme.

"Vill du se husets bästa del?" frågade Tomek entusiastiskt.

"Det kommer inte att vara spännande, eller hur?"

"*Jag* tycker det."

Tomek drog henne i armen och visade henne sitt nya sovrum. Fönsterbänken. Den var enorm.

"Vacker, eller hur?"

"Det är inte ett ord jag skulle använda för att beskriva den."

"Vilket ord skulle du använda?"

Hon tittade upp på honom. "Det får du vänta tills jag fyller arton med att få veta."

Det fick honom att le snett. Han gick bort till fönsterbänken och lutade sig mot den, och tittade ut på gatan nedanför.

"Jag fick ett samtal i dag", började han.

"Okej ..." Försiktigheten i hennes röst var tydlig.

"Jag går tillbaka till jobbet i morgon."

"Åh. Okej."

"Vilket betyder att du får ta hand om mina bonsaiträd", sa han, och det sneda leendet hade blivit ett brett. "De behöver vattnas ungefär varannan dag, helst på kvällen. När vi kommer till sommaren måste du göra det mycket oftare." Kasias blick gled ut mot fönstret, och hon stirrade på sin spegelbild. "Mer seriöst", fortsatte han, "så betyder det också att jag inte kommer att vara hemma lika mycket som jag är just nu. Jag ska fortfarande göra din frukost och dina luncher till skolan så ofta jag kan. Jag ska fortfarande köra dig till skolan när jag kan. Men de morgnar jag inte kan, då ligger det här stället ungefär lika långt som där vi bor nu, så det ska gå bra. Det enda problemet blir dina middagar. Ibland kanske jag måste jobba sent. Om det blir så lämnar jag instruktioner om hur du lagar middag."

"Jag kan redan laga mat", sa hon, utan en tillstymmelse till känsla i rösten, som om den sista gnuttan hade slagits ur henne av Tomeks besked.

"Om man ska tro ditt omdöme från Mrs Shaw ..."

"Inte därför", sa hon. "Jag lärde mig laga mat själv när mamma inte var hemma. Hon kunde vara borta i flera dagar i sträck ibland. Lämnade inget att äta så jag fick ordna det själv."

Det här var första gången Kasia tog upp hur det var att bo med sin mamma. Han hade bestämt sig för att inte pressa henne för mycket i ämnet, utan vänta på att hon själv skulle berätta när hon var redo. Nu när hon hade gjort det kände han sig privilegierad över att hon litade på honom med det.

"Jag ska försöka vara hemma så mycket jag kan", sa han till henne.

"Kan jag ha Sylvia här efter skolan?"

Tomek tvekade. Vägde beslutet. "Ja, jag ser inget problem med det. Säg bara till vilka dagar så ska jag komma ihåg att gömma mina smutsiga kallingar och plocka upp mina strumpor."

Kasia fnissade för sig själv. I ett kort ögonblick trodde Tomek att hon skulle puffa honom kärleksfullt, lägga en hand på hans arm, men det gjorde hon inte. I stället tog hon upp telefonen och läste ett meddelande.

"Hon har frågat om jag vill komma över på övernattning i helgen, faktiskt", sa Kasia.

"Sylvia?"

"Ja."

"Hmm."

Det där var Tomek däremot inte så förtjust i. Han hade inget emot att en kompis kom hem till dem. Det var välbekant mark. En trygg plats. Men att Kasia skulle gå hem till Sylvia ... Det var ett beslut han behövde fundera på.

"Inte så säker på den", sa han till henne. "Om allt går så snabbt som James – jag menar *Jimmy* – säger, så borde vi kunna flytta in till nästa vecka. Jag kommer att behöva all hjälp jag kan få med packningen." Han gjorde en kort paus. "Vad sägs om ... att du bara får ha en övernattning hos henne när du får upp ditt betyg i matte?"

Det skulle göra susen. Mutor. Ge henne en belöning till slut.

Föräldraskap på det enda sätt han kunde.

"Va?" frågade hon, med gryende irritation i rösten.

"Det påminner mig", började han och gick mot utgången. "Jag har pratat med Miss Holloway och hon har gått med på att komma förbi på kvällarna och ge dig extralektioner."

"Va? Håller du på att jävlas med mig?"

Tomek vände sig tvärt om. "Språket! Jag hade från början tänkt att hon skulle sluta när dina betyg blev bättre, men jag kan låta henne hålla på hela året om du hellre vill?"

Kasia himlade med ögonen och blåste ut ett stort moln luft genom munnen. "*Nej.*"

"Bra. Sluta för fan svära, då."

KAPITEL
FJORTON

L ekarna var inte roliga längre. De hade slutat vara roliga efter att han hade slagit henne. Hårt. Riktigt, riktigt hårt. Annabelle visste inte varför han hade gjort det, men sedan dess hade allt blivit spänt. De grälade mycket mer, skrek åt varandra, gick i clinch. Under tiden satt Annabelle bara kvar på sin stol som hon blivit tillsagd. Hon ville inte bli slagen igen. Nej, tack. Det var inte en del av leken hon gillade.

Det gjorde så ont att hon inte kunde röra munnen på vad som kändes som dagar, men som bara hade varit några timmar. Och det gjorde fortfarande ont nu, värkte som den gången Will Robbie hade knuffat henne på armen i skolan för att se om det gjorde ont. Hon hade sagt till honom att hon inte kunde känna smärta, att hon var övermänsklig, att hon inte var som de andra barnen i skolan. Men det hade gjort ont. Väldigt, faktiskt. Och hennes arm bultade av fantomsmärta när hon tänkte på det nu.

Tiden hade blivit knepig att hålla reda på. Hon brukade vara så bra på att titta på siffrorna som gick runt, runt i cirklar. Hon visste inte alltid vad de betydde, men hennes favoritnummer var tolv, och varje gång stora visaren nådde hennes favoritnummer visste hon att en hel timme hade gått. Miss Duggan hade sagt det till henne. Miss Duggan sa henne mycket. Annabelle tyckte om Miss Duggan, och hon tänkte på henne nu när hon satt i stolen och stirrade på tv:n mitt emot.

De grälade fortfarande, men hon stängde ute det. Annabelle tittade på ett avsnitt av *SpongeBob SquarePants* på DVD. Eftersom det inte var ett av hennes favoritavsnitt – hon var väldigt petig med sin SpongeBob SquarePants – gled hon i väg och fortsatte tänka på Miss Duggan. Den vackraste kvinnan hon någonsin hade sett.

Det var synd att hon inte hade någon pojkvän. Fast det var inte brist på försök, hade Amelia sagt. Vad det nu betydde. Annabelle antog att det var något dåligt, men kunde ändå inte förstå varför hon var singel och ensam.

"Ni måste vara väldigt ensam, eller hur, fröken?" hade hon frågat en lunchrast. Medan resten av klassen lekte ute var hon fullt upptagen med att spela Disney Princess Top Trumps.

Hennes favoritkortspel med hennes favoritlärare.

"Jag blir inte ensam," svarade Amelia. "Jag har min katt och jag har många vänner som jag hänger med på helgerna. Blir du ensam, Annabelle, som ensambarn?"

Då hade Annabelle skakat på huvudet. Hon blev inte ensam, kunde aldrig. Inte när hon hade sina vänner vid sin sida: SpongeBob, Sandy, Patrick, Mr Krabs. Till och med Plankton var en av de snälla om man lärde känna honom. Hon tyckte om dem för att de alla pratade med henne när hon var nere och hjälpte henne upp igen. Oavsett vilket humör hon var på blev hon alltid glad av att se sina favoriter.

En hög smäll drog tillbaka hennes uppmärksamhet till nuet. Hon vände sig mot dem. De grälade fortfarande, fast nu hade de börjat viska till varandra, tala med dämpade röster. Annabelle hade sett det tillräckligt många gånger för att veta att de pratade om vuxensaker, sådant de inte ville att hon skulle höra.

Sedan slutade de och gick mot henne. De hukade på varsin sida om stolen och såg henne i ögonen.

"Mår du bra, Annabelle?" *Hon* frågade.

Annabelle nickade.

"Du är inte i trubbel."

Det var bra. Annabelle gillade inte att vara i trubbel.

"Vi är ledsna för det som hände tidigare," började *Han*. "Det var en olyckshändelse. Gör det ont?"

Annabelle skakade på huvudet. Nu var det dags att vara modig, som den gången hon inte hade sagt något när Will Robbie också hade försökt stoppa handen upp under hennes kjol.

"Nu ska vi gå ut och promenera. Vill du följa med?"

Annabelle tvekade ett ögonblick innan hon nickade. Hennes ben var verkligen trötta. Hon hade inte sträckt på dem på vad som kändes som veckor. Utrymmet hade varit så trångt och instängt. Först hade hon tyckt att det var spännande att vara där inne, inbäddad och ombonad, men nu var hon inte så säker.

"Hämta din jacka, så går vi."

Annabelle behövde inte höra det två gånger. Hon hoppade ner från stolen, grep sin favoritjacka från ryggstödet och stod och väntade vid dörren innan de var redo.

Det första hon märkte var kylan. Vintern var inte hennes favoritårstid – förutom julen, hon *älskade* julen – och hon såg aldrig fram emot kylan och mörkret.

Mörkret var det läskigaste.

Och i kväll var det inget undantag. Det var kolsvart där ute. Inte ens gatlyktorna var starka nog för att kämpa mot det tilltagande, omslutande mörkret av förtvivlan.

När hon vandrade längs vägen, med båda händerna hållna, föreställde hon sig mörkret i en strid med gatlyktan. Två långa figurer med stora metallarmar som slog, sparkade och bet varandra.

Sedan svängde de alla in genom en grind och ljusen försvann. Ängen de just hade gått ut på låg på en helt annan nivå av mörker. Mörkare än det mörkaste mörker hon någonsin hade sett.

Det skrämde henne, och hon klamrade sig hårt fast vid händerna som höll hennes.

"Oroa dig inte," kom en röst ovanifrån men hon var så rädd att hon inte kunde avgöra vem som hade sagt det. "Titta upp mot himlen. Ser du alla de fina stjärnorna?"

Annabelle sträckte på halsen mot himlen och nickade. Dussintals hål syntes i filten över himlen, som om Gud hade tagit en nål och stuckit i den för skojs skull. Kanske hade han också lekt en lek, undrade hon.

Gud måste ha lekt massor av lekar. Särskilt med människor. Som när Mason Jones hade snubblat över luft på skolgården och alla hade skrattat åt honom.

Gud måste ha haft de bästa lekarna. Och medan de korsade ängen undrade hon om han hade några av hennes favoriter.

Det var hon säker på.

Efter vad som kändes som timmar stannade de till slut utanför en lekplats. Annabelle hade varit på massor förut men aldrig den här. Den hade allt. En gunga, en rutschkana, gunghästar, en gungbräda, en karusell. Alla hennes favoriter.

Men favoriten hon älskade mest av allt var gungan. Hur hon kunde åka upp och ner, upp och ner... upp och ner. Hur hon kunde komma nära stjärnorna och nära Gud och hans lekar.

"In med dig," instruerade *Han* henne.

Som en greyhound som just släppts lös sprang Annabelle mot gungan, kastade sig upp på den och började skjuta fart fram och tillbaka, med allt större fart för varje tag.

Högre och högre...

Upp och ner...

Hon tittade in i stjärnorna. Drog streck mellan prickarna och låtsades att hon färglade dem. Den här gången hade hon inga problem att hålla sig innanför linjerna.

Och sedan tog det stopp. På väg tillbaka ner mot marken krockade hon med något hårt och höll på att falla av. Innan hon hann reagera började kedjan som hennes hand nyss hade hållit i snurra sig runt halsen, som en pytonorm som fångar sitt byte. De tjocka metallkedjorna skar in i huden och började strypa hennes andning.

Pytonormens grepp blev hårdare, hårdare...

Dödens grepp...

Hårdare, hårdare ändå...

Annabelle försökte kila in fingrarna mellan kedjan och halsen, pressa in en springa mellan liv och död, men det var lönlöst. Det satt för hårt.

Och snart började världen mörkna. Ljuspunkterna började blekna. Ljudet av vinden började tystna.

Och inom vad som kändes som minuter blev Annabelle Lakes värld helt svart. Och när hennes ögon slöts var den sista tanke som fyllde hennes sinne en av förväntan. För nu skulle hon åtminstone få leka samma lekar som Gud.

KAPITEL
FEMTON

D en morgonen, när Amelia Duggan lämnade huset, hade hon ingen aning om att hennes liv skulle vändas upp och ned. Som varje annan morgon blev hon brutalt väckt av Mister Whiskers, som hade insisterat på att vråla klockan 4; klättra upp på sänggaveln och klösa på sängkanten klockan fem; och sedan kväva henne klockan 6 genom att sätta sig på hennes ansikte. Hennes kattväckarklocka. Den själviska pälsbebisjäveln väckte henne bara på det där sättet för att han var hungrig och tiggde mat. Och Amelia hade inte mycket att sätta emot – hon kunde knappast låta honom fortsätta kväva henne. Tidigare hade hon försökt kasta ned honom på golvet och vrida ned ansiktet i kudden, begrava det så att det låg utom räckhåll. Men det hade bara verkat reta upp Mister Whiskers, som sedan hade klöst och bitit varenda bar hudbit på hennes kropp som stack fram under täcket.

Den själviska pälsbebisjäveln.

När hon hade gått hemifrån hade han suttit framför trappsteget och bett med blicken att hon skulle stanna. Att hon skulle fortsätta den oändliga strömmen av blöt- och torrfoder som hans putande mage inte behövde.

"Jag är tillbaka så fort jag kan", sa hon till honom. "Var en duktig pojke. Älskar dig."

Samma rutin varje morgon, utan undantag. Det var ett under att hon fick någon sömn alls. Och när hon gick gav hon sig själv en sista blick i spegeln. De mörka ringarna som hängde under ögonen räckte för att få henne att ångra beslutet att skaffa honom. Sömnbristen, det ständiga behovet av uppmärksamhet. Den själviska pälsbebisjäveln höll långsamt på att nöta ned henne, och tillsammans med den allt tyngre arbetsbördan var hon inte säker på att hon orkade längre. Men så kollade hon tiden på mobilen och såg bilden av Mister Whiskers på hans första födelsedag dyka upp som bakgrund, och allt blev rätt igen.

Hur skulle hon någonsin kunna göra sig av med honom?

Hon undrade ofta om det var likadant för föräldrar. Om de tyckte att deras barn var så rasande irriterande, så frustrerande, att de kände sig manade att då och då ge dem en dropkick i ansiktet. Men sedan krävdes det bara ett gulligt ögonblick – ett leende, ett fniss, att de tog upp kritan och lade ned den igen i stället för att rita på väggarna eller trycka upp den i näsan – och så blev de kära i dem igen på stört.

Under skoldagen var hon bara med barnen några timmar om dagen, när de oftast uppförde sig som bäst, inställda på att lära sig, där distraktioner och tekniska prylar hölls utanför klassrummet. För det mesta var barnen hon mötte på sina lektioner guld värda. Visst bråkade de emot och tjafsade ibland, men de befann sig i ett annat sammanhang. De outtalade regler som styrde varje barn i samma stund som de passerade skolporten gällde fullt ut. De hade en viss respekt, en viss professionalism. Till och med de små rasisterna i årskurs 6 som kom i sneakers och med vape-cigaretter och startade bråk med östeuropéerna.

Det hade varit ett trevligt dilemma att ha, att skaffa barn. Hon trodde inte att hon någonsin skulle kunna hata sitt eget barn, aldrig förakta det eller vilja göra det illa. Faktum är att hon längtade efter att få barn. Det hade hon gjort ända sedan hon blev lärare. De var alla unika, speciella på sitt eget lilla vis. Och hon älskade det, och hon skulle älska att ha ett eget.

Det enda problemet var att hitta någon som var modig (eller var det dumdristig?) nog att skaffa ett tillsammans med henne. Det där hade varit ett krig hon gett sig in i många gånger och förlorat. Nätdejting, speeddejtning, att träffa folk på krogen – hon hade testat allt. Men utan resultat. Ingen man ville binda sig. I stället var de ute efter en enda sak, och bara den. Något som hon inte var beredd att ge dem. Hon hade gjort det misstaget alltför många gånger tidigare och blivit bränd. Nej, hon behövde rätt man, den perfekta mannen.

Som Mister Whiskers... när han inte betedde sig som ett fullständigt rövhål.

Amelia låste ytterdörren och påbörjade den fyrtio minuter långa promenaden till skolan. Det var fortfarande mörkt ute, och med lite tur skulle himlen ha ljusnat något när hon väl nådde skolgrindarna. Vägen dit bestod av tjugo minuters promenad över ett fält nära golfbanan, tio minuter genom ett villaområde och sedan sista biten längs den trafikerade gatan. Hon gillade promenaden, och i ur och skur tog hon den. Den var bra för själen, bra för kroppen och bra för huvudet. Den jämna rytmen av fötterna mot de olika underlagen lät henne varva ned, bearbeta gårdagens händelser och planera dagen som låg framför henne.

Först kom den läskigaste delen av promenaden. Hon fasade för den både på morgonen och på kvällen, särskilt under de mörka månaderna. Parken. Hon hade hört skräckhistorier om unga kvinnor som blivit överfallna och våldtagna där inne, och därför hade hon skrivit under namninsamlingen för att få fler gatlampor (eller någon belysning alls) längs stigen som skar över fältet. Det var tio månader sedan, och fortfarande hade ingenting gjorts.

Den här morgonen var marken fuktig, dränkt av regnet som hade fallit under natten. I mörkret kunde hon bara se femton meter framför sig. För den här delen av vägen tog hon ur hörlurarna och ökade tempot, nästan upp i jogg – ett tempo som skulle ge powerwalkarna en match.

Halvvägs kom hon fram till lekplatsen som hade byggts för några år sedan. Som vanligt vid den här tiden på morgonen var den öde. Men Amelia hade gått där även mitt på dagen, eller strax efter skolan, och den hade ändå varit tom. Som om det fanns en aura kring platsen som hindrade folk från att gå in. En osynlig varning som skrämde bort dem.

Hennes blick fladdrade mot rutschkanan. Den höga konstruktionen, vagt silhuettlik i mörkret, var platsen där en tjugofyraåring hade blivit överfallen för några månader sedan. Som tur var hade kvinnan räddats av en förbipasserande, och gärningsmannen hade gripits.

Men det fick henne inte att sakta ned.

I stället gjorde hon tvärtom.

Tills något fångade hennes blick.

Något märkligt, något som inte borde ha funnits där.

En gestalt som satt på gungorna...

Nej, den satt inte. Den... hängde?

Ja, hängde. Men vem? En liten gestalt. Ett barn kanske. Genast kastade sig Amelia i väg och rusade in på lekplatsen. Rocken fastnade i grindhandtaget och ryckte henne bakåt, vilket sinkade henne en aning. Hon svor högt, slet loss den och skyndade sedan fram till gestalten. Även i det svaga ljuset behövde hon inte se vem det var för att veta. De där tofsarna skulle hon känna igen var som helst. Och kappan. Och de små Converse-skorna som skolan hade gjort ett undantag för.

Amelias hjärta hoppade upp i halsen när insikten slog henne som en örfil.

Innan någonting annat hann registreras i hjärnan fyllde hennes skrik luften och rullade över fältet, där det dränktes av trafiken på andra sidan staketet.

KAPITEL
SEXTON

T omek försökte undvika Canvey Island så mycket han kunde. Det var grått, deppigt, fullt av tonåringar i Nike och idioter som körde race i Vauxhall Corsor och Ford Focusar, och ansågs i stort sett vara Essex rövhål. Genom åren hade lokala företag och kommunen försökt locka fler människor till ön med en bio, en bowlinghall, ett litet nöjesfält vid kusten och ett handelsområde som huserade sådant som B&M, M&S och en Costa Coffee – söndagseftermiddagsshoppingens kännetecken. Men trots det hade det inte varit nog för att fresta honom.

Ön löpte en ständigt närvarande och växande risk för översvämningar och var ökänd för att ligga under havsnivån. På sextonhundratalet hade regeringen lockat hit en nederländsk ingenjör vid namn Cornelius Vermuyden (som de senare hedrade med en skola i hans namn) och gett honom i uppdrag att förstärka havsvallarna runt ön för att skydda den mot stigande vattennivåer. Hittills hade försvaren överlevt och stått emot tidvattnets angrepp i fyrahundra år, men om man skulle tro forskarna och experterna var det bara en tidsfråga innan vallarna gav vika och havet tog tillbaka landet.

Fältet där Tomek nu befann sig var dock en av de trevligare fläckarna av grönområde han hade satt sin fot i på ön.

Det dåliga med det hela var däremot den döda nioåringen som hängde i gungan.

Det rådde ingen tvekan i Tomeks huvud om att den lilla flickan var

Annabelle Lake. Han kände igen de två tofsarna och ärret på hennes kind från fotona han hade studerat kvällen innan.

"Snygg start på första dagen tillbaka."

Tomek kände en dunk i ryggen från Sean när den älskvärda jätten ställde sig vid hans sida.

"Det är nästan lika illa som att behöva vara på Canvey," konstaterade Tomek.

"Ändå, det kunde vara värre."

"Jaså?"

"Vi kunde göra det här i Tilbury."

Tomek rös vid tanken.

"Jag hörde det där!" Den gälla rösten kom från Lorna Dean, rättsläkaren från Home Office som hade tilldelats fallet. Tomek hade arbetat med henne vid flera tillfällen, och uppskattat varje gång. Hon var en av de mest jordnära, ödmjuka och intelligenta personer han kände. Och för någon som dagligen hanterade döda kroppar – vilket gjorde henne märklig per definition – hade hon en förhållandevis god livssyn.

"Kan jag hjälpa dig?" frågade Tomek skämtsamt.

"Se upp med vad du säger om Tilbury," ropade hon från andra sidan av avspärrningen. "Det är där jag kommer ifrån."

Tomek och Sean utbytte en blick som sa "det säger allt du behöver veta".

"Kanske låt bli att gå runt och sprida sånt," sa Tomek till henne. "Folk kan börja tro att du inte är kvalificerad för jobbet."

Lorna visade honom långfingret. "Vill ni veta något om den döda flickan eller inte?"

Det kunde Tomek inte säga emot, så han gav tecken åt henne att komma. Några ögonblick senare dök hon under avspärrningen och hasade bort mot dem båda.

"Bra att se dig igen, Tomek," sa Lorna och drog ner munskyddet under hakan. "Ser att de till slut släppte dig, va?"

"Till slut."

"Jag hoppas att de hade rätt. Jag har en tonårsdotter som såg de där bilderna på dig."

Herregud. Det hade inte slagit honom att de oombedda nakenbilderna som Charlotte hade tagit på honom medan han sov nu fanns där ute på internet, tillgängliga för hela världen att se. Inklusive Lornas dotter.

"Var? Hur?"

"Instagram."

"För helvete ..." sa han. "Påminn mig om att aldrig komma i kontakt med din dotter. Aldrig. Snälla."

"Med största jävla nöje." Lorna drog ner huvan och avslöjade en kalufs av eldrött hår. En solig dag var det starkt nog att bränna igenom tyget i hennes skyddsoverall, men i det svaga ljuset hade Tomek nästan glömt färgen på det. Det var ett tag sen han senast hade haft att göra med henne.

"Så ..." sa han, ivrig att komma vidare.

"Så, er lilla flicka." Lorna petade undan en hårslinga. "Har ni någon aning om vem det kan vara?"

Tomek nickade. "Annabelle Lake. Nio år. Bortförd för nästan en vecka sedan från sin skola."

"Utmärkt. Nåja, inte *utmärkt*. Men bra att ni har en uppfattning om vem hon är. Det sparar mig lite tid."

"Hur dog hon?"

Lorna vände sig om på stället och pekade på Annabelles lilla kropp. "Jag tror att hon kan ha försökt öva på konsten att levitera ... Såvitt jag kan se räckte kedjan runt hennes hals för att ordna det. Det verkar inte finnas några andra tecken på strypning, men jag vet inte mer förrän hon ligger på bordet. Och även då kan det vara för svårt att avgöra – märkena på halsen från kedjan har lämnat djupa fördjupningar i strupen, så det kanske inte går att se något annat."

"Hur länge har hon varit där?"

Just som han sa det öppnade sig de hotfulla grå molnen ovanför och ett kraftigt regn började falla. Perfekt. Precis det som kunde sänka hans intryck av Canvey ännu mer.

"Över natten," svarade Lorna. "Jag skulle säga de tidiga morgontimmarna. Under mörkrets skydd."

"Det blir mörkt vid femtiden ..." noterade Tomek.

"Men här brukar vara tomt," fyllde Sean i.

Tomek vände sig mot honom. "Hur vet du det?"

"Jag har vänner som bor här."

"Vänner? Andra än ... mig?"

Ett snett leende spred sig över Seans ansikte och han klappade Tomek nedlåtande på ryggen.

"Behöver ni två en stund?" frågade Lorna.

"Nej. Vi är okej. Fortsätt ..." sa Tomek och skakade av sig Sean.

"Som jag sa mördades hon troligen under de tidiga morgontimmarna. När jag kom hit var kroppen våt, och enligt de meteorologiska rapporter jag läste ska det ha regnat under natten. Det slutade vid fyrasnåret." Hon såg ut över fältet omkring sig och kisade mot vinden och regnet som piskade henne rakt framifrån. "Inget sedan dess ... Förutom nu, förstås."

"Förstås," sa han.

Medveten om regnet och angelägen att komma därifrån så snabbt som möjligt frågade Tomek om hon hade något mer att ge dem just nu.

Lorna skakade på huvudet. "Tyvärr inte just nu, grabbar. Det där kalaset kommer senare när jag får upp henne på bordet."

Tomek kunde knappt vänta. Innan han gick stannade han upp och såg brottsplatsundersökarna febrilt springa ut och in på fältet för att bevara så mycket bevisning som möjligt.

Efter att ha tackat Lorna för hennes tid begav sig Tomek och Sean tillbaka till bilen. När de tog sig över den leriga stigen som skar genom fältet halkade Tomek med foten och landade med ansiktet före i en pöl. Lerigt, smutsigt vatten stänkte i håret och på kläderna. Runt honom hörde han ljudet av skratt.

Sedan kom Lorna: "Rätt åt dig," sa hon, hennes röst bars snabbt av vinden. "Det är vad du får för att snacka skit om Tilbury."

KAPITEL
SJUTTON

L judet av Tomeks knackningar på dörren ekade runt den lilla återvändsgränden där Steven och Elizabeth Lake bodde. Från deras trappa kunde han se en av byggnaderna på Canvey Beck Primary School och det röda metallstaketet som löpte runt den bakom häcken.

Det var lämningstid till skolan, och horder av små människor med för stora ryggsäckar som tycktes släpa mot betongen traskade mot grinden, dragna av sina föräldrar.

En stund senare öppnades ytterdörren och Tomek vred sig runt på stället och fann en kvinna i trettioårsåldern som stirrade tillbaka på honom. Hon bar en tunn hoodie som hängde över ena axeln, snörena satt snett och dragkedjan var nerdragen till bröstet, vilket visade mer hud än Tomek hade räknat med klockan nio på morgonen.

"Fru Lake?" frågade Sean.

"Ja...?" Hennes röst var hes, mörk, som om hon redan hade rökt trettio cigaretter innan de hann fram. Och så sjönk insikten in i porerna och slog läger. Munnen vidgades och blottade en uppsättning tänder i samma färg som lera, och hon backade in i huset. Babblade, otröstlig, vokaler och konsonanter som rann ur henne obegripligt.

"Fru Lake", började Tomek, "går det bra att vi kommer in?"

Men när hon inte svarade, alltför upptagen med att hyperventilera som en fyraåring, tittade Tomek på Sean. De ryckte på axlarna åt varandra och gick sedan in. Tomek tog tjuren vid hornen och klev in först. Han hade väntat sig en verbal attack, en salva av spottstänkta svordomar som sa åt honom att sticka och aldrig komma tillbaka. Som mitt i ett hemmagräl. Men den kom inte. I stället snubblade Elizabeth baklänges till foten av trappan, famlade vilt i luften efter stöd som om hon letade i mörkret. När hon till slut hittade trappstegen drog hon upp knäna mot bröstet och rullade ihop sig till en boll.

Tomek gjorde en ansats att gå fram, men Sean höll tillbaka honom. "Gör te", sa han. "Vattenkokaren står där inne."

Utan att protestera gick Tomek mot köket och överblickade det kort innan han satte på vattenkokaren. Det fanns inget av omedelbar betydelse. Inga buntband eller rep eller en stol mitt på golvet med blod på. Inga potentiella mordvapen eller tortyrredskap. Bara ett hopkok av hemska teckningar som såg ut att vara gjorda av en tvååring, och en hög brev från myndigheterna. När teet var klart lämnade han köket och satte sig på huk framför Elizabeth Lake i hallen.

"Här har du, vännen", sa han och räckte över Minnie Mouse-muggen. Sedan gav han Mickey Mouse-muggen till Sean. Tomek hade sett samlingen i skåpet – en hel arsenal av Disney-muggar – och valde sin favorit till sig själv. Pluto.

"Har jag rätt om jag gissar att de här alla är Annabelles?" frågade Tomek och viftade med fingret mellan deras muggar.

"Ja…" sa Elizabeth, med en klump stor som en baseboll i halsen. "Hon älskar Disney. Avgudar det."

Vilken nioåring gjorde inte det? Faktum är, vilken *person* gjorde det inte? Franchisen hade funnits i över hundra år av en anledning.

Tomek föreslog att de skulle ta samtalet till vardagsrummet. Med en motvillig nick höll Elizabeth med och visade in dem i det lilla utrymmet. Det mesta av rummet upptogs av två stora soffor som hade pressats in, och första hindret för Tomek var att få in sitt kraftiga lår genom den smala glipan. Nästa hinder var att se till att han inte spillde på heltäckningsmattan. Men åtminstone var det inte lika illa som Seans försök: efter att ha försökt få in benet utan framgång, svingade han till slut andra benet över soffan och hoppade in i utrymmet. När de väl var bakom fiendens linjer slog de sig ner på soffänden närmast fönstret. Elizabeth, med gymnastens smidighet och grace, sträckte benen över sidan av fåtöljen och gled ner i soffan utan problem.

"Fru Lake", började Tomek.

"Beff. Du kan kalla mig Beff."

Beth med ett F. Som om de få saknade tänderna i munnen hindrade henne från att tala ordentligt.

Tomek förklarade sedan för henne att dotterns kropp hade hittats. Det dröjde inte länge förrän tårarna kom igen, och efter några minuter tog Elizabeth upp sin telefon ur fickan och började skriva. Som om hon fått ur sig det och gått vidare till nästa tanke.

"Finns det någon annan vi behöver informera?" frågade Tomek. "Hur är det med Steven?"

"Han är på jobbet."

"Vill du att vi låter någon meddela honom?"

Hon höll upp ett finger åt honom, som för att säga åt honom att vänta. "Jag sms:ar min bror. Han måste få veta."

Tomek mindes anteckningarna i akten Nick gett honom. Vincent Gregory. Beth-med-ett-F:s bror. Det fanns en notering om att han under de första dagarna av utredningen hade varit outhärdlig. En otäck typ som hade trakasserat och skällt ut medlemmar i gruppen, kallat dem inkompetenta och hotat med rättsliga åtgärder om de inte hittade Annabelle. Särskilt mot Sean.

"Du meddelar honom före din man?"

"Han har rätt att veta. Lika mycket som alla andra."

Tomek tyckte inte att det där riktigt stämde. Att ropa ut det från taktopparna skulle inte uppnå något.

När hon var klar vände hon äntligen uppmärksamheten mot Steven och ringde honom, ett samtal som var över på trettio sekunder.

"Han är på väg", sa hon. "Han avslutar bara ett jobb."

När Tomek lyssnade kunde han inte låta bli att tycka att hon framställde Steven Lake som någon sorts torped.

━━━

Torpeden dök upp tio minuter senare och for in genom dörren. Han såg inte det minsta ut som en lejd mördare, utan var i stället klädd i elektrikerbyxor, bar en smutsig mörkblå piké, och armar och fingrar var täckta av smuts och lort. Om orden "Lake Electrical Services" inte hade stått tryckta över bröstet på tröjan hade Tomek gissat att han var någon sorts byggare.

Steven Lake ignorerade Sean och Tomek när han gick rakt fram till sin fru. De gav varandra en kort kram och sedan satte han sig bredvid henne. Han lade båda händerna på knäna och lutade sig fram, som om han tittade på klimaxet i en actionrulle på bioduken.

"Snälla säg att det inte är sant", sa han. "Jag kom så fort jag kunde, snälla säg att det inte är sant."

Sean svalde innan han svarade. Innan de satte sig med familjen hade de varit överens om att beskedet kom bäst från någon de träffat tidigare, någon de hade lärt känna, snarare än främlingen som dykt upp på trappan tillsammans med honom. Medan han lyssnade studerade Tomek Annabelle Lakes föräldrar. Deras rörelser, deras reaktioner. I teorin skulle de ha varit mer avslappnade, mer öppna, mer *tillitsfulla* till beskedet när det kom från Sean – och därmed mer benägna att avslöja något, om det fanns något.

Men så blev det inte. Båda bröt ihop i strida strömmar av tårar, först gråtande i sina egna händer, sedan funna tröst hos varandra. Steven hade lutat sig över och snyftade i Beffs knä, omsluten av hennes armar.

"Vi ska göra allt vi kan för att hitta den som gjort det här", sa Tomek. "Jag vet att vi aldrig har träffats, så det här är väl bästa tillfället att presentera mig." Tomek väntade ett ögonblick; båda såg upp på honom, förfärade över den hemska smaken i tidpunkten. "Jag är kriminalinspektör Tomek Bowen", sa han. "Jag jobbar med Sean och resten av gruppen och har kallats in för att—"

"*Tomek?*" frågade Beff.

"Ja. Det är mitt namn." Han vände sig mot Sean och frågade: "Det var väl det jag sa, eller?"

"Ja", bekräftade Sean med en nick.

"Det där är väl inget engelskt namn, va?" sa Beff.

"Nej. Så skarpsynt av dig." Han kände hur han blev stingslig. "Jag är till hälften polack."

Ett uttryck av överraskning, följt av vånda, lade sig i Beffs grå ögon. "Du kan inte vara här..."

"Ursäkta?"

"Det är illa nog att du är här också..." fortsatte Beff och såg Sean rakt i ögonen.

"Vad?" frågade Tomek, ryggen blev stelare för varje sekund.

"Det är hennes bror", fyllde Steven i.

"Vad är det med honom?"

"Han... Hur ska man säga? Han..."

"Han har vissa åsikter om vissa saker..."

"Åh, du menar att han är rasist?"

Det ordet tog Beff på sängen, som om ingen någonsin sagt det om hennes bror. Eller så hade de det och hon struntade i det. Om det var något han visste om trotsiga arslen som hennes bror, så var det att just det där ordet inte fanns för dem.

"Min bror är inte rasist..."

Tomek såg hur hålet blev djupare ju längre tid det tog henne att avsluta meningen.

"Han är bara väldigt åsiktsstark i de där frågorna."

"Om *vilka* frågor?"

"Folk som inte är... du vet, engelska."

"Och vad är *din* åsikt?"

"Jag... jag har ingen."

"Tja, jag är till hälften engelsk, räknas inte det till något?"

Beff pressade ihop läpparna och skakade knappt märkbart på huvudet.

Staven i Tomeks rygg var i stram givakt. Inte ens en jordbävning skulle få honom på fall.

"Har din bror hakkors hemma? Vill du också veta om jag är jude?"

Beff babblade, överläppen darrade.

Kom igen, manade Tomek henne. *Gör det.*

Säg det.

Jag utmanar dig.

"Ä-Är... Är du jude?"

Ett leende hoppade upp i Tomeks ansikte. "Nej. Det är jag inte."

Han var inte jude. Han utövade ingen religion – till moderns förtvivlan – men det skulle inte hindra honom från att få henne att tro det.

Tomek kastade en snabb blick mot Steven, som inte längre låg med huvudet i Beffs knä. Nu vilade det i händerna, generad, kroppen vriden bort från henne. Deras kroppsspråk såg ut som om de satt hos en parterapeut, djupt inne i samtalet om varför de båda avskydde den andre.

Vad hade Steven gift sig in i? undrade Tomek.

Och av uttrycket att döma undrade elektrikern samma sak.

"Hörrni..." medlade Sean, den vänlige jätten. "Det är inte därför vi är här. Vi är här för att prata om Annabelle."

"Du har rätt", sa Tomek. "Och medan vi väntar på att din bror ska komma hit har vi några frågor till er."

"Som vad?" frågade Beff.

"Var ni var i går kväll?"

"Här. Båda två. Vi va och la oss runt tio. Steve skulle upp tidigt och jobba."

"Jaså? Var då?"

"Jag börjar de flesta morgnar vid sju–åtta, typ. Jag är egen, så tid jag inte jobbar är bortkastad."

"Och vad jobbar du med, Elizabeth?"

"Jag är deltidsbiträde på Dorothy Perkins i stan. Resten av tiden tar jag hand om Annabelle."

Tomek visste förstås allt det där, han visste nästan allt om dem, men han ville höra det direkt. Rakt ur hästens mun.

Sedan förde han samtalet vidare till händelserna som ledde fram till Annabelles död. Deras rörelser, deras beteende, om de lagt märke till något konstigt utanför huset.

Det hade de inte. De hade inte sett något.

Och vid tiden för Annabelles bortförande hade Steven arbetat i Southend, medan Elizabeth hade varit i butiken.

"Steve har fått en massa jobb uppe i Southend på sistone. Det har gått bra. Jag är så stolt över honom."

Döm av hans min var Steven stoltare över sig själv än hon var. Faktum är att han såg ut som att han blivit gladare om Tomek sagt att han var stolt över honom.

"Grattis", svarade Tomek.

Leendet på Stevens ansikte bekräftade saken. "Tack. Det har tagit ett par år och mycket slit men nu börjar det lossna. Lägger undan lite extra här och där..."

Mannen log, men leendet föll snabbt och blottlade hans verkliga känsla. Att han var trasig och sårad – om det berodde på dotterns död eller det ständiga trycket att försörja familjen, eller troligen båda delarna. Tomek visste inte. Men han kände att de känslorna inte skulle försvinna i första taget. Han hade sett det förr. Offrets far som internaliserade dödens lidande och smärta. Sög upp det som en ondskefull svamp som limmats fast vid honom och enda sättet att få ut det var att slita upp den.

Och det var så vissa män hanterade det. De slet upp sig själva på det enda sätt de kände till: utrotade problemet så att det inte längre var ett bekymmer för familjen.

En kort stund senare dök Elizabeths bror upp. Vincent Gregory var precis sådan som Tomek hade väntat sig. Utifrån den enda (och ärligt talat avgörande) uppgiften han visste om mannen, anade han att håret skulle vara klippt så kort att det knappt fanns något kvar, ansiktet skulle vara lika runt som magen, och att han skulle ha minst en, om inte två, tatueringar på halsen. Tomek fick rätt på de två första. På den tredje missade han med en. Vincent Gregory hade tre tatueringar på halsen. Den första föreställde en orm som slingrade sig runt strupen. Mellan banden av hud och fjäll fanns en liten båt som såg ut att vara kalkerad från filmen *Pirates of the Caribbean*. Den saknade pusselbiten i collaget var namnet "Annabelle", med kantiga linjer och ett dåligt försök till bubbelbokstäver. Det fanns ingen identitet i den, ingen tydlig stil, och den såg ut som om Annabelle själv hade ritat den. I så fall, fine. Men om inte, tyckte Tomek att det var dags för Vincent att hitta en ny tatuerare.

"Vinnie", sa Elizabeth så fort han kom in i vardagsrummet.

"Åh, Beth, älskling, jag är så ledsen."

De båda omfamnade varandra, kropparna kolliderade med ett dovt *dunk*, och de blev stående där längre än vad som är socialt accepterat. Medan vi andra stod ute i kanten av rummet och stirrade obekvämt när Elizabeths och Vincents händer masserade veck i varandras hud.

"Jag är så ledsen..." sa Vincent när han släppte taget och såg henne i ansiktet, ovetande om resten av rummet.

"Jag vet", svarade Elizabeth och vände sig sedan till Sean och Tomek. "Det här är detektiverna som ska hjälpa till att hitta hennes mördare."

Det tog mindre än en bråkdel av en sekund för avsmak att registreras i Vincent Gregorys ansikte. Inte på grund av Tomek – som inte såg annorlunda ut än Steven Lake – utan på grund av Sean. Den ende svarte mannen i rummet. Ansiktet förvreds och munnen öppnades, men han hejdade sig i sista sekund. Han tog ett steg fram och spände bröstet, som för att mäta sig med Sean.

"Ni *två* är de som ska ta reda på vem som dödade min systerdotter? Vadå – fanns ingen annan? Jag fattar inte vad du gör här..." sa han till Sean. "Trodde jag sa åt dig att inte komma tillbaka..."

Sean rös till när han kämpade mot impulsen att ta mannen i strupen och trycka in hans feta huvud i glipan mellan sofforna.

"Herr Gregory", sa Tomek och hoppade in i samtalet innan någon konflikt hann uppstå. "Vincent... Vinnie... Det är något du borde veta om oss."

"Jaså, vadå?"

Tomek lade handflatan mot bröstet. "Jag heter Tomek. Och vad du än säger eller gör så kommer vi inte sluta förrän vi tagit reda på vad som hände Annabelle."

När Tomeks namn sjönk in i Vincents lilla huvud vidgades pupillerna och munnen öppnades ännu mer.

"Just det", fortsatte Tomek. "Ni har en polack och en svart man på fallet. De bästa av de bästa, om jag ska vara ärlig. Jag vet inte hur det är med dig, Sean, men jag kan inte komma på någon jag hellre skulle vilja ha som hjälper lilla Annabelle."

"Absolut", instämde Sean.

De höll båda blicken stadigt på Vincent Gregory som, stående framför dem, verkade ha krympt avsevärt.

"Vi är ert bästa hopp", lade Sean till.

"Hur är det med... hur är det med kvinnan som var här häromdagen? Anna, va?"

Trippelordspoäng? Kriminalassistent Anna Kaczmarek? Konstapeln med det mest polska namn som går att hitta?

"Hon är vår anhörigkontakt. Hon kommer fortfarande förbi och uppdaterar er när det behövs."

"Kan inte hon göra... mer? Jag gillade henne. Tyckte hon var... hjälpsam."

Självklart gjorde du det, din rasistiska fascistjävel, för att hon inte sa sitt fullständiga namn.

Eller så är du inte en rasistisk fascistjävel när det gäller kvinnor, din rasistiska fascistjävel.

I stället för att säga högt vad han tänkte gav han mannen ett varmt leende och återvände till sin plats i fåtöljen. "Om du ursäktar, Vincent, så har vi några frågor till dig."

"Det är Vinnie."

"Okej", började Tomek. "Nå, Vincent, till att börja med skulle jag—"

"Är du döv?"

"Ursäkta?"

"Jag sa att det var *Vinnie*."

"Och jag sa *okej*. Bara för att jag förstod vad du sa betyder inte att jag måste hålla med."

Lite som dina åsikter...

"Och om du inte har något emot det", fortsatte Tomek innan Vincent hann protestera, "så har vi en hel del att ta tag i."

"Som att ta våra jobb?"

Och där kom det. Tomek kände ett sug att kolla på klockan. För att se hur lång tid det hade tagit innan mannen blottade sig i all sin nakna prakt. Han gissade att det var mindre än några minuter, nytt rekord.

"Vilka jobb skulle det vara, Vincent?"

Vincent viftade med fingret mot dem. "Erat gäng..." sa han till slut. "Tar våra jobb."

"Vilka jobb har vi tagit, herr Gregory?"

Det här var ett ämne Tomek inte tvivlade på att mannen kunde orera om. De flesta rasister kunde det. De kunde argumentera och argumentera, men det var bara vagt, överflödigt svammel som aldrig kom med några fakta eller exempel. Allt var ett illvilligt hat eldat av en växande klyfta i sociala och ekonomiska villkor.

"Öh... Alltså, jag jobbar på Southend Hospital, okej? Står och skurar golven och torkar upp folks piss och sånt, och alla jag jobbar med är utlänningar, okej? De har kommit hit och börjat jobba här..."

"Ja. Okej. Men har de tagit ditt jobb?"

"Öh... Nä men jag får inga andra jobb längre eftersom resten av dem har tagit dem."

Och naturligtvis hade det absolut ingenting att göra med hans förmåga, hans kompetens. Det var alltid någon annans fel.

Tomek bestämde sig för att han inte ville underhålla samtalet längre. Det bästa sättet att besegra en mobbare var att gå därifrån och låta dem gå på tomgång. Då blev det ingen konfrontation och ingen risk att förlora jobbet. Inte bara skulle det göra Vincent Gregory mycket glad, det var dessutom Tomeks första dag tillbaka och han kunde inte riskera att hamna hemma och göra ingenting igen. Inte på länge, i alla fall.

"Jag tror det var allt för nu", sa Tomek till dem, men talade direkt till Steven Lake. "Vi hör av oss om vi behöver något den närmaste tiden."

På vägen ut strök Tomek förbi Vincent Gregory och fick ett ursäktande leende från Beth med ett F. När de gick tillbaka till bilen kände Tomek hur Vincent drog undan gardinerna och blängde på dem genom fönstret. Han var halvvägs till att vända sig om och vinka, bara som en liten påminnelse om att han inte tänkte försvinna, men hejdade sig.

Så barnslig var han inte.

Kanske...

"Vad säger du om det där, då?" frågade Sean när de hoppade in i bilen. "Han är en otäck typ, eller hur?"

"Nej", svarade Tomek och knäppte säkerhetsbältet. "Det är inget otäckt med honom. Han är bara ett jävla as."

KAPITEL
ARTON

Tomek stängde försiktigt dörren till kommissarie Cleaves kontor och stängde ute det mjuka surret från stabsrummet bakom sig. Nick hade kallat in honom i samma stund som han kom in på parkeringen. I dag bar chefen en min av bestörtning, ett uttryck Tomek aldrig hade sett förut, och även om det hade gått mindre än en vecka var Tomek säker på att mannen hade lagt på sig lite sedan de sågs sist.

"Är det något, chefen? Du ser ut som om du just fått dåliga nyheter."

"Det var ett sätt att uttrycka det, Tomek."

Tomek gillade inte hur det lät. Inte det minsta. Något var på väg åt hans håll, och all hans samlade erfarenhet sa honom att det inte skulle vara ett erbjudande om befordran.

"Jag ska väl först säga välkommen tillbaka. Inget som att kasta in dig rakt ut på djupt vatten, eller hur?"

"Du kastade in mig rakt in i Canvey, chefen. Det är mycket värre."

"Jag hörde om din lilla vurpa..." Nick fick mungiporna att fladdra till i ett flin, även om han gjorde sitt bästa för att dölja det. "Att du gick omkull som en säck skit."

"Det händer de bästa av oss." Tomek tittade ner på armen och borstade bort en klump intorkad lera från kavajen.

"Stackars lilla Annabelle..." fortsatte Nick och lät blicken falla mot bordet. "Förkrossande..."

Det var första gången på länge som Tomek hade sett Nick visa någon liknelse till känslor över ett fall. Vanligtvis var han stel, likgiltig, en mästare på att dölja vad han egentligen kände. Men det här var annorlunda. Och Tomek visste inte hur han skulle reagera.

"Är du okej, chefen?" sa han. "Ska jag hämta en näsduk åt dig?"

Den blick han vant sig vid från Nick – den hotfulla glöden, de uppåtvända näsborrarna, den rynkade pannan – var tillbaka med besked.

"Dra åt helvete. Jag mår bra. Det är bara sorgligt att se. Du fattar väl det nu när du har Kasia i ditt liv?"

Tomek hade inte tänkt på det så. Faktum var att han hade försökt låta bli. Att åldersskillnaden mellan Annabelle och Kasia hjälpte honom att dra slutsatsen att det *inte* var samma sak och att det *inte* var möjligt att något liknande skulle hända hans dotter.

"Jag antar det," svarade han med en axelryckning. "Men jag försöker att inte tänka på det."

"Troligen lika bra."

Ett långt ögonblick av tystnad vandrade in genom fönstret och slog sig ner mellan dem. Tomek skruvade på sig där han satt och lät blicken vandra i rummet för att döda tiden – rummet han sett otaliga gånger och som började kännas som om han kände varje kvadratcentimeter av. Det innehöll de vanliga kontorsprylarna: en stol, ett skrivbord, hyllor, en whiteboard, till och med en byrå som var reserverad för de topphemliga delarna av jobbet som Nick inte skulle dela med honom hur mycket han än tjatade. Men några hemtrivselgrejer fanns inte, inget som gjorde det varmt och välkomnande. Å andra sidan trodde Tomek inte att han skulle ha gjort det bättre om han haft ett eget kontor. Förutom kanske en växt. Definitivt en växt. Kanske till och med en bonsai...

Där hade han en idé. Nicks födelsedag var om ett par månader.

Till slut, efter vad som kändes som en minut, fortsatte Nick: "I samband med din återgång behöver du göra lite tråkiga välmåendegrejer. HR fixar allt det där, men jag kan inte tänka mig att det tar så lång tid. Du har redan kommit igång i full fart och det har gått två minuter."

"Du får nog börja kalla mig Usain Bowen," sa han. "Snabbaste mannen i laget."

"Din röv väger ju säkert femtio kilo bara den. Tänk på luftmotståndet."

Tomek hade aldrig varit den som erkände det, men i teamet hade det gått ett stående skämt om att han, av alla män, hade den största röven. Han skyllde det på morgonrundorna, men sanningen var att den alltid hade varit stor, och han hade ofta svårt att hitta jeans eller byxor som var tillräckligt bekväma för både den och de ännu kraftigare låren.

"Även med luftmotståndet är jag snabbare än du och den där magen," svarade Tomek.

"Vad pratar du om?" Nick tittade ner på sin mage med en gnutta triumf i blicken. "Jag har en gudakropp."

"Synd bara att det är Buddha."

"Bra där, men Buddha är ingen gud... *faktiskt*."

Tomek höjde händerna i kapitulation. "Visste inte att vi hade två Kapten Faktiskt i laget..."

Ytterligare en tystnad, den här gången kortare.

Det var något Nick hade på hjärtat, men han var för rädd för att säga det. Han fyllde beslutsvakuumet med pinsam tystnad. Och Tomek ville veta vad det var. Han öppnade munnen för att fråga, men blev slagen på mållinjen.

"Hur tycker du att utredningen går hittills? Några idéer? Jag utgår från att du hann gå igenom alla anteckningar innan du kom tillbaka."

Tomek nickade. "Fanns inget bättre att göra med tiden, chefen. Det finns bara så mycket dag-tv jag klarar av innan jag börjar tänka att jag vill hänga mig." Tomek stack in ett finger i örat och rörde runt, drog sedan ut det och torkade av innehållet på byxorna utan att titta. "Fast jag har tänkt fråga: vem har lett utredningen hittills?"

"Inspektör Orange."

"Orange...?"

"Ja. Har du problem med det?"

"Är det faktiskt hennes efternamn?"

"Jag vet att du har svårt att tro det, men ja."

Tomek sög på underläppen. "Åtminstone lär det inte bli svårt att hitta ett smeknamn åt henne. Däremot kan det bli svårt om vi vill hitta något som rimmar."

"Det där låter du bli. Hon har precis börjat och jag tänker inte acceptera att du hetsar henne genom att göra narr av henne."

"Vi skrattar *med* henne, chefen. Inte *åt* henne."

"Det skiter jag i. Det blir samma sak."

Det kunde Tomek inte säga emot. Som upphovsman till många av smeknamnen på kontoret – Kapten Faktiskt, Ljumme Tony, Chey-enne Pepper, för att nämna några – hade han ibland undrat om han drog dem för långt, om de passerade en gräns. Men eftersom ingen hade sagt ifrån eller klagat för honom hade han aldrig sett dem som ett problem.

"Jag presenterar er efter det här," sa Nick och drog ut Tomek ur tankarna. "Hon är trevlig och vet vad hon gör."

"Är du säker?"

Nicks ögonbryn höjdes och han lutade sig fram på stolen. "Sergeant? Vill du tänka noga på dina nästa ord?"

Tomek ville inte hamna på kant med ännu en inspektör i teamet. Särskilt inte en han inte hade träffat än. Men det fanns vissa saker han behövde säga.

"Inget, chefen. Tja, inget hemskt. Bara att... jag tycker att saker hade kunnat göras lite bättre, det är allt."

"Bättre?"

"Snabbare. Mer effektivt. Annabelle Lake hade varit försvunnen i två dagar när du gav mig akten, och utifrån informationen i den skulle jag säga att bara hälften av det som kunnat göras för att hitta henne var gjort."

"Och du är expert på att hitta små barn?"

Ett snett leende letade sig upp på hans läppar. "Som du själv sa, chefen, har de en tendens att dyka upp på min tröskel."

Och önskade genast att han inte sagt det. Inte för att det var egotrippat eller skrytsamt, utan för att det fick honom att framstå som något han inte var. Och dit tänkte han inte gå igen.

"Vad hade du gjort annorlunda?"

"Jag... jag vet inte. Jag hade bara varit mer... proaktiv. Jag såg inte ens att hennes ansikte delades i våra kanaler..."

"Det är för att du inte har dem."

Tomek ignorerade kommentaren och fortsatte. "Vågar jag säga att jag känner att jag hade kunnat göra ett bättre jobb."

"Jaså?"

"Ingen anledning att låta så förvånad, chefen."

"Det gör jag inte. Det är bara det att jag aldrig hört dig säga något sådant förut. Mår du bra? Ska jag boka in återgångssamtalet med HR om fem minuter?"

"Nej."

"Nå då, stjärnan. Fram med det."

Tomek masserade handflatan med tummen, som för att gnugga bort stressen. "De senaste veckorna har gett mig mycket tid att tänka, att reflektera. Jag vet att det är något du försökt putta min väg tidigare, och jag har alltid varit motvillig av någon anledning. Vissa skulle säga rädsla, nerver. Jag skulle säga bekvämlighet. Jag är van att följa någon annans ledning i stället för att ta egna initiativ. Därför har jag funderat på inspektörsprovet."

"Jaså?"

"Och med det i åtanke tänkte jag att jag kunde hjälpa till att leda den här mordutredningen på något sätt. Ta över tyglarna."

En blick av förvåning, som om något Nick aldrig sett förut just hade krupit över hans skrivbord. "För första gången sedan jag lärde känna dig är jag mållös. Du håller på att bli vuxen," sa han. "Kasia måste ha förändrat dig mer än du kan ana."

"Främst mitt bankkonto, Nick. Jag måste finansiera de kommande fem årens smink, telefonräkningar, kläder och utekvällar på något sätt. För att inte tala om det svarta hål mina pengar sjunker i om hon får för sig att börja på universitetet."

"De blir bara dyrare ju äldre de blir," sa Nick, som en man med erfarenhet.

"Du har inte lust att ge mig lite av dina pengar i stället?"

Nick trodde inte det. Men han tänkte att han skulle överväga det. Det fanns bara en hake.

"Det är därför jag tog in dig hit..."

Jaha. Nu så.

"Vad har jag gjort nu?"

"Efter att du lämnade familjen Lake ringde Vincent Gregory mig..."

Nick behövde inte säga mer; Tomek kunde redan se vart det barkade.

"Av skäl han var väldigt tydlig med vill han inte ha dig i utredningen längre."

"Vilka skäl då?"

"Det säger jag inte, men han var väldigt tydlig med vad han tyckte."

"Så vad händer nu?"

"Jag kan inte låta dig leda utredningen. Vill familjen inte ha dig i närheten, kan jag inte göra något."

"Vilka skäl angav han?"

Tomeks sinne fylldes av ett rött dis som snabbt började fördunkla och sudda ut hans tankar i ren vrede.

"Din attityd," svarade Nick. "Och där lämnar vi det."

"Skitsnack. Jag vet den *verkliga* orsaken. Och det gör du också. Har han bett att Sean ska plockas av teamet också?"

Nick mötte inte Tomeks blick.

"Strålande," fräste han. "Så vad händer nu?"

"Du får en begränsad roll. Mer på kontoret än utåt."

"Så jag ska hållas inne som en jävla hund?"

"Ingen skillnad mot de senaste fyra veckorna."

Tomek andades tungt genom näsan och lät frustrationen rinna av honom. Fast inte allt. Inte helt. Inte så länge han fortsatte tänka på den där korta, pompösa, lilla idiotjäveln.

"Han är rasist," sa han, och mildrade ordvalet.

"Det vet vi inte."

Tomek flämtade av förvåning. "Det vet vi visst, och det vet du." Han skakade på huvudet och vände bort blicken från Nick. "Jag fattar inte att vi gör som han vill. Skit i honom, det svinet!"

Nick höjde handen för att lugna Tomek. "Fortsätter du prata så där får du definitivt inte komma i närheten av honom."

"Jag har precis kommit tillbaka, och så det här... Så *det här*!"

"Det är inte så att du blir utan arbete. Du kommer bara inte ha med familjen att göra personligen."

Tomek korsade armarna över bröstet och frustade. Han hade sagt det han behövde – utan att riskera jobbet ytterligare – och bestämde sig för att hålla tyst. Det fanns inget mer han kunde göra eller säga för att få Nick att ändra sig. Mannen var envis ibland, och han hade all rätt att vara det.

"Vad nu då?" frågade han barnsligt.

"Jag tycker det är dags att vi träffar dina nya kollegor."

———

Tomek var på det minst samarbetsvilliga, minst öppna och vänliga humöret när han presenterades för kriminalinspektör Victoria Orange och kriminalassistent Martin Brown. Så pass att han inte ens brydde sig om att påpeka att deras efternamn båda var färger, och att kontoret bara var en färg från regnbågen ifrån att få ihop ingredienserna i en Jaffa cake.

Victoria Orange var yngre än Tomek och hade snabbspårats till inspektör. Hennes mål hade varit att nå graden innan fyrtio. Efter bara tio år i yrket hade hon lyckats. Tomek hoppades att rollen inte hade stigit henne åt huvudet. Han hade träffat den sorten förr: grad motsvarade inte alltid erfarenhet, och ibland fanns glapp emellan. Glapp han redan hade börjat lägga märke till.

Kriminalassistent Martin Brown var däremot en anspråkslös man i tidiga trettioårsåldern. Medellång, medelbyggd, med ett skägg som Tomek bara kunde drömma om att odla själv. Följaktligen blev han lätt avundsjuk, och tyckte att Martin Brown såg ut som typen som beställer sin biff well done. Han bar en blåvit flanellskjorta och ett par chinos. Inte riktigt standardklädsel, men om Nick inte brydde sig hade inte Tomek mycket att komma med. Martin hade bytt från Colchester, tack vare bättre pendlingsmöjligheter och en ny utmaning, och hade varit hos dem lite drygt två veckor.

"Välkommen till teamet," sa Tomek kort.

"Tack."

"Hur trivs du?"

"Bra. Fast jag visste att jag borde ha köpt ett bättre tangentbord. Missförstå mig inte, det här är bra, men det är inte lite ansträngande för handlederna."

Det var först när Tomek tittade ner på mannens skrivbord som han insåg att han använde sitt eget tangentbord. Ett trådlöst med små tangenter.

Ett ögonblick undrade han om han verkligen var på väg att hamna i ett samtal om tangentbord med en vuxen man, men insåg sedan att det var rimligt – att Martin verkade som den neurotiska typen som hade ett i reserv i ryggsäcken, ett portabelt redo för alla tillfällen.

Han kände ett smeknamn vara på väg...

När han var klar med Herr Tangent vände Tomek sin uppmärksamhet mot kriminalassistent Anna Kaczmarek – eller Trippelordpoäng som hon kallades, tack vare sitt långa och för vissa svåruttalade efternamn. Familjekontakten var upptagen vid datorn när han hittade henne, och sög i sig en burk Cola genom ett sugrör för att inte gnugga bort läppbalsamet.

Han drog ut stolen från skrivbordet bredvid och sjönk ner på den.

"Hoppas jag inte störde dig," sa han.

"Det har aldrig stoppat dig förr," svarade hon.

Som de enda två polackerna i teamet hade de en särskild koppling, ett band, som han inte delade med någon annan. Han tänkte ofta på henne som en storasyster, och hon passade väl in i stereotypen av en polsk person – rakt på sak, seriös och höll sig för det mesta för sig själv. Hon följde sällan med till puben, och så fort hennes pass var slut åkte hon hem till man och son. Men när hon pratade med Tomek verkade hon leva upp, kliva ur sitt skal och visa honom den riktiga Anna. När de pratade var det oftast på polska – språket hon kände sig mest bekväm med. Och den andra fördelen var att de kunde skvallra och snacka skit om de andra i teamet.

"Jag har ett ord åt dig..." började han.

"Jaha?"

"Vincent."

Anna rullade med ögonen bakom sitt tungt applicerade smink.

"Han är lite av ett svin, eller hur?"

"Vill du att jag skriver in det i hans profil?" frågade hon.

"Om du kan... Bara se till att inte sätta mitt namn på det. Jag kan väl inte vara den enda som fått det intrycket?"

"Nej, du har all rätt i världen att tycka det."

"Han verkar gilla dig ändå," sa Tomek och mindes samtalet i vardagsrummet. "Vilket jag inte fattar, för en man som inte gillar *vår sort*."

"Jag sa att jag var gift med en polsk man. Han gillar det inte, men det är... *bättre*."

"Bättre än en polsk infödd och en svart man?"

Anna nickade allvarligt. "Du skulle ha sett hur han gick på mig första gången jag var där. Det var som om han skulle strypa mig."

Tomek funderade ett ögonblick på det intressanta ordvalet.

"Var han aggressiv?"

Hon nickade igen.

"På vilket sätt?"

"På ett sätt som antydde att han skulle bli våldsam. Hur annars?"

Bra poäng.

"Och det här var första gången du såg honom?"

Ännu en nickning.

"Och han fick dig att känna att du behövde ljuga för att skydda dig? Säg vad han ville höra?"

Ännu en. Om bara någon hade varnat honom hade han kunnat göra likadant. Sagt att han hette Tom i stället för Tomek.

"Och när du först såg honom, var han redan i huset?"

Hon ryckte på axlarna. "Ja och nej. Han var på väg dit när jag kom. Beth hade ringt Vincent och bett honom komma hem från jobbet."

"Hur var det med hennes man?"

"Inte säker. Tror att hon försökte nå Steven efteråt."

"Så hon ringde sin bror om sin försvunna dotter innan hon ringde sin man?"

"Ja, det verkar så."

Tomek tog en stund och funderade. Bilderna av kramen de två syskonen delade, medan Steven Lake blev sittande i soffan som ett vilset barn, dök upp i hans huvud. Händerna som försvann i vecken av varandras ryggar. Sättet de såg ut att *njuta* av det.

"Jag antar att de är en tajt familj?"

"Tajt är en underdrift. Vincent och Elizabeth var fosterbarn. De växte upp i olika hem. De var oskiljaktiga – hennes ord, inte mina."

"Stort ord för henne," konstaterade Tomek. "Hon känns inte som typen som vet vad det betyder."

"Det gör hon uppenbarligen. Och de är fortfarande oskiljaktiga i dag. Vincent är där jämt, kommer över för att snacka, äta lunch, middag. Det är märkligt. Och jag är ganska säker på att han till och med har en nyckel."

"Så han kommer och går som han vill?"

"Han kommer mer än han går."

Ännu ett intressant ordval.

"Hur är det med Vincents fru?" frågade han.

"Ett olyckligt äktenskap, så långt jag kan se."

"Hur då?"

"Varför skulle han annars vara där hela tiden?"

Just det, varför annars?

Tomek stack fram huvudet över datorskärmen och nickade i riktning mot kriminalinspektör Orange, som satt på sitt kontor och stirrade på väggen.

"Vad säger hon om honom?"

"Inget. Tror inte att hon betraktar honom som misstänkt."

"Hmm. Tja, kanske är det dags att hon gör det."

KAPITEL
NITTON

K lockan var nästan sex när Tomek lämnade spaningsrummet. Rusningstid. Vilket gjorde en tjugominutersresa till nästan en timmes historia. Medan han sakta tog sig fram genom stopp-och-start vid trafikljusen i Southend, och grimaserade varje gång bilens fjädring dunkade i en grop i vägen, kollade han mobilen om och om igen. Han hade inte hört av Kasia på hela dagen. Han hade skrivit till henne på morgonen för att se om hon kommit till skolan ordentligt; likadant vid lunchen (och om hon kommit ihåg att packa maten han hade gjort åt henne); och sedan igen vid fyra när hon skulle hem. Ändå hade han inte fått ett ord, inget svar, ingen reaktion på sina flera telefonsamtal. Att säga att han började oroa sig var en underdrift.

Hon satt ju klistrad vid den förbannade saken, så det var omöjligt att hon inte skulle ha sett meddelandena eller de missade samtalen. Antingen hade något allvarligt hänt henne, eller så hade hon sett dem och valt att strunta i dem.

Om det var det senare kunde han inte förstå varför hon skulle välja att ignorera honom. Hade han gjort något fel? Sagt något olämpligt som kunde ha sårat henne? Det var möjligt, men inget dök upp. Eller var hon mer upprörd över att han gått tillbaka till jobbet än hon låtit påskina?

Och fortfarande, vid halv åtta, efter att han varit hemma i knappt en timme, vandrat av och an i huset och ringt henne flera gånger, hade han inte hört ett ljud från henne.

Tills dörrklockan ringde några minuter före åtta.

Vid ljudet av den tog Tomek trappan i språng, två steg i taget. Nere slet han upp dörren, höll nästan på att tappa taget och smälla den i väggen. Trapphusets ljus badade de tre kvinnorna som stod framför honom i ett nästan kritvitt sken. En kände han igen. De två andra var obekanta. Flickan till Kasias vänster var i samma ålder och såg nästan identisk ut, med sitt bruna hår, unga ansikte och skoluniform. Kvinnan som stod bakom dem var däremot äldre, mer mogen, och verkade gladare att se honom än Kasia var.

"Var har du varit?" frågade han henne och ignorerade de två andra.

"Det är mitt fel", sa kvinnan. Hon kilade sig in mellan de två flickorna och räckte fram handen. "Förlåt för det. Jag heter Louise... Jag är Sylvias mamma."

Sylvia. Flickan han nu hade hört så mycket om. Hon med katten som var det sötaste i världen. Hon som pratade med fyra olika killar samtidigt och höll dem alla på halster. Hon som var mycket bättre på idrott än Kasia. Hon som var väldigt rolig och den enda som var snäll nog att presentera sig för Kasia första dagen.

Det där visste Tomek hur det var. Att vara ensam, isolerad och utan vänner på en ny skola. Som femåring hade han tvingats börja i en brittisk skola utan att kunna språket, utan att känna någon på skolgården, och sitta i klassrummets hörn för sig själv. Inte förrän lilla Saskia Albright kom fram till honom och frågade om han ville bli vän. Ibland räcker en enda spontan vänlighet för att ändra riktningen på någons liv.

"Trevligt att träffas. Jag är Tomek, Kasias pappa."

Orden kändes fortfarande märkliga att säga – ännu märkligare att höra – och han visste inte om han någonsin skulle vänja sig vid dem.

"Jag vet vem du är", sa hon och log varmt mot honom med ögonen. "Jag undrade om vi kunde komma in?"

Tomek klev åt sidan och lät flickorna gå in först, sedan Louise. Tomek följde efter och stängde dörren bakom dem. När de kom upp för trappan föreslog Louise att flickorna skulle gå in i sovrummet, medan de vuxna stannade och pratade.

"En kopp te?" frågade Tomek, mer av artighet än något annat.

"Gärna", sa hon. "Mjölk, inget socker."

Så snart han var klar med tet räckte Tomek henne muggen och båda lutade sig mot köksbänken, så långt bort från sovrummet som det gick.

Dessutom det renaste.

"Förlåt röran", sa han. "Jag väntade mig inte sällskap."

"Det är lugnt. Kasia nämnde att ni har lite ovanliga sovarrangemang."

Det kunde hon säga igen.

"Jag har gett Kasia något att äta", började Louise. "Bara en pizza. Det var det enda vi hade i frysen. Så det behöver du inte oroa dig för."

"Tack. Jag uppskattar det."

Fast jag skulle uppskatta om du berättade varför jag inte har hört ett ord från henne på hela dagen, tänkte han, men han förmådde inte prata med henne på det sättet.

Louise smuttade försiktigt på sitt te och tittade ut genom köksfönstret. "Förlåt att jag inte kom hem med henne tidigare", sa hon.

"Jag försökte ringa henne ett femtiotal gånger."

"Du visste inte var hon var?"

Tomek skakade på huvudet. "Ingen aning. Jag trodde att något hade hänt henne."

"Åh. Tja, hon sa till mig att du visste var hon var och att du tyckte det var okej."

Tomek gav henne ett leende som tydligt sa att han absolut inte tyckte att det var okej.

"Ja, det beklagar jag."

"Det är lugnt. Det är inte ditt fel."

"Fast vi hade varit här tidigare annars. Det tog oss tjugo minuter bara att hitta en parkeringsplats."

"Säg det. Man har större chans att parkera i London och gå tillbaka än att hitta en plats här nere. Det är ett elände."

"Jag gissar att du blir glad att flytta..."

Jaha. Så det kände hon till, gjorde hon?

Så Kasia hade inte bara ljugit om var hon var, hon hade också råkat avslöja att de skulle flytta. Tomek undrade hur mycket mer Kasia hade berättat.

"Det blir bra. En nystart för oss båda", svarade han, medveten om att han lät hemlighetsfull. "Framför allt ser jag fram emot att få eget utrymme."

"Ett eget rum..."

Referensen gick Tomek förbi, men han ville inte verka dum, så han höll med och nickade och gömde sin korta förlägenhet bakom muggen.

"Jag gissar att du undrar varför Kasia kom hem till oss i kväll", sa Louise mjukt.

"Den tanken har slagit mig, ja..."

Hon ställde muggen på bänken. Tomek gjorde sig beredd. Tankarna rusade. Han tänkte på de värsta tänkbara scenarierna. Att hon hade skolkat, att hon hade hamnat i bråk, att hon på något sätt hade blivit avstängd.

"Hon har haft en tuff dag", fortsatte Louise. "Inget allvarligt. Sylvia gick igenom det bara häromveckan, så vi var beredda att hjälpa till."

"Gick igenom vad?"

"Kasias mens började i dag. Den första."

Tomek kände det som om någon hade slagit luften ur honom. Det var inte alls vad han hade väntat sig. Visst visste han att hon inte hade börjat än, att det skulle komma inom de närmaste månaderna eller så, men han var ändå inte förberedd. Skolka, hamna i slagsmål, hamna i trubbel – det kunde han hantera, det kände han sig kvalificerad för. Men det här... han hade ingen aning om var han skulle börja.

"Sylvia ringde mig under lunchen och frågade om Kasia kunde följa med hem. Jag sa att det klart hon kunde, att hon alltid var välkommen. När de kom dit satte jag Kasia och förklarade hur allt funkar. Jag vet att de har sådana här lektioner i skolan nuförtiden men det är inte samma sak förrän man har varit med om det. Som tur var hade vi allt som behövdes hemma, så vi var rustade att hjälpa henne. Har du... har du bindor eller tamponger här?"

Det tomma uttrycket i Tomeks ansikte besvarade hennes fråga.

Leende stack hon ner handen i väskan och tog upp ett paket tamponger.

"Jag vet att det är lite stelt, särskilt med tanke på... ja, allt, men det här är sorten som hon sa att hon känner sig mest bekväm med."

Tomek tog asken av henne och höll den på armlängds avstånd, som om han just fått en bomb att hålla i.

"Hur...? Hur...? Tack."

"Det var så lite", sa Louise med ännu ett varmt leende. "Hon bad mig komma över så att vi kunde prata om det tillsammans. Jag tror att hon tycker att det är lite pinsamt just nu, vilket är helt naturligt."

Det var hon inte ensam om.

"Det kommer att bli en märklig tid för henne. Med allt annat som pågår. Nu kommer alla hormoner att vara i obalans. Just nu känner hon sig lite skör."

"Vad kan jag...? Hur ska jag...?"

Orden ville bara inte komma.

"Hur hjälper man henne?"

Tomek nickade. Han märkte att han skulle behöva så mycket handhållning som möjligt.

"Jag tycker att choklad tar mig igenom det", sa Louise. "Massor av choklad. Samma för Sylvia. Ju billigare desto bättre."

"Det förklarar varför hon köpte så mycket när vi handlade häromdagen."

"Och där har du din första lektion."

"Hur många fler finns det?" frågade han, förhoppningsfull.

"Om jag visste svaret på det skulle jag kunna hjälpa dig." Hon tog ett steg närmare, lade en hand på hans underarm. Tomek sneglade ner på den och letade efter en vigselring. Det fanns ingen. Louise fortsatte: "Tänk inte att du ska skuldbelägga dig själv för något av det här. Det är nytt för oss alla förr eller senare. Du kommer dit, till slut. Och det gör hon också. Ge henne bara tid."

KAPITEL
TJUGO

Tidigt morgonen därpå, efter en orolig natts sömn på den upp och nedvända bäddsoffan, befann sig Tomek i stabsrummet redan vid klockan åtta. När han kom dit blev han överraskad över att vara en av de första. Där inne fanns hans två nya kollegor, DI Orange och DC Brown, som pratade med någon Tomek inte kände igen. Nya namn och nya ansikten var alltför vanliga i de större teamen på stationen, men inte i deras grupp i grova brott. De var tighta, så det kändes märkligt att se någon som kanske försökte tränga sig in. Det sagt visste han inte vem den okända kvinnan var, och han orkade inte direkt bry sig heller. Det fick hellre den där Jaffa-kakan till två tredjedelar sköta, så kunde han få veta efteråt.

När han såg dem fnissa och viska med varandra sa cynikern i honom att han borde ha lyssnat, men han var för trött för att orka. Natten hade varit usel, en av de sämsta på länge. Det hade kommit ännu en mardröm. Den här gången ny, annorlunda. Mörkret tog nya former. Fram till Tonys död hade Tomek plågats av mardrömmar om sin brors död – parken, mörkret, lekplatsen, blodet – men nu hade de ersatts av bilder av vatten, av kärrmark, av Tomek som paddlade kajak, letade efter den övergivna kojan i fjärran, av Tony som dinglade där...

Varje mardröm var en ny version. En ny berättarröst. En ny vändning.

Gårdagens hade varit särskilt otäck. I stället för att hänga i ett rep hade Tony hängt där i en tjock kedja. Och blodet. Det hade funnits mer blod – så mycket mer. Det prydde skjulväggarna, sipprade genom träet och ut i myrmarken utanför. Skvätte på hans ben och ner i skorna för varje steg. Och så hade Tonys huvud lyfts, en demonisk blick utbredd över hans blodiga, sönderslagna ansikte. Läppar som rörde sig, rosslig luft som föll över tänderna. Och sedan blev det begripligt, hörbart.

Varför räddade du mig inte?

Du hade kunnat rädda mig.

Du hade kunnat stoppa det här.

Sedan, mitt i mardrömmen, hade Tonys ansikte skiftat till en slags metamorfos av Kasia och Annabelle Lake. Samma bruna hår, samma ögonfärg. Men dragen var annorlunda, sammansmälta. Kasias större, mer utskjutande näsa, ihop med Annabelles små läppar.

Tomek var ingen drömexpert – han hade bara googlat sina drömmar ett fåtal gånger för att försäkra sig om att han inte höll på att bli helt galen – men han var säker på att gårdagens händelser började krypa in under skinnet på honom och ställa till det i hans undermedvetna.

Ljudet av dörren som öppnades bakom honom drog tillbaka hans uppmärksamhet till nuet. DC Rachel Hamilton och DC Chey Carter kom in, sa god morgon till honom och gick sedan direkt till kaffemaskinen – med Tomeks beställning. De kom tillbaka efter några ögonblick och fann honom med halvslutna ögon.

"Lugn i stormen, tiger", sa Chey och räckte över drickan. "Tagga ner lite, okej? Vi kan inte ha dig så här uppspelt så här på morgonen. Du får oss andra att skämmas."

"Säger han vars morsa fortfarande väcker honom varje morgon."

Chey tystnade och tog en klunk av sin dryck. Han visste när han var besegrad. Vilket var för det mesta.

Tomek vände sig mot Rachel. Hennes smink var hastigt påkletat i morse, och ögonen var blodsprängda och svullna.

"Mår du lika dåligt som du ser ut?" frågade han.

"Charmigt." Hon fnös och tog en stor klunk av sin dryck, mer för att dölja ansiktet än av någon egentlig törst.

"Blev det sent, eller?"

"Bara några."

"Den har jag hört förut. Vart gick ni?"

"Bara the Last Post."

"Vem var du ute med?" frågade han nyfiket.

Rachel tvekade innan hon svarade. "Sean... Chey... fast hans morsa ville ha hem honom till åtta—"

"Håll käften!"

"—Nadia kom för en Cola, och det gjorde Martin också."

"Hela gänget var där alltså..."

"Ja. Vi ville bjuda med dig men du sa att du var tvungen att sticka. Vi tänkte att du behövde hem till Kasia."

Tomek kunde inte invända mot den logiken. Faktum var att han inte kunde invända alls. De hade haft helt rätt i att inte bjuda med honom. Hans prioriteringar hade förändrats. Hade det här samtalet ägt rum för ett halvår sedan hade han kanske känt en rasande FOMO, rädslan att missa något. Men nu... nu brydde han sig inte lika mycket. Visst, det hade varit trevligt att få en inbjudan (bara för att ha privilegiet att tacka nej och spara lite stolthet till ett senare tillfälle), men han kände sig inte lika nedslagen som han annars kunde ha gjort. Det fanns viktigare saker att oroa sig för än att bli full med kompisarna nu.

Som att oroa sig för Kasia i skolan. Se till att hon hade allt hon behövde för att ha det så bra som möjligt under lektionerna.

———

Några minuter senare hade hela teamet kommit. Sean och Nadia dök båda upp sent och smet in genom dörröppningen utan någon ytterligare tillrättavisning. Det var intressant att se att Inspector Orange ännu inte tänkte sätta ner foten. Om hon ville etablera sig som en hård jäkel som inte tog några fångar, tyckte Tomek att hon redan tappat lite trovärdighet. Hade hon kommit in med dragna pistoler hade gänget kanske rättat in sig i ledet mer och följt precedens. Men nu var han inte så säker. I stället gav hon dem båda en sista varning innan hon fortsatte mötet.

"Okej allihop", började hon och tog snabbt tillbaka kontrollen över rummet. "Jag vill börja i dag med att gå igenom gårdagens händelser och bolla idéer med varandra. Sen kan vi styra om våra prioriteringar för dagen."

När diskussionen drog igång skruvade sig Tomek i stolen och började lyssna mer uppmärksamt. Chey var först ut. Han borstade bort några smulor från en tidigare bulle och harklade sig.

"Tyvärr inga goda nyheter", sa han. "De två vägarna som går runt brottsplatsen har ingen CCTV. Jo, det finns – bara inte vid de två infartsvägarna. Kamerorna sitter vid rondellen i stället. På samma sätt har vi ingen övervakning från villor, eftersom närmaste hus ligger ungefär tio minuters promenad bort."

"Så du hade en rätt lugn eftermiddag då, va?" kommenterade Tomek. Chey valde att inte svara, men hans generade min bekräftade sanningen.

"Vet vi något om Annabelles sista förflyttningar?" frågade Victoria. "Har vi några arbetsbara teorier?"

När hon talade blossade hennes ansikte i en djupare nyans av rött vilket, tillsammans med sminket, fick Tomek att tänka Orange till namn, orange till naturen.

Chey stack ner handen i väskan och tog fram sin laptop. Sedan skickade han skärmen till monitorn på andra sidan rummet, en teknisk bedrift som Tomek själv bara hade bemästrat för några månader sedan. På tv-skärmen fanns en karta över parken där Annabelle hade hittats och området runtomkring. Högst upp rann floden som skiljde ön från Benfleet, markerad av en blå linje som slingrade sig genom våtmarkerna. Under den låg en marina och ett båtvarv i grått. Under det en park, en stor yta i ljusgrönt. Och genom resten av bilden löpte mörkgrå linjer som markerade vägar. Chey förde markören till ett litet kluster av smala linjer, och sedan till ett annat, mindre kluster.

"Det här är de två närmaste bostadsområdena som jag tror att hon kan ha kommit från. De ligger båda ungefär tio minuters promenad från fältet. Min gissning är att hon hölls i ett av husen här och sedan drevs mot sin död."

"Tror vi inte att hon kördes dit eller lämnades av?"

Chey skakade på huvudet. Han flyttade en röd nål till mitten av en mörkgrå linje och upprepade rörelsen längre ner på kartan.

"Det här är huvudvägen som går runt parken, och där är rondellen. De här punkterna är var kamerorna sitter. Jag har gått igenom materialet och det är inga bilar som kommer eller går vid tidpunkten för dödsfallet."

"Så hon bara dök upp från ingenstans?" frågade Sean.

"Kanske. Eller så, som jag sa, gick någon från något av de här husen med henne dit..."

Victoria funderade en stund. Hon vände sig mot skärmen och drog fingret längs de vita linjerna.

"Var bor läraren, Amelia Duggan?"

Chey pekade ut hennes hus med en ny röd markör. Han släppte den på bostadsgatan till vänster om parken.

"Intressant...", sa Victoria. "Bra jobbat, Chey. Jag är imponerad."

Cheys ansikte lyste med ett barns oskuld, sedan satte han sig.

"Vad tänker du, chefen?" frågade Tomek. "Har Amelia Duggan med det här att göra?"

"Möjligen. Kanske. Hon är ju där när lilla Annabelle försvinner – hon ser bilen men inte personen. Och sedan är det hon som hittar henne på lekplatsen. Hur stora är oddsen för att båda de sakerna händer?"

"På Canvey... antagligen inte särskilt höga alls", noterade Sean. "Men jag fattar vad du menar."

Det var en bra poäng, men en som Tomek inte var säker på att han höll med om. Visst, chansen att hon var inblandad i både försvinnandet och den plötsliga återkomsten av Annabelle Lake var uppe i det blå, men Canvey var ett litet ställe, med drygt trettio tusen invånare, och sannolikheten var att mördaren kände till Amelias nära relation till Annabelle och kunde ha använt den informationen för att sätta dit henne, få det att verka som om hon haft en roll. Ofta var sådana här bortföranden och mord relaterade – offret kände gärningsmannen och vice versa – och även om det kanske inte var Amelia Duggan kunde det ha varit någon som kände dem båda.

Tomek kastade ut idén.

"Dyker några namn upp?" frågade DC Martin Brown och strök undan lite hår bakom öronen.

Tomek ryckte på axlarna. "Ni vet mer om den här utredningen än jag." Han tvekade. "Finns det en koppling mellan Amelia Duggan och Vincent Gregory?"

Tomek hade väntat på att få in det namnet ända sedan samtalet började. Mer av trots än något annat. Den där lilla rasistiska fascistiska jäveln...

"Inte vad vi har kunnat se", mumlade Rachel och vände sig mot honom medan hon talade. "Men vi kan absolut gräva djupare i det om du tycker att det är värt tiden, chefen?"

Victoria pillade på naglarna medan hon lyssnade. Nervositeten i att tala inför en ny publik påverkade henne uppenbart fortfarande. Sedan insåg han att hon hade jobbat med teamet i två veckor redan, och att den enda avvikelsen i gruppen var han själv. Kanske var det han som gjorde henne nervös...

"Jag tycker inte det... inte just nu. Han finns definitivt på radarn, liksom resten av familjen, så vi håller noga koll på dem tills jag tycker att det är relevant att göra annat."

Det knackade på dörren på andra sidan insatsrummet. Alla huvuden i rummet vreds dit. Sakta öppnades den och Lorna Dean, rättsläkare från Home Office, stack in huvudet, eldrött hår fallande vid axlarna.

"Jag stör väl inte?"

"Jo", sa Tomek. "Så oartigt av dig. Tror du att du kan komma tillbaka om sisådär trettio sekunder?"

När Lorna insåg att kommentaren kom från honom, och att hon under inga omständigheter skulle ta den på allvar, klev hon in i rummet och stängde dörren bakom sig.

"Jag har min rapport om ni känner för att lyssna", sa hon.

"Absolut. Kunde inte komma mer lägligt." Victoria klev åt sidan för att släppa in Lorna. Den förväntansfulla blicken i hennes ansikte antydde att hon var glad över avbrottet. Antingen för att det var en viktig del av utredningen eller för att det lät någon annan prata för omväxlings skull och tog bort lite av rampljuset från henne.

Eller kanske både och.

Längst fram i rummet lät Lorna blicken vandra över var och en innan hon började tala.

"Annabelle Lake", började hon. "Nio år, fyra månader och femtiofem dagar gammal. Slagen i livets blom. Hur? Tja, hon ströps. Ströps av samma kedjor som hon mycket väl kan ha lekt med en gång. Hon hängdes, lämnades att dingla några fot upp i luften. Hur lång tid tog det innan hon dog? Kul att du frågar: inte länge. Det tog inte alls lång tid innan kedjorna till slut svalt hennes lilla hjärna på syre. Mindre än en minut, faktiskt. På den tiden hade vår gärningsman gott om tid att lämna platsen och lämna stackars Annabelle Lake i gravitationens händer. Några frågor så här långt?"

Tomek visste inte varför hon talade till dem på det sättet, som om han bevittnade en teaterföreställning, men han älskade det, och han kände sig manad att räcka upp handen.

"Har du kunnat spika dödstiden?"

"Bra fråga! Fast jag ska svara med en motfråga: när tror ni att hon dog? Och inte Tomek eller Sean – de har redan hört allt det här."

"Någon gång mitt i natten", sa Chey, med en tydlig ton av förväntan.

"Det är då sånt här brukar hända. Jag är också förvånad över att det inte var en hundägare som hittade henne..."

"Det är säkert hundägaren också. Men tyvärr, fel. Jag uppskattar dödstiden till ungefär klockan fem till sex på morgonen."

Ett kollektivt inandningsljud och några "Oooh" gick runt i rummet. Åtminstone hakade alla på Lornas föreställning. Något som kunde lätta upp dödens dysterhet.

"Intressant, eller hur? Det betyder att hon fortfarande var relativt varm när vi kom dit. Även om vädret hade börjat göra sitt med henne..."

När han anade kroken framför sig var Tomek näst att prata.

"På tal om det", sa han, "fanns det några tecken på sexuella övergrepp eller ofredande?"

Orden, som en gång hade rullat av tungan utan vidare eftertanke, kom nu ut som grönsakssoppa. Klumpiga och riktigt svåruttalade.

"Skönt att du tog den, Tomek", började Lorna och frågade sedan: "Hur gick utflykten i går? Blev du inte alltför lerig va?"

Tomek gav henne ett spydigt leende och väntade på att hon skulle fortsätta.

"Jag fann inga tecken som tyder på att Annabelle Lake blivit ofredad eller penetrerad, nej."

Rummet tog in det en stund. Om hon inte hade skadats eller kommit till skada under kidnappningen, och om hon inte hade utsatts för ett sexuellt övergrepp eller kränkning, och om det inte hade ställts något lösenskrav på familjen – vad fan pågick då? Vad var motivet? Vad låg bakom bortförandet? Kunde det vara så enkelt som att någon tog henne och dödade henne? Kunde det vara så svartvitt? Av erfarenhet hade Tomek lärt sig att det nästan aldrig var så enkelt.

"Är det något mer vi behöver veta?" frågade Victoria där bakifrån.

"Ett par saker. För det första hittade jag sand och jord i hennes skor och på fötterna som har skickats iväg för analys. Och, jag vet inte om det är till någon nytta för er, men innehållet i Annabelles mage bestod av mycket fiskprodukter. Fiskmat. Typ lax... tonfisk. Det stank som fan, det kan jag säga er, men—"

Ljudet av frenetiskt prasslande papper fick Victoria att tvärstanna. Hon, liksom alla andra i rummet, vände uppmärksamheten mot källan.

Anna, som hade varit sist in före Sean och Nadia, ryckte åt sig ett blad ur sin hög och viftade triumferande i luften.

"Fisk!"

"Sade grottmannen", konstaterade Chey. Han lade till: "Eller grott*kvinnan*."

Anna gav honom en polsk föraktfull blick, mycket vassare och mer skrämmande än någon annan i rummet mäktade med. "Ja, tack för den, Chey. Men vad jag menar är: fisk. Annabelle *älskar* fisk."

"Kan inte säga att jag någonsin gjort det", fortsatte Chey, utan att känna av stämningen. Han insåg snabbt att de alla satt förväntansfullt på stolkanten och väntade på vad Anna skulle säga.

"Elizabeth Lake berättade att Annabelle älskar fisk. Men hon får inte äta det hemma... Steven gillar det inte och tycker att fiskerinäringen är korrumperad och förstör planeten."

En samhällsmedveten elektriker, det var något nytt för Tomek.

"Men när Annabelle är hos sin morbror, morbror Vincent, säger hon att hon får äta hur mycket fisk hon vill. Han köper till och med paket med lax och tonfisk särskilt till henne."

Anna lät det sjunka in medan de räknade ut hur allvarligt det var.

"Jag tycker att det här betyder att vi kanske ska ta in herr Gregory på ett samtal", sa Victoria när hon återvände till rummets framkant. "Tycker ni inte?"

KAPITEL
TJUGOETT

T ack vare anmälan som hade gjorts mot honom fick Tomek inte komma i närheten av Vincent Gregory. Inte heller fick Sean det. Något som båda männen var djupt missnöjda med. Tomek ville inget hellre än att sitta på andra sidan bordet från den där rundlagde lilla jäveln och hjälpa honom att gräva sin egen grop. Han ville se mannens ansikte falla samman och vissna när han insåg att hans tid var ute. I stället fick han nöja sig med att se det i utredningsrummet via en livesändning. Men det enda problemet var att teamet inte kunde hitta honom. De hittade honom varken på hans arbetsplats på Southend Hospital, hemma hos honom eller hos hans syster. Antingen hade mannen gömt sig, eller så ignorerade han helt enkelt deras många försök att få tag på honom. Hur som helst hade ett gäng uniformerade poliser, med Martins hjälp, skickats ut för att leta efter honom.

Medan han väntade hade Tomek bestämt sig för att fördriva tiden genom att ta sig ner till Canvey igen för att prata med Amelia Duggan.

Han hoppades att det här skulle vara sista gången han tvingades besöka ön, men något längst bak i huvudet anade att det inte skulle bli så. Att han skulle komma hit betydligt oftare de närmaste dagarna, veckorna. Kanske var det inte själva ön han hatade, utan människorna på den. Och om resten var som Vincent Gregory, då hade han all rätt att vilja undvika den så mycket som möjligt.

Amelia Duggan hade fått ledigt i dag, och resten av veckan fick hon själv bestämma över. Hon hade varit med om mycket, och det var inte mer än rätt att hon fick tid att återhämta sig.

"Det var generöst av skolan", noterade Tomek.

"Jag vet", sa hon och ställde en kopp te på hans knä. "Det var det sista jag hade väntat mig. Vi är redan massivt underbemannade. De har egentligen inte råd att låta mig vara ledig resten av veckan, men jag antar att de inte hade något val."

Tomek lyfte koppen till munnen och tog en klunk. Han kände redan hur den extra skeden socker han inte bett om stack i smaklökarna. Och han hatade att erkänna att det möjligen var en av de bästa koppar te han druckit. Han hade träffat många lärare i sina dagar – även rektorer – och det fanns en sak han hade lärt sig om dem, något som Amelia Duggan just hade bekräftat, och det var att de gör en suverän kopp te. Några av de bästa han någonsin fått. Som om de försökte pressa ut så mycket koffein och smak ur det som möjligt, på samma sätt som de pressade sina elever på flit och hårt arbete.

"Tror du att du går tillbaka redan den här veckan?" frågade han och ställde tillbaka koppen på knät.

"Troligen. Det skulle nog vara skönt med lite distraktion, om jag ska vara ärlig. Jag har inte gjort annat än suttit här och stirrat på väggen i de senaste tjugofyra timmarna."

"Jag vet hur det är", anmärkte Tomek. "Det är bara värt det om du har något roligt att titta på. Bäst är att komma ut så mycket som möjligt. Även att prata med vänner eller grannar eller familjemedlemmar kan hjälpa."

"Alla har fullt upp. Särskilt mina lärarkollegor."

"Och jag antar att en promenad inte är att tänka på ..."

Kommentaren föll inte i god jord, och det syntes tydligt på hennes ointresserade min att hon var långt ifrån att ha förlikat sig med det som hänt.

"Jag tar nog en taxi – eller får skjuts – nästa gång jag åker in."

"Det är nog bäst så."

Tomek tystnade medan han funderade på hur han skulle styra in samtalet på ämnet Annabelle Lake och hennes familj utan att det blev abrupt och ryckigt.

"Jag förstår att du stod ... nära ... Annabelle", började han, i hopp om att han gick försiktigt fram.

Amelia nickade långsamt och vände blicken mot fönstret som vetter mot den trafikerade bostadsgatan nedanför. Det dröjde en stund innan hon öppnade munnen. "Hon var bäst. Hon ... hon var annorlunda. Hon var speciell. Jag älskade henne som om hon vore min egen. Den sötaste lilla varelse."

"Och stod du familjen nära? Eller hade du egentligen ingen kontakt med dem?"

"Både ja och nej", sa hon och vände långsamt uppmärksamheten mot honom, som ett långsamt roterande fyrtorn. "Eftersom hon bodde så nära skolan såg jag dem knappt. Hon kom alltid hem säkert, så det fanns ingen anledning för dem att komma och hämta henne."

"Och de enstaka gånger någon behövde göra det, vem var det oftast?"

Hon vände sig nu rakt mot honom. "Hennes morbror. Morbror Vinnie, kallade hon honom. Han var alltid där, väntade utanför skolgrinden, eller stod på andra sidan vägen och väntade på att hon skulle komma tillbaka. Jag är säker på att han lämnade av henne på morgnarna ett par gånger också."

Kanske både före och efter att han började sitt pass på sjukhuset. Tomek svalde. "Och hur skulle du beskriva deras relation?"

"Konstigt."

Det var allt han behövde. Konstigt. Samma ord som han hade tänkt i samma stund som han såg mannen kliva in i Steven och Elizabeths vardagsrum.

"Konstigt som i nära? Eller konstigt som i fel?"

"En kombination av båda. Jag vet inte detaljerna, men jag tror inte att Vincent och hans fru kunde få barn – Annabelle pratade alltid om att Vincent kallade henne en "speciell liten flicka" – så jag tror att han alltid behandlade henne som sin egen dotter. Men ändå ... det var bara lite ... *konstigt.*"

Det där ordet igen.

"Fanns det någonsin skäl till oro? Någon anledning att, såvitt du vet, flagga deras relation till socialtjänsten?"

Amelia skakade på huvudet. "Jag kan inte säga att jag någonsin lade märke till något fel i det avseendet. Jag vet inte ... det var bara ..." Hon gjorde en paus för att smutta på sitt te. "Du vet när man tittar på något och tänker att det inte ser riktigt rätt ut."

"Som en femtioåring som är tillsammans med en tjugoåring?"

Amelia log snett och fnissade för sig själv. Antagligen första gången sedan dagen innan.

"Ja. Antar det. Så där. Jag menar, han var ju hennes morbror, så han skulle väl inte ha gjort något ... han skulle väl inte ha gjort *det där*, eller?"

"Det fanns inga bevis som tydde på att hon hade blivit sexuellt överfallen, men det betyder inte att det inte kan ha skett på andra sätt."

Och därför hamnade Vincent Gregory högst upp på Tomeks lista.

"Just nu har vi inte särskilt mycket bevis att gå på", fortsatte han. "Det är därför din hjälp uppskattas mycket."

Amelias ansikte tycktes ljusna, som om tanken på att få hjälpa till var första steget på vägen mot ett fullt mentalt tillfrisknande.

"Är det något mer du vill veta?" frågade hon, den här gången med mer kraft och iver i rösten.

"Bara om det har dykt upp något mer om dagen då Annabelle försvann? Ibland tar det ett tag att få upp sådant till ytan, när allt stök har lagt sig."

Han var inte säker på att han riktigt trodde på det. Det hade gått trettio år sedan hans brors död, och även om dammet hade lagt sig över den händelsen i hans liv för länge sedan, var han fortfarande inte närmare att *se* vem som var ansvarig.

Det behövde Amelia ändå inte veta. Det skulle hon få ta reda på själv.

Som väntat skakade hon på huvudet. "Förlåt ... Inget. Jag har redan berättat för ditt team allt jag kan minnas."

"Hur är det med tiden före hennes försvinnande?" frågade Tomek.

Förvirring lade sig över hennes ansikte. "Vad menar du exakt?"

"Om det här var en riktad kidnappning, där man var ute efter just Annabelle, så hade det krävt planering – mycket planering. Det betyder att det kan ha funnits ovanliga eller obekanta ansikten kring skolan, antingen på morgonen, vid lunch eller vid hemgång. Folk som dröjde kvar, iakttog Annabelles rörelser. De hade med största sannolikhet suttit i en bil eller hållit sig väl utom synhåll. Jag undrade bara om du har sett något sådant?"

Amelia riktade blicken mot fönstret igen, som om svaret stod där ute.

"Förlåt", sa hon och skakade på huvudet. "Jag kommer inte på något så där direkt, men om jag kommer på något ringer jag dig. Har du ett visitkort?"

Det hade Tomek, och han räckte över det till henne. När han gick mot vardagsrumsdörren sa han: "Tack för teet, förresten. Det bästa jag har fått på länge."

"Varsågod. Branschhemlighet. Vi häller i en massa kokain i det. Det hjälper oss igenom dagen."

Ett snett leende hade återvänt till Amelias ansikte. Ett genuint leende. Från förr. Före försvinnandet, före döden. Före ... när allt var som det skulle i världen.

"Tack för tipset. Jag tror du är något på spåren där ..."

När han hoppade in i bilen och vinkade adjö visste han att hon skulle klara sig. De brukade alltid göra det till slut. Komma över det inom några månader. Kanske till och med ett år.

Men alla hade inte samma tur.

Särskilt den lilla flickan som låg på rygg på ett metallbord i bårhuset.

KAPITEL
TJUGOTVÅ

T omek hann tillbaka till stationen precis i tid till huvudnumret. Vincent Gregorys hängning.

Eller något så gott som.

Genom prövningen hade Vincent sällskap av Chey och Rachel. Under tiden satt Tomek och resten av teamet i incidentrummet och glodde upp på tv:n. Stolarna hade ställts i en halvcirkel, alla riktade mot skärmen, och Tomek hade trängt sig längst fram för att få husets bästa platser. Han hade till och med hunnit göra en kopp te till (om än långt ifrån lika gott som Amelias).

"Jag tror att vi är en påse mikropopcorn från att det här ska vara den bästa biograf jag nånsin varit på," sa han.

"Vill du att jag släcker lamporna och kopplar in alla datorshögtalare för hela upplevelsen?" frågade Victoria Orange med en antydan till lekfullhet i rösten.

Tomek vred på stolen för att se henne le mot honom. Det var bra. Ett steg i rätt riktning. Hon klev ner till hans nivå, kände sig mer bekväm med honom och resten av teamet. Och om fånig humor var vägen dit, så bjöd han mer än gärna på det.

Fem minuter senare började huvudnumret. Det var Chey som drog igång förhöret.

"Herr Gregory," började han, med rösten buren plåtigt av tv:ns högtalare, "tack för att du kom in i morse. Vi har pratat med din arbetsgivare och de har gett dig ledigt resten av dagen."

"Jag har inte gjort nåt," svarade han, plötsligt med betydligt mer Essex i rösten.

"Det kan vara så, men skälet till att vi har kallat dig till den här frivilliga intervjun är att vi vill ställa några frågor om händelserna som ledde fram till Annabelles död."

"Jag har inte gjort nåt," fortsatte Vincent. "Du kan inte gripa mig så här när jag inte har gjort nåt."

Tomek himlade med ögonen och knöt näven tills knogarna blev kritvita. Det här var plågsamt att lyssna på; han ville sträcka in handen genom skärmen och greppa den korta lilla rasistiska fascistjäveln om halsen. Han kunde bara föreställa sig hur det kändes för Rachel och Chey, som båda hade lyxen att sitta bara några fot från mannen. De kunde lätt sträcka sig över bordet och banka hans irriterande ansikte i bordsskivan om och om igen tills—

"Du är inte gripen," fortsatte Chey och avbröt Tomeks tankar. "Som jag *precis* nämnde är den här intervjun frivillig, vilket betyder att du är här av egen fri vilja och kan gå när som helst, men det är förmodligen i ditt intresse att stanna. Förstår du?"

Ur kameravinkeln kunde Tomek precis ana den desperata förvirringen i Vincents ansikte.

"Förstår du vad jag just sa, herr Gregory?"

Antingen fattade han inte, eller så försökte hans hjärna i all hast hitta på en bakgrund, en version av händelserna som passade honom och ledde Tomek och teamet in på villovägar.

"Jag förstår," sa han försiktigt. "Men vad handlar det här om? Har ni hittat den som gjorde det här mot min systerdotter?"

"Nej," kom Rachels torra svar. "Utredningen pågår. Det är därför du är här..." Hon drog djupt efter andan, och utandningen kom genom tv:ns högtalare. "Vi ville bara ställa några frågor, det är allt."

"Jag har fortfarande inte gjort nåt."

Tomek var tacksam att han inte var där inne med honom, annars hade hans ansikte kanske varit sönderslaget för länge sen.

"Är han hög eller nåt?" frågade han rummet.

"Antingen det eller så saknar han några hjärnceller..." svarade Sean med eftertryck i rösten.

"Måste du alltid prata under filmen, för fan?" frågade Nadia, som satt precis bredvid honom. "Jag vågar inte ens tänka på hur du är på *riktig* bio." "Jag sköter mig exemplariskt," sa han. "Alltid." Sedan höjde han tre fingrar i luften och la en hand mot bröstet. "Scoutens heder."

När han återvände uppmärksamheten till förhöret hann han uppfatta slutet av en fråga från Rachel.

"Jag drar till jobbet vid sex ibland, ibland senare," kom svaret.

"Och du kör till jobbet?"

"Jag kan ju knappast gå, eller hur? Jag skulle kunna försöka ta nån av dom där genvägarna längs strandpromenaden, men jag har inte riktigt lärt mig att gå på vatten än, du vet."

Chey tog fram ett par blad ur en pärm och la dem framför Vincent. "Det här är stillbilder tagna från övervakningskameror längs vägen som går runt parken där Annabelle hittades..."

Tomek tittade på kartan som hade skrivits ut och satts upp på en korktavla på andra sidan rummet. De två röda prickarna som markerade övervakningskamerorna var fortfarande där.

"De här bilderna togs precis klockan 06.13."

"Och? Jag var på väg till jobbet."

"Vi tror att det var vid samma tid som Annabelle dödades. Ändå ser vi hur du kör förbi brottsplatsen?"

"Menar ni att jag körde förbi Annabelle medan hon blev *dödad*?"

Vincents ansikte drog ihop sig till en grimas. Han föll med huvudet i händerna och började snyfta tyst i stolen. Tystnad föll över rummet medan de väntade på att han skulle sluta.

"Jag kan inte fatta det..." viskade han, fortfarande med horkan i halsen. "Jag kunde ha räddat henne... Jag kunde ha hjälpt henne..."

"Så du förnekar att du haft något med det här att göra?"

Vincent slog handflatan i bordet. Sorgen i hans röst var lika avlägsen som möjligheten att han kunde gå på vatten. "Självklart gjorde jag för fan inte det! Jag är hennes morbror, eller hur? Varför skulle jag nånsin göra nåt sånt? Jag älskade henne..."

"Är du säker på att du inte tog den kärleken för långt?"

Det tog en stund innan insinuationen sjönk in hos Vincent. Till slut sa han: "Vad fan pratar ni om? Vad fan anklagar ni mig för?"

"Inget, herrn," sa Rachel och stängde den vägen innan det spårade ur. "Kan du förklara vad du menade när du sa att du älskade henne?"

Vincents huvud pendlade mellan Chey och Rachel. "Är ni helt dumma i huvudet? Har ni aldrig älskat nåt förut? Jag har ju redan sagt det, hon var min systerdotter. Men jag älskade henne som om hon var min dotter. Lilla stackarn... Jag och min fru kan inte få barn, så jag... jag har alltid behandlat henne som om hon var min egen."

Tomek grimaserade åt mannens användning av dåtid.

"Och hur är din relation till din syster? Kommer ni två överens?"

"Vad är det för fråga? Fattar ni hur mycket vi två har gått igenom? Vi kommer överens mer än ni nånsin kan ana."

Betoningen i Vincents röst antydde att det var allt han var villig att säga i just den frågan. Tomek försökte med tankekraft få dem att pressa mer, men till slut gjorde de inte det.

"Berätta om din relation till Steven..." Chey närmade sig det spåret med försiktighet. Hittills hade han imponerat på Tomek; han hade pratat långsamt, säkert och välformulerat. Han hade varken låtit sig skrämmas eller pressas av Vincents utbrott. Han skulle bli en utmärkt utredare en dag.

Och en dag kanske Tomek säger det till honom.

"Börja inte ens med den där slusken. Han är en jävla odugling, en slashas som inte är bra för min syster eller min systerdotter."

"Du är väldigt beskyddande mot dem, eller hur?" frågade Chey, varsamt sonderande.

"Klart jag är... det är mitt kött och blod. Jag tänker väl inte strunta i dom, va? Måste se efter dom."

"Varför ogillar du Steven? Av vad vi har kunnat se försörjer han dem båda och bryr sig om dem... Vad är det vi missar?"

"Att han knappt är där. Han jobbar ju alltid, eller hur?"

"Det är i regel så man försörjer sin familj, herr Gregory."

"Ja, men det är sättet han gör det på, fattar du? Jag gillar inte hans typ av jobb. Han är en bedragare. Den fräcke jäveln ville ta fullt pris av mig för en panna som jag inte ens skulle behöva betala för – kommunen skulle fixa den. Den fräcke jäveln."

"Hur länge har du känt herr Lake?" frågade Rachel den här gången.

"Sen han började träffa min syster."

"Du kände honom inte innan dess?"

Vincent skakade på huvudet. "Aldrig träffat den jäveln."

"När skulle du säga att er relation började bli dålig?"

"Vi har aldrig gillat varandra. Vi kommer bara inte överens. Så enkelt är det. Han gillar inte mig och jag gillar inte honom. Han säger hela tiden att jag är för nära min syster, att jag alltid är där. Men jag säger dig: om du visste vad vi har gått igenom i livet skulle du fatta precis varför. Kan du fatta att den lille jäveln försökte stoppa mig från att träffa min syster och min systerdotter?"

Och där var det. Äntligen. Roten till det onda mellan dem. Den verkliga orsaken till att Steven och Vincent inte kom överens. En rädd och osäker pappa som gjorde allt för att skydda sin dotter och sin fru från den märklige, påträngande svågern.

Tomek kände igen parallellen.

Minus den konstiga morbrorn.

Rachel harklade sig i mikrofonen. "Om du inte har något emot det, herr Gregory," började hon, "skulle vi vilja rikta uppmärksamheten mot fisk en stund."

"Fisk?"

"Ja."

"Vadå fisk?"

"Vid obduktionen fann man att Annabelles magsäck innehöll mycket fisk, vilket tyder på att hennes sista måltider, medan hon hölls fången, bestod av fisk. Mest lax och tonfisk."

"Ni skämtar för fan."

"Såvitt vi förstått är du den enda i familjen som låter henne äta fisk."

Vincent kastade upp händerna i luften och slog ner dem i bordet med en smäll. "Jag har inte gjort nåt. Jag har inte kidnappat min systerdotter från skolan, jag har inte hållit henne nånstans, jag har inte matat henne med fisk, jag har inte dödat henne. Jag... har... inte... gjort... nåt."

KAPITEL
TJUGOTRE

Och på väg hem den kvällen gjorde Tomek ett snabbt stopp i den lokala Co-op-butiken för att köpa några nödvändigheter. Alla nödvändigheter som Sylvias mamma hade sagt till honom. Det vill säga choklad, choklad och ännu mer choklad. Men när han stirrade på hyllan och alla otaliga olika märken kände sig Tomek lite lamslagen av valmöjligheterna. Det, och att han inte hade en aning om vad han skulle köpa till henne. Han hade helt glömt att fråga vilken choklad Louise hade gett henne, och han hade aldrig tänkt på att fråga Kasia själv. Visst, hon slängde ner märkena i kundvagnen när hon var med honom på Aldi, men han brydde sig aldrig om vad han köpte – den striden hade han tagit och förlorat väldigt snabbt. Dessutom skulle det här vara en överraskning... Någon överraskning skulle det bli om han ringde henne för att fråga vad hon föredrog.

"Hej, det är din pappa. Som du vet är jag värdelös på sånt här och har helt glömt vilken choklad du gillar. Du råkar inte kunna säga det till mig och sen låtsas bli förvånad när jag ger dig den? Jag försöker göra något fint men är rädd att det slår tillbaka..."

Till slut nöjde han sig med ett urval av *hans* favoritmärken. Galaxy, Kit Kat, Aero och en Freddo (nå, sex stycken). I hopp om att de, eftersom de var av samma kött och blod, säkert hade en del gemensamma smaklökar, att deras chokladsmak skulle överlappa lite.

När han hoppade in i bilen tjuvade han en Freddo. Han blev förfärad över att två stycken hade kostat lika mycket som Galaxy-kakan. Av ren trots hade han köpt de fyra andra också och svalt den extra kostnaden. Den lilla grodjäveln hade skjutit i höjden i pris sedan Tomek åt en senast. Han mindes när de kostade bara några ören, och han och hans bröder skickades till kvartersbutiken med sin veckopeng och rensade hela godishyllan, och kom hem som kungar, med fickorna svällande.

Nu hade Freddo blivit vuxen, skaffat familj på fem, en dyr bil och ett bolån, och skickade vidare skulden till kunden.

Och han var säker på att den lille jäveln hade krympt i storlek också.

När han kom hem var Freddo-biten borta. När han klev in i vardagsrummet ropade han på Kasia. Ett grymtande kom från sovrummet på andra sidan rummet. Han lunkade dit och knackade försiktigt. Dova toner från hennes laptop hördes bakom dörren.

"Du kan komma in", sa hon.

Tomek grep tag om dörrhandtaget och stack in huvudet genom springan. Kasia satt på sängen, klädd i mjukisbyxor och en tjock hoodie som slukade henne. Huvan var uppdragen över huvudet och under den syntes knappt hennes ansikte. Hon hade dragit upp knäna mot bröstet, med laptopen vilande ovanpå. Ljusslingorna de hade bråkat om på Primark (Kasia hade velat ha dem medan Tomek blankt hade vägrat eftersom han tyckte de var helt bortkastade pengar) hängde på olika ställen längs bakre väggen. Till höger om honom lyste skrivbordet som en gång varit hans och nu hade gjorts om till sminkbord starkt, och han fångade sin spegelbild i spegeln, vilket skrämde skiten ur honom. Hans sovrum – *hennes* sovrum – gick inte att känna igen. Det som en gång varit ett ungkarlsnäste fyllt bara med det nödvändigaste hade nu ersatts av saker som tvingat honom att gå in i butiker han aldrig satt sin fot i tidigare.

En helt ny värld för honom.

"Hur har din dag varit?" frågade han, och dröjde osäkert kvar i dörröppningen, medan han försökte hålla Co-op-kassen ur synhåll så gott det gick.

"Bra...", sa hon.

"Lärt dig något kul?"

"Nä..."

"Blev det mycket läxa gjort?"

"Lite grann..."

"Hur var din stödlektion med Miss Holloway?"

"Okej..."

"Var det till hjälp?"

"Ja..."

Okej, så det var så. Enstaviga svar. Det kunde han hantera. Så länge hon inte var förbannad på honom av någon anledning...

"Hur mår... hur mår du?"

Hon ryckte på axlarna. "Bra."

"Vill du... vill du prata om det?"

"Inte direkt."

"Okej, bra." Tomek drog en djup suck av lättnad. "Gillade du pizzan jag lämnade fram?"

"Den var helt okej, tack." Hon sträckte sig över till nattduksbordet och tog en kopp te. Nyss bryggt, tunna ångstråk steg fortfarande upp från ytan. "Jag gjorde precis en, så vattenkokaren är fortfarande varm om du vill ha en egen."

Tomek log snett. "Tack." Sedan höjde han Co-op-kassen i luften, kände sig som en fullis på huvudgatan med hela sitt liv i en påse, och gick fram till sängänden. "Jag har köpt något till dig. Det är inte mycket men... Sylvias mamma sa att choklad var den bästa kuren mot din... du vet."

"Jag vet." Hennes öppna leende och uttryck fick honom att fortsätta.

"Och jag glömde vilka du gillar, så jag plockade på mig lite av varje..." Tomek ställde kassen framför henne och lät henne öppna den.

Med bävan korsade hon benen på sängen och öppnade den varsamt. Sedan stack hon in huvudet. Tittade upp på honom. Log brett.

Tomek kunde inte avgöra om det var ett genuint "tack så mycket, det här är världens godaste choklad och du är världens bästa pappa"-leende, eller om det var ett mer ansträngt "jag gillar inte någon av de här men jag ska le och låtsas att jag gillar dem ändå"-leende. Som ett barn som öppnade en julklapp de varken ville ha eller hade önskat sig.

Otacksamma små skitungar.

"Tack", sa hon och stack ner handen i påsen och tog upp en Freddo.

"Ta det lugnt med dem", sa han till henne. "Skatteverket kommer att vara efter mig om de tar slut för fort."

Hon granskade den lilla grodan som om den vore Kristalldödskallen som Indiana Jones hittade i sin fjärde film i franchisen. En dyrbar och värdefull relik som skulle behandlas med största varsamhet och respekt.

"Vad... vad är det?"

Tomeks haka hade aldrig trillat ner så hårt som den gjorde i det ögonblicket.

"Du har... du har *aldrig hört talas om eller ens smakat Freddo?*"

Kasia skakade obekymrat på huvudet.

"Det är ju världens godaste choklad. Små lyckobitar. De smakar så..." Han avbröt sig, saliven i munnen steg till en onaturligt hög nivå. "Du måste bara prova en."

Ända sedan Kasia hade flyttat in hade han tvingats helt ta bort alla slags nötprodukter och deras nötrelaterade derivat ur sin kost – jordnötter, cashewnötter, pistasch och till och med Thai Sweet Chilli-nötterna som han hade upptäckt en eftermiddag när han strosade genom gångarna på Lidl (säg inget till Aldi). Hon var extremt allergisk mot dem och kunde inte vara inom tre meters radie. Han kunde inte ens njuta av dem på jobbet och komma hem flera timmar senare, för doften skulle fortfarande sitta i andedräkten och giftet fortsätta sippra ur porerna. Sedan dess hade Tomek haft flera abstinensbesvär och kämpat med att hitta en ersättare, en påse snacks han kunde ha på skrivbordet på jobbet eller lämna i skåpet för när han blev sugen.

Fram till nu.

När han såg henne varsamt riva av toppen på förpackningen och gnaga på änden av Freddos hårlinje som en hamster, övervägde han på allvar att köpa den lille företagaren och familjefadern i storpack.

Det kunde han väl inte? Fanns det ens? Och om det gjorde det, skulle han definitivt vara tvungen att hitta tid för att börja springa igen. Eller så kunde han bara frossa vidare i den chokladiga godheten i stället.

Skitsamma. *Man lever bara en gång,* tänkte han. YOLO. Det var väl det ungarna sa nuförtiden, eller hur?

"Vad tycker du?" frågade han, utan att kunna dölja ivern i rösten.

Hon nickade medan hon tryckte in grodans ben i munnen. "Inte dumt", mumlade hon. "*Verkligen* gott faktiskt."

Saken var klar. Nu hade han inget val annat än att köpa dem i storpack. Om inte för sin egen skull, så åtminstone för hennes.

"Tack", sa hon medan hon rev av pappret till en till.

"Lugn i stormen!" ropade han. "Önskar att jag hade haft fler än en nu!"

Kasia fnissade för sig själv. Sedan slet hon loss den övre halvan av grodans torso från kroppen och räckte honom underkroppen.

"Du är brutal", sa han.

"Jag är inte van att dela", svarade hon. "Men varsågod."

Tomek kände sig privilegierad.

"Det är lugnt", sa han, och puttade tillbaka den. "Ta du den. Jag skojade. Jag måste hålla koll på vikten. Man börjar märka sånt när man fyller fyrtio."

"Jag ville inte säga något..."

Tomek låtsades bli förnärmad och ryckte åt sig resten av chokladen från henne. "Du får inte de här förrän i morgon nu. Grattis. Hoppas du är nöjd!" Han tittade ner i påsen. "Gillar du ens någon av de här?"

Hon skakade på huvudet. "Bara Galaxy. Jag *älskar* Galaxy."

"Förlåt."

"Det är lugnt. Det var fint. Omtänksamt av dig. Tack."

Tomek lät de orden sjunka in. Kroppen blev varm och en blandning av stolthet och ego flödade genom ådrorna. Hon hade uppmärksammat hans gest, uppskattat den. Han hade gjort något hans föräldrar aldrig gjorde mot honom, inte sedan Michał dog.

Han hade visat att han brydde sig.

Kanske var det vägen framåt. Att bryta med det han kände till och gå sin egen väg, utanför regelboken.

Att vara förälder på ett sätt han *inte* kunde.

"Är du okej?"

Hon viftade med handen framför honom.

"Ja. Varför?"

"Du såg bara ut som om du höll på att få en stroke."

"Nästan."

"Varför ler du?"

"Ingen anledning", sa han och ryckte på axlarna. Sedan skulle han just gå, men stannade i dörren när Kasia ropade tillbaka honom.

"Tomek..." började hon och började nervöst pilla med pappret i händerna. "Jag vet att du sa att du sa att jag kunde gå hem till Sylvia någon kväll när jag är klar med proven och allt. Men jag tänkte..." Hon tog en lång paus. Tomek gjorde sig beredd på vad som skulle komma. "Jag undrade om jag kunde... om jag kanske skulle kunna åka och träffa Mamma. I fängelset. Någon gång på helgen eller kanske under en skoldag. Jag saknar henne, och jag skulle vilja träffa henne..."

Tomeks första instinkt var att säga nej. Men det kom inget annat än luft ur munnen och han frös i dörrposten, fastnaglad på plats. Som om något höll honom där. Han visste redan svaret på frågan, men han ville inte fatta ett förhastat och orättvist beslut.

Det var bara synd att hjärnan inte kunde kommunicera med resten av kroppen.

"Du håller på att få en stroke igen", sa hon.

Det fick honom att vakna till. Han skakade lätt på huvudet och visslade mellan läpparna.

"Det är... Det där är knepigt", sa han. "Jag... jag måste tänka på det, okej? Ge mig lite tid att fundera så säger jag till."

När han stängde dörren bakom sig mindes han alla de oräkneliga missade samtal han hade fått från Anika Coleman inne på fängelset de senaste veckorna. Samma samtal som hade blivit allt fler.

Samma samtal som han hade ignorerat lika religiöst.

KAPITEL
TJUGOFYRA

B ilens motor stod på tomgång, tickade tyst, spann under hans fötter. Varm luft blåste ur luftventilerna, smekte lätt hans ansikte och fick honom att ångra att han tagit på sig en tröja. En T-shirt hade räckt mer än väl, men han behöll den för att han behövde något som dolde svettfläckarna.

Svettfläckar av skräck och ånger.

Det här var inte hans beslut. Inte helt. Men nu hade han inget val. Han var för långt inne för att vända om.

Dessutom hade en del av honom tyckt om det förra gången. Den "inte helt"-delen. Att ta ett liv hade varit enkelt, en plötslig injektion av energi och makt. Makt över en liten flicka som hade förtjänat det.

Och så var det i kväll också.

Hon *förtjänade* det.

Genom vindrutan såg han henne stå där, halvnaken, bokstavligen *tigga* om det i gatuhörnet. Hon hade en liten kjol som täckte mindre av hennes röv än ett par av hans kalsonger hade gjort, och en liten magtröja till. Mer hud än på en holländsk sexshow. Håret var uppsatt i en knut och flera lager smink var påkletade i ansiktet.

Sjutton var hon. Sjutton år, och hon hade redan tagit till det här. Sålde sig för männens njutning, för svin som honom själv.

Men nu var det inte läge för en identitetskris.

Nu var det dags att agera.

Han lade i en växel och rullade fram till gatan bredvid henne. Hon stod gömd bakom en stängd fish and chips-bar, strax utanför huvudgatan. Svår att hitta. Men inte om man visste var man skulle leta...

När han kom fram sänkte han rutan och vilade armen på karmen.

"Är det bra med dig, älskling?" frågade hon och vaggade fram till honom i de där högklackade stövlarna som var alldeles för höga för vem som helst, än mindre en sjuttonårig tjej. "Är du vilse eller nåt?"

Han skakade på huvudet. "Jag letar efter ett bra ställe att sova i natt."

Kodordet hade han fått av en kompis kompis kompis, flera lager ner i bekantskapskretsen. Ospårbart, så vitt han visste. Och hoppades.

"Vad för ställe letar du efter?" frågade hon. "All inclusive eller bara bed and breakfast?"

"All inclusive, om det är okej?"

Han förbannade sig själv. *Om det är okej*. Om det är okej! Vem i prostitutionens historia hade någonsin ställt den frågan? Det ingick i överenskommelsen. Allt var outtalat. Allt som hände mellan dem var "okej" – så länge han fortsatte att betala för det.

"Okej, älskling", sa hon mjukt. "Det kan jag ordna åt dig."

Utan att säga något mer gick hon runt motorhuven, drog sina röda akrylnaglar över karossen och satte sig i passagerarsätet bredvid honom.

"Vet du hur mycket det kostar?"

Han hade inte märkt det, men hon tuggade på ett tuggummi. Högt. Det olidliga ljudet förstärktes av det trånga utrymmet. Han kände lukten sippra ur hennes andedräkt. Det, och all kuk hon redan haft där inne. Det ville han inte ens tänka på.

"Ja, jag vet hur mycket det kommer att kosta."

Tyvärr kände *hon* inte till den verkliga kostnaden.

Hennes liv.

Han lade i backen, backade ut ur gränden och körde sedan tillbaka till huvudvägen, tillbaka samma väg som han kommit. När han körde längs gatan mitt i natten, medan det orange skenet från gatlyktorna då och då studsade mot deras ansikten, torkade han gång på gång händerna mot ratten. Han vågade inte ta bort dem, ifall svettränderna under armarna skulle synas.

"Har du haft en bra kväll hittills, älskling?"

Han ryckte till vid ljudet av hennes röst. Så ung, men ändå med en ton som vittnade om den erfarenhet hon bar på. Han visste allt om vad som hade hänt henne i livet, och det förvånade honom inte att hon lät äldre. Mycket äldre.

"Det har varit okej", sa han och ville inte ge sig in i för mycket prat. "Det ska bli ännu bättre", sa hon. "Har du gjort nåt sånt här förut?"

"Kan inte påstå det."

"Ingen fara." Hon lade en hand på hans lår och gav det en lätt kläm. "Jag kan vara varsam när jag behöver."

Han gav ifrån sig ett litet ljud och vände uppmärksamheten mot vägen igen. Nu var de på öns sydsida och tog sig sakta medsols tillbaka till gömstället. Vägarna var fortfarande tomma, bortsett från någon enstaka bil här och där, men viktigast var att det inte hade synts till några poliser. Han hade oroat sig för att de skulle patrullera området, leta efter tjejer som henne för att skydda dem och hålla dem borta från gatorna.

Men så blev det förstås inte. Polisen hade redan visat att de brydde sig om tjejer som henne lika mycket som de brydde sig om Annabelle Lake. Inte ett dugg.

Till slut stannade han på Northwick Road. Platsen där han en gång lärt sig köra. En lång, rak sträcka som ledde till en återvinningscentral och ett stenbrott några hundra meter bort. Vägen låg becksvart, förutom att strålkastarna belyste alla potthål och små högar av grus och damm som samlats genom åren. Det var länge sedan han varit där, och det var den perfekta platsen för det han behövde göra.

Han stängde av motorn och släckte lyktorna, och lämnade dem i mörkret.

"Det finns inget att skämmas för, älskling", sa hon. "Jag har sett allt förut."

"Det är jag säker på."

Utan att behöva bli tillsagd flyttade hon handen från hans lår till skrevet och började knäppa upp knapparna. En efter en. Tills hon fick av honom jeansen, och sedan kalsongerna. De blev kvar vid knäna. Sedan kupade hon sina händer runt hans penis och började massera tills han stod i givakt.

Till en början hade han hatat det, hatat sig själv för att ha låtit det här hända, för att det fått gå så långt. Men nu när han var här, nu när det här hände, började han njuta.

För det här var ingenting jämfört med vad de hade planerat för henne senare.

KAPITEL
TJUGOFEM

T omeks första lediga dag sedan han kom tillbaka till jobbet. Utredningen av Annabelle Lakes försvinnande och mord hade gått i stå. Utan några verkliga tekniska bevis eller spår att följa med någon som helst övertygelse fanns det inte mycket för teamet att göra, förutom att försöka komma ikapp med pappersarbetet och hoppas att något skulle dyka upp.

Och eftersom Tomek var halvt avskuren från utredningen innebar det att han hade ännu mindre att göra.

Som en följd av det hade DCI Cleaves, med hjälp av Victoria och en vänlig knuff från det trevliga gänget nere på HR, gett Tomek en ledig dag. För att återhämta sig, hade de sagt till honom. Tydligen hade han kastat sig tillbaka i arbetet efter flera veckors ledighet mitt under en utredning. En chock för systemet, hade de sagt. Beslutet förbryllade honom. Det var ju inte så att han kom tillbaka från dödens rand och behövde sex månader för att landa i gruppen. Han hade bara suttit på sitt feta arsle i några veckor. Den enda "vila och återhämtning" han behövde var från att ligga och lata sig och göra ingenting hela dagarna.

Som tur var hade han en tonårsdotter som kunde hålla honom sysselsatt en helg. Senare på eftermiddagen skulle han ta henne till en karatelektion i Hadleigh. Den lokala dojon hade ett introduktionserbjudande där den första lektionen var gratis och öppen för alla – män, kvinnor, barn i alla åldrar. Tydligen var det något hon alltid hade velat göra och något hon hade funderat på ett tag, men hon hade låtit bli att säga något till honom till allra sista stund – nämligen de sena timmarna kvällen före. När han frågade varför hon inte hade nämnt det tidigare, sa hon att det var för att hon inte hade känt sig bekväm och att hon inte hade varit säker på att hon ville göra det över huvud taget. Så i stället hade hon valt att gå och bära på beslutet i några veckor, internalisera det, som att vänta med att ringa vårdcentralen om den där smärtan du vet inte är som den ska.

Tomek blev glad att se att hon blev mer öppen med honom (även om framförhållningen var på bara några timmar). Det betydde att de gjorde framsteg, och att hans ansträngningar med henne gjorde skillnad i hennes liv. Han blev också glad när hon sa att hon ville prova något nytt, något annorlunda. Något han inte trodde att någon annan på hennes skola höll på med. Att hon vågade ge sig ut och träffa nya människor i stället för att sitta inne hela dagen och tappa hjärnceller medan hon fortsatte att scrolla, scrolla, scrolla...

Men det var senare.

Just nu måste han tänka på vad han skulle säga.

Framför honom stod hans brors gravsten.

Hans andra besök på lika många månader. Under sin avstängning hade Tomek planerat att komma oftare, sitta där, använda sin bror som bollplank för sina tankar och bekymmer om Kasia, karriären... allt. Men han hade inte kommit.

Rädsla. Skuld. Skam.

Allt hade lurat honom att stanna hemma och använda sin dotter som ursäkt. Det verkade som att han bara kunde vara dålig på en sak i taget: dålig bror när han försökte vara en bra förälder; eller dålig förälder när han försökte vara en bra bror. Samtidigt skulle han hantera sin karriär så bra som möjligt. Det var inte lätt, men vem har sagt att livet skulle vara det?

Tomek slog sig ner på bänken intill och såg hur en flock fiskmåsar kom in från stranden, skränande som de flög. Förmodligen skällde de ut honom på sitt eget språk för att han hade försummat sin bror så länge. Eller för att han var en skitdålig pappa.

Eller för att han i största allmänhet var en usel människa.

"Det var ett tag, va, brorsan?" sa han, oförmögen att lyfta blicken till stenen. "Mycket har förändrats sedan jag såg dig senast. Du skulle inte tro mig om jag sa det, men jag har fått veta att jag har en dotter. Galet, jag vet.

Alltså, *hon* är det inte... men situationen är det. Jag skulle kalla det roligt, men det är det inte. Om jag ska vara ärlig är allt ganska jävla rörigt."

"Jag är inte gjord för det här, hela föräldragrejen. Ingenting av det är det minsta vettigt, men här är vi, och det här är de kort jag har fått. Antingen spelar jag dem eller så lägger jag mig – och jag vill inte se vilken skada *det* beslutet kan göra."

En rödhake, med uppspänd bringa och full av sång, landade på armstödet till bänken bredvid honom. Tomek brukade inte tro på spöken, andar eller tecken från det övernaturliga, men något med den där fågeln fick honom att känna att det var hans bror som kom för att träffa honom.

"Jag uppskattar att du tar dig tid ur ditt pressade schema för att prata med mig", sa han sarkastiskt. "Det måste finnas en miljon saker att göra där uppe hela tiden. Och du har valt att lägga din tid på mig."

Fågeln kvittrade och såg upp på honom förväntansfullt.

"Tack, brorsan. Uppskattar det. Om du ser Tony där uppe, eller på dina färder, skulle du inte kunna hälsa honom något från mig, va?"

Fågeln tvekade innan den svarade. Den här gången var budskapet kort och kärnfullt, och Tomek visste att det var hans brors sätt att säga: "Säg det själv, din lata jävel." Klassiske Michał som, även som elvaåring, hade lärt sig en hel del fula ord. Allt som naturligt hade rullat nedför backen och landat i knät på Tomek och gett honom en massa problem. Michał och Dawid, hans äldste bror, var ofta de som lärde honom de fula orden och hetsade honom att använda dem framför mamma. De två gånger han hade gjort det (han lärde sig snabbt läxan efter det) hade han fått utegångsförbud i två veckor åt gången. Sammanlagt fyra veckor som han aldrig skulle få tillbaka. Bara för att bröderna skulle behandla honom som en av dem.

Tragiskt nog var det ingenting mot det liv som Michał aldrig skulle få. Det som stals från honom alldeles för tidigt.

Tanken fick honom att tänka efter. Att livet var för kort. Att Kasia kunde göra som hon ville. Att han kanske inte borde hindra henne från att träffa sin mamma, hur mycket han än ogillade idén. För han ville inte att hon skulle behöva ångra något. Om hon åkte dit och hatade varenda minut, kunde hon åtminstone säga att hon hade försökt och ansträngt sig. Men om hon å andra sidan åkte dit och fick nytt liv i den konfliktfyllda relationen med sin mamma, vem var då han att lägga sig i? Det var en win-win för alla.

Tanken fick honom att tänka efter. På ånger. På hur han behövde se till att inte han heller hade några...

När han just skulle stoppa handen i fickan efter mobilen insåg han att rödhaken hade flugit sin väg. Hans brors dagsverke var gjort.

"Hallå, mamma?"

"Ja", kom det, en aning varmt. "Är allt okej?"

"Ja. Det är lugnt. Jag ville bara kolla – gäller inbjudan fortfarande i kväll?"

"Självklart gör den det. Det vet du."

"Toppen. Då får du göra plats för en till. Det är någon jag vill att du ska träffa."

KAPITEL
TJUGOSEX

Tidpunkten hade stått i hans kalender i månader, i år om man räknade med att det hade varit ett årligt inslag i familjekalendern i över trettio år. Årsdagen av Michałs födelsedag. Ett evenemang som han ofta hade försummat och undvikit till varje pris. Men i kväll var han villig att försöka. Särskilt efter senaste gången de hade varit samlade som familj för att fira årsdagen av Michałs död. Han hade tagit med Charlotte, och kvällen hade slutat i ett gräl och lämnat en sur eftersmak i allas mun. Sedan dess hade han haft väldigt lite kontakt med sin bror, men relationen till föräldrarna hade förbättrats.

Förhoppningsvis skulle det fortsätta så.

Bredvid honom, i passagerarsätet, satt Kasia, som såg lika nervös ut som han kände sig. Och hon var troligen ännu mer nervös än han.

Han hade kastat ur sig nyheten för henne att de skulle gå dit efter att hon hade slutat karate. Hon hade just lämnat träningen med ett strålande leende på läpparna, som försvunnit i samma ögonblick han berättade det.

"Är du okej?" frågade Tomek.

"Jag mår bra", svarade hon.

Vilket betydde att hon definitivt inte gjorde det.

"Det finns ingen anledning att vara orolig", sa han. "Det är din familj. Dina morföräldrar. Och om du när som helst känner dig obekväm eller rädd, eller om du kanske bara har fått nog, så säger du till så åker vi hem direkt, okej? Och om allt börjar spåra ur och du känner dig modig kan du alltid dra fram de där karaterörelserna du just lärde dig."

Hon vände sig mot honom. "Roligt."

"Det här kommer att bli lika pinsamt för mig som för dig, det vet du, va?"

"Varför?"

Och då berättade Tomek. Först om hur hans föräldrar inte kände till att hon fanns. Och sedan gick han över till sin brors död. Om den saknade andre misstänkta. Om hur han hade varit den som gav sin mamma hopp om att mördaren fortfarande var där ute, samtidigt som mördarens identitet fortfarande satt fastlåst i hans hjärna, ständigt utom räckhåll. Om hur det hade orsakat en spricka mellan dem. Om hur han knappt hade pratat med dem eller varit överens med dem sedan dess. Om hur de inte hade varit en riktig familj.

"Jag... jag är ledsen för din bror", sa hon till slut och vände blicken mot de passerande träden utanför fönstret.

"Det hände för länge sedan, och det är en sån där sak man aldrig riktigt kommer över, tror jag. Din mormor i synnerhet. Så om hon beter sig lite märkligt eller lite reserverat, försök att inte ta det personligt. Bara *jag* får göra det."

Ett leende. Kort, bara en blinkning. Men en början.

"Och om du vill ha något att roa dig med medan vi är där..." han lutade sig över mittkonsolen mellan dem, "så räkna hur många gånger din farbror fladdrar med näsborrarna..."

"Va?"

"Han har en nervös tic. Den började när han var runt femton, tror jag. Han blev väldigt självmedveten när den kom. Det hjälpte förstås inte att jag hela tiden drev med honom för det. Han fick massor av hjälp av läkare och psykologer men det har aldrig slutat. Vi brukade kalla honom *świnia*, vilket är gris på polska."

Ännu ett leende. Större den här gången.

"Och om du vill ge dig ut på ett topphemligt uppdrag, så räkna hur många gånger de tre pojkarna – dina kusiner – håller sig i byxorna och hoppar upp och ner innan de går på toa. De är bara några år yngre än du, men de kan inte låta bli, och jag tror de kommer hålla på tills de är i min ålder. Och jag är ganska säker på att de fortfarande kissar i sängen."

"Usch..."

"Gick jag för långt? Okej, då mobbar du bara din farbror. Låt de tre grabbarna vara mitt ansvar..."

━━━

De kom fram knappt fyrtio minuter senare. Bilresan hade gett dem en chans att komma ikapp med det viktiga. Som hur Kasia upplevde sin första prova-på i karate, om hon ville göra det igen: hon hade gillat det, och det ville hon. Varje helg, kl. 14. De skulle få lösa logistiken sinsemellan, men han var villig att få det att fungera.

"Vem var den där kvinnan jag såg dig prata med när du lämnade av mig?" hade Kasia frågat efter att han avslutat sina minnen om den gången han spöat upp Frankie Hargreaves i årskurs 11 utanför skolgården för att Frankie varit rasistisk mot honom – en historia som hon inte verkade särskilt intresserad av att höra.

"Jag undrade om du såg det", hade han svarat och suckat. "Amber Wilson. Hon var en gammal skolkompis. Alltså, långt, långt tillbaka. Så länge sedan att jag försöker glömma året. Vi gick i några klasser ihop, tror jag. Matte och NO."

"Hände det någonsin något mellan er två?"

Innan han svarade på det hade Tomek gett henne en bekymrad blick och höjt ett ögonbryn. "Nej. Det hände aldrig något mellan oss."

"Kanske borde du höra av dig."

Tomek hade fnyst. "Jag behöver inte dejtingråd från en trettonåring, tack så mycket."

"Av allt att döma gör du det."

"Ursäkta?"

"Miss Holloway... såg du inte hur hon tittade på dig häromdagen under föräldrakvällen? Hon kunde inte slita blicken från dig."

Tomek hade inte märkt det. Han hade varit så upptagen med att komma i tid – att faktiskt *dyka upp* – att han helt förbisett eventuella tecken eller signaler som Bridget Holloway hade skickat honom.

"Kanske borde du..." hade Kasia börjat, men sedan hejdat sig. "Nej, jag tar tillbaka det. Under inga omständigheter får du börja dejta min lärare. *Snälla.*"

Tomek log snett, självbelåtet.

"Nej. Snälla. Du kan inte. Jag tror inte jag skulle klara det i skolan. Att du dejtar en av mina lärare..." Hon skakade synbart. Var det rädsla? Eller avsmak?

"Det ska jag komma ihåg", sa Tomek just när han svängde in vid sina föräldrars hus.

Att ge sig in i en relation var inte något han var ute efter nu. Inte när han hela tiden tänkte på Charlotte och det som hade hänt mellan dem. Inte när han fortsatte spela "tänk om?"-kortet och undrade vad som kunde ha blivit. Hans hjärta blickade fortfarande bakåt, och han visste inte när det skulle börja se framåt.

Kasia höll sig på avstånd bakom honom när han klev upp till ytterdörren och knackade. När dörren till slut öppnades gömde hon sig i hans skugga, med huvudet sänkt.

"Hej, mamma", började han.

Kvinnan framför honom hade förändrats drastiskt sedan han senast såg henne. Hon hade färgat håret i en ljus rosa nyans – för att matcha nagellacket – och rakat det kort. För en kvinna långt inne i sextioårsåldern var det det sista han förväntade sig att se. Men han gillade det.

"Du ser bra ut", sa han till henne. "Tufft. Vet inte om det skulle passa mig, men jag gillar det."

"Tack." Hon hoppade ner från trappsteget och kramade honom längre än hon gjort på länge.

När hon släppte taget sa hon: "Var är din dejt?"

Leende steg Tomek åt sidan och lade armen om Kasias axlar. Han kände hur hennes lilla kropp skakade under hans grepp.

"Åh, Tomek... Nej. Nej, du kan väl inte vara..." Hon lade en hand på Kasias hand. "Hur gammal är du, vännen?"

"Håll käften, mamma. Det är inte alls så. Kasia är inte min flickvän, för i helvete!"

"*Kurwa mać*. Du höll på att ge mig en hjärtattack! Om hon inte är din dejt så... vem är hon?"

Tomek gav Kasia en lätt knuff i ryggen och gestikulerade att hon skulle kliva in i huset.

"Jag tycker att vi alla ska gå in", sa han. "Det är något jag måste berätta för er."

Leendet hade inte lämnat hans ansikte sedan han fick syn på Izabela och hennes nya hår. Inte heller hade det bleknat efter att han berättat för familjen om sin dotter och mötts av deras dämpade, bekymrade blickar. Först visste de inte hur de skulle ta in informationen, hur de skulle bearbeta den. Men efter att ha avfyrat en salva av polisliknande frågor – när hände det, med vem, var var du då – började de så småningom förlika sig med det och förstå det. Han visste att det skulle ta lång tid innan de kunde acceptera det som ett faktum.

"Det har tagit mig ett tag att fatta det själv", sa han till dem. "Men vi vänjer oss sakta vid varandra. Vi flyttar till och med till en större lägenhet med mer plats."

"Vi får äntligen varsitt rum", sa Kasia. Ju längre hon blev kvar, desto tryggare kände hon sig. Och då och då såg Tomek hur hon stirrade på hans bror Dawid, i väntan på att hans tic skulle slå till.

"Har han fått dig att sova på soffan, den själviska jäveln?" frågade Dawid.

"Håll käften", sa Tomek och rusade till sitt eget försvar. "Jag är inget monster. Jag har bott på soffan medan hon haft min sköna dubbelsäng."

Dawid kupade handen vid mungipan, som om han talade diskret med henne så att ingen annan skulle höra. "Jag slår vad om att han ändå luktar, eller hur?"

Kasia fnissade åt det. Tomek himlade med ögonen.

Det här var första gången på över tio år som de kom överens så här. Förra gången med Charlotte hade det varit annorlunda, isen var verkligen tjock. Men nu... nu började den tina och det varma i att vara en familj började lysa igenom. Tomek kom till och med på sig med att tolerera trillingarna, Kristian, Patryk och Jakub, för omväxlings skull. Även om han inte hade sett någon av dem behöva gå på toaletten ännu.

Klockan var 21 när middagen var klar och alla satt runt bordet. På kvällens meny fanns en av Tomeks favoriter: *pierogi*.

"Dem känner du som dumplings", sa Tomek till Kasia medan han skedade upp en rejäl dos sås på hennes tallrik.

"Det räcker", sa hon och puttade undan skeden.

Han ignorerade henne och hällde på en halv skopa till. "I den här familjen gäller det att vara snabb och ta för sig. När vi växte upp delade vi aldrig – särskilt inte när det gällde mat – och vi slogs alltid om smulorna på slutet."

"Är det därför du alltid äter mina rester?"

"Delvis. Dels det, och dels för att jag inte gillar att bra mat går till spillo."

"Det är för att han alltid förlorade", sköt Dawid in, och näsborrarna fladdrade. "Din pappa var sist till allt, så han fick alltid mindre mat."

Då sänkte Kasia blicken mot bordet och petade i maten. Tomek gav sin bror en bister blick och sedan en huvudskakning.

P-ordet hade inte yttrats mellan dem ännu. Det hade varit ett svårt samtal för honom att ta upp. Han hade aldrig kallat sig hennes pappa och hon hade aldrig kallat honom det heller. Alltid "far".

Jag är hennes far. Hon är min dotter.

Men aldrig *pappa*. Pappa var informellt. Pappa gjorde det verkligt, något fast och påtagligt som inte gick att ta tillbaka, som en trasig vas som aldrig kan lagas.

När hon uppfattade den obekväma stämning som lagt sig över bordet sa Dawids fru, Kristina: "Hur trivs du på din nya skola, Kasia? Pojkarna ska snart börja högstadiet. Har du några råd eller tips till dem?"

"Gå inte dit", sa hon rakt på sak. "Lektionerna är tråkiga, de är mycket svårare, och lärarna är mycket strängare. Men det kan vara kul ibland."

"Åh... Så det låter som att du trivs, då?"

"Det gör hon ju för fan inte" var budskapet Tomek hoppades att hans min förmedlade. Kristina verkade märka det och återgick sedan till sin mat.

Allt eftersom kvällen fortskred växlade samtalsämnena, från Kasias skolliv till Tomeks jobb och att hans karriär fått nytt liv; från det senaste hans pappa byggde i garaget (en vanlig strategi, misstänkte Tomek, för att komma undan från mamma så länge som möjligt) till Kristinas juristkarriär. Allt var mycket intressant och sansat. Inga bråk, inga meningsskiljaktigheter, ingen behövde gå därifrån i affekt, och inget tydde på att Kasia kände sig obekväm och ville gå hem tidigt. Faktum är att när maten var slut hade hon gått in i vardagsrummet med sina kusiner medan Tomek stannade i matsalen för att prata med de vuxna.

"Nåväl då", sa han och fyllde på sitt glas med cola. "Låt grillningen börja!"

De generade minerna antydde att de inte visste var de skulle börja, eller vem som skulle våga först.

Till slut var det hans pappa. Perry Bowen hade alltid varit den raka motsatsen till hans mamma. Medan Izabela var tvär och nonchalant i ord och attityd gentemot vissa saker, var Perry mer känslig, mer förstående. Varje relation behövde ljus som balanserade mörkret, och det var hans pappa.

Men i kväll var det som om rollerna hade bytt plats.

"Du tänker väl ändå inte fortsätta ta hand om den här flickan?" frågade Perry.

"Det gör jag."

"Varför? Hon är inte ditt problem."

"Klart hon är det. Hon är min dotter. Vi gjorde ett DNA-test och allt. Jag har mejlet i mobilen om du vill läsa?"

"Men hur blir det med jobbet, med hemmet?"

"Vadå då? Vi har klarat oss bra de senaste veckorna, jag tror vi är förbi det värsta." Tomek tog en klunk av sin dryck för att lugna sig. "Jag tog med henne hit i god tro, i tron att hon skulle bli accepterad i familjen. Det är inte som förra gången när hon visade sig vara en seriemördare. Det här är annorlunda. Det här är min *dotter.*"

Perry öppnade munnen men stoppades av en hand på underarmen.

"Jag gissar att det din pappa försöker säga – *förfärligt*, måste jag tillägga", började hans mamma och skickade en snabb elak blick mot Perry, "är att vi alla är lite chockade. Och, å hela familjens vägnar, vi är alla lite besvikna och sårade över att du inte berättade tidigare. Det har tagit dig över en månad att berätta att hon finns."

"För att jag var orolig att det här skulle bli reaktionen."

"Nå, du har min röst", tillade Kristina med ett svagt leende.

Tomek gav henne en halv nickning för att visa sin uppskattning, men det var inte hennes stöd han var ute efter. Han vände sig till sina föräldrar.

"Jag behöver bara veta att jag har *ert* stöd i det här. Jag vet att jag aldrig har bett om det förut, men den senaste månaden har jag tvingats växa upp en hel del. Och jag vill att ni ska vara en del av hennes liv, och jag vill att hon ska vara en del av ert..."

Det dröjde inte länge innan de svarade.

"Självklart skulle vi älska det", sa Izabela och lade en hand på hans. "Vi skulle med glädje välkomna henne in i familjen. Hon är en Bowen. Vi ser till att ingen blir lämnad efter."

Om det vore sant hade det här samtalet inte ens ägt rum från första början.

KAPITEL
TJUGOSJU

Tomek lämnade sina föräldrars hus med blandade känslor. Även om de hade sagt att de gärna skulle välkomna Kasia in i familjen, kände han en tvekan bakom orden. Som om det var påtvingat. Att de kände sig skyldiga att säga det de trodde att han ville höra. Men å andra sidan kände han sina föräldrar bättre än de flesta, och det där var något de aldrig hade gjort förut. De hade alltid varit raka, brutalt ärliga (det var den polska sidan av familjen) och aldrig falska. Så han visste inte vad han skulle tro.

Kanske menade de väl, men huvudet var inte med.

Inte än, i alla fall.

Ja, det kändes rätt. De skulle bara behöva tid att smälta nyheten.

Gud ska veta att det hade tagit honom tillräckligt lång tid. Och han var inte säker på att han ens var helt framme än.

"Hade du kul ikväll?" frågade han Kasia när han körde ut från deras uppfart och svängde ut i mörkret på landsvägarna.

"Ja, det var trevligt, tack."

Hon lyfte inte blicken från skärmen när hon svarade, och hon hade hållit på med den ända sedan de lämnade huset. Han försökte att inte ta det personligt.

"Lyckades du räkna hur många gånger Lille Grisen grymtade?"

"För många. Jag tror jag tappade räkningen efter ett tag. Fast du ska nog veta att pojkarna kallar dig Lille Grisen också."

Tomek spände greppet om ratten. "Jaså? Vem hörde du det av?"

"Pojkarna. De sa det när vi var i vardagsrummet. Sa att Dawid alltid kallar dig så för deras mamma."

Han försökte kväva skrattet men kunde inte.

Den lille jäveln. Dawid, hjälten, som drar sin egen brors namn i smutsen sådär. Och inför sina egna barn dessutom. Han undrade vad mer han sa till familjen, men bestämde sig för att inte rota. Om det var i samma stil som kommentaren Kasia just hade berättat om kunde han föreställa sig resten. Inget han inte hade hört förut.

När de körde upp på A12, en förrädisk väg ökänd för att vara hårt trafikerad och för flera dödsolyckor, slog Tomek av radion och lät tankarna glida över till Annabelle Lake och hennes mördare. Så vitt han visste – han hade kollat sina mejl ett par gånger medan han låtsades försvinna iväg till toaletten – var teamet inte närmare att hitta mördaren. De hade kört alla spår i botten, och det fanns fortfarande ingen anledning för honom att komma tillbaka. Så Nick hade gett klartecken för att han skulle ta ännu en dags "vila".

Jag vet att det är en personlig tid för dig nu, så ta ledigt i morgon. Vi ses tidigt på måndag morgon.

Och så gled tankarna över till Kasia.

"Vill du gå och handla i morgon?" frågade han. "Vi måste fixa en massa lådor och grejer till flytten."

Kasia strök undan en hårslinga från ansiktet och nickade. "Ja, det vore kul."

"Lakeside, okej?"

"Det är för tioåringar."

"Du är ju bara tretton..."

"Måste vi?"

"Det finns ett IKEA där..."

"Jag bryr mig inte om IKEA."

"Va? Jag trodde ungar i din ålder *älskar* IKEA. Tioåringar gillar inte IKEA. Men i din ålder *älskar* man IKEA. IKEA är grejen!"

Kasia skakade hånfullt på huvudet. "Snälla, säg aldrig det där igen. Faktiskt, tänk inte ens tanken att säga något sånt igen!"

"För cool för dig, eller?"

Hon himlade med ögonen. "Du kan drömma. Jag har sett duvor på gatan som är coolare."

"Aj. Burn. Du sved mig riktigt djupt, bro. Du sved mig riktigt djupt."

Hon begravde ansiktet i händerna. "Herregud! Sluta!"

Skrattet ebbade ut några ögonblick efter att Kasias telefon hade plingat.

Det höga *ping*et ekade i bilens kupé så högt att Tomek ryckte till och nästan svängde över i den andra körfilen.

"Vem var det?" frågade Tomek. Vid den här tiden på kvällen – 23.00 – kunde Tomek bara tänka att det skulle vara en sak. Pojkar. Det motsatta könet. Det fruktade "P"-ordet. Han hade inte gett sig in i det där minfältet till samtal än, och han hoppades att han skulle slippa på länge, länge. Bara tanken på att behöva hålla "blommor och bin"-snacket fick magen att knyta sig. Ingen hade hållit det för honom, och se hur det hade blivit – produkten av hans naivitet, oerfarenhet och idioti satt precis bredvid honom.

Det gick några ögonblick innan Kasia till slut svarade. Under den tiden sneglade Tomek på henne flera gånger och såg hur uttrycket i hennes ansikte sjönk undan, tills hon stängde av telefonen och lade den med skärmen nedåt i knät.

"Ingen", sa hon.

Fast det såg inte ut som att det var ingen.

"Det var bara en sån där avisering man får när någon man följer precis har lagt upp något på Instagram."

Tomek såg på henne med lätt misstro. "Kan man få aviseringar för det? Jag menar, jag vet att det heter följa, men det känns som att vi som samhälle bara är ett steg från att dyka upp vid någons dörr och stå över axeln när de postar – och sen ge dem en high five i stället för att gilla deras bild." Tomek vände blicken tillbaka mot vägen. "Jag tror aldrig att jag skulle kunna dela ut så många high fives..."

För honom kunde Kasia lika gärna ha talat ett annat språk. Det var en värld han inte kände det minsta till. Han visste grunderna om varje plattform, hur de fungerade, hur de kunde missbrukas och användas i brottsutredningar – men därutöver var han ungefär lika bortkommen som en bebis bakom ratten. Han hade bara skapat profiler för att kunna följa Kasia på dem alla och hålla koll på hennes säkerhet. Och nu när hon nämnt det gjorde han en mental notering att slå på aviseringar för hennes inlägg. Då skulle det vara enklare än att kolla sporadiskt när han råkade komma ihåg.

"På tal om det..." sa han, och insåg sedan att han inte hade sagt sina tankar högt alls. "Har du funderat något mer på att lära dig polska? Helt ärligt är jag förvånad att din mormor inte nämnde det."

"Det gjorde hon."

"Jaha. När då?"

"När det bara var vi två. Jag gick för att hämta ett glas vatten i köket och hon följde efter."

"Okej. Och vad sa du till henne?"

"Jag sa att jag fortfarande funderar."

KAPITEL
TJUGOÅTTA

T omek vaknade med ett ryck. Flämtande, svettig.
Mardrömmarna, de som en gång hade hemsökt honom nästan
varje kväll, hade upphört helt sedan Kasia hade flyttat in hos honom.
Förutom i går natt.

De blodiga och brutala bilderna av hans döde bror som låg där på fältet
hade bytts ut mot intetsägande kartonger, fyllda till brädden med innehållet
i hans garderob. Stök överallt. Livet han hade levt de senaste tretton åren
föll samman framför honom. Flyttens verklighet trängde sig allt tydligare på
i huvudet. En av de mest stressande sakerna man kan göra i livet, hade han
fått höra. Nå, den som hade kommit på det hade uppenbarligen aldrig lett
en mordutredning, varit ensamstående förälder och samtidigt fått den
briljanta idén att flytta mitt i en skräckinjagande bostadsmarknad.

Nu var *det* stressigt.

För att inte tala om att hitta tid för allt var en del av problemet. Och
därför var han oerhört tacksam mot Nick och slöfockarna på HR som lät
honom ta ytterligare en ledig dag.

Lakeside Shopping Centre var en av de mest kända och populära
platserna i Essex. Vilket Tomek inte förstod över huvud taget. Det var ju ett
köpcentrum, för guds skull. Det fanns dussintals över hela landet, alla med
samma uppsättning butiker som de andra. Ändå vallfärdade miljoner dit
varje år för att hitta något nytt att slösa sina hårt intjänade pengar på.

Följaktligen var det en av de få platserna i Essex som han försökte undvika mer än alla andra. Han hatade allt med stället. Det kryllade av slynglar och tioåringar som trodde att de var värst, som gled runt i butikerna med sina kompisar, startade bråk och gjorde sig till ett jäkla besvär i tron att de var roliga.

Det var däremot en självklar övergångsrit för vilken tonåring som helst i Essex att ha tillbringat minst ett helt åttatimmarspass där med sina kompisar. Och Tomek skulle inte säga *alltför* mycket. Han hade själv varit en av de där tioåringarna en gång. Försökt ha råd med senaste kläderna och skorna samtidigt som han tryckte i sig kopiösa mängder snabbmat, allt på den lilla budget hans föräldrar hade gett honom.

Jodå, det var verkligen en övergångsrit.

Och nu hade Kasia privilegiet att genomföra sin tillsammans med en fyrtioårig man utan klädsmak.

"Du är så pinsam", sa hon, medan hon gick med huvudet sänkt och axlarna hängande. Det sista hon ville var att stöta på någon från skolan och behöva utstå förnedringen att vara ute med honom offentligt. Det fanns inget mer förödmjukande i hennes ålder. Men tyvärr hade hon inget val.

"Jag har inte gjort någonting", svarade han defensivt.

"Bara... du. Jag kan inte fatta att du valde att ha på dig den där."

Tomek tittade ner på sin ljusgröna pikétröja som hade krympt några storlekar i tvätten.

"Den är min favorit."

"Den måste bort."

"Okej då", sa han. "Vad sägs om att vi båda rensar våra garderober inför flytten?"

"Och köper nya grejer?"

"Nej."

Hoppet i Kasias ansikte försvann. "Åh..."

Tomek himlade med ögonen. Han höll snabbt på att bli alldeles för mjuk. "Okej. Du kan få *två* nya outfits i dag. *Två.*"

För att understryka poängen höll han upp två fingrar framför hennes ansikte.

Om han hade tillräckligt med pengar på kontot för att betala dem var en helt annan femma. Att finansiera flytten och betala alla förbannade advokat- och mäklararvoden – som verkade ha påslag på påslag – tömde honom på varenda krona, och han trodde inte att det skulle dröja länge innan han måste skicka ut Kasia i arbetslivet så att hon fick börja stå för sig själv. Platser som Lakeside, eller vilket annat köpcentrum som helst, var perfekta för någon i hennes ålder. Ett ställe att få skinn på näsan på medan hon tog emot skäll av deprimerade och sura kunder för sådant som inte var hennes fel. Lära sig vikten av punktlighet och hårt arbete.

En av livets viktigaste lärdomar. Synd bara att hon hade några år kvar innan hon ens fick jobba...

Tills dess fick han använda det som återstod av sparpengarna för att hålla henne nöjd.

Den första butiken de vågade sig in i var Zara. Det globala spanska modemärket var fyllt av ett överväldigande utbud av kläder. Alldeles för mycket att välja på. Och så fort Kasia satte sin fot där inne lyste hennes ögon upp innan hon sprintade bort till en av avdelningarna i det bortre hörnet. Tomek, bländad av alla lampor och av kundströmmarna som forsade förbi, tappade snabbt bort henne och blev desorienterad. Överväldigad och yr av att behöva snurra på klacken varannan sekund gick han ut en sväng för att ompröva sitt liv.

Här var en man som hade sett döda människor, jagat och fångat brottslingar och nästan dött vid flera tillfällen. Och ändå klarade han inte av en enkel modebutik.

Vad höll det på att bli av honom?

Utanför hittade han en eftertraktad ledig plats på en bänk tillsammans med resten av männen som antingen hade gått vilse, blivit yra eller uttråkade, och tog fram mobilen. Sedan skickade han ett meddelande till Kasia för att tala om var han var.

Precis när han skulle kika igenom mejlen snabbt blev skärmen svart och namnet "HMP East Sutton Park" dök upp högst upp. Under det fanns två gigantiska knappar. En röd, en grön.

Tummen svävade över den röda en stund och flyttade sig sedan försiktigt till den gröna.

"Hallå?" sa han långsamt och tryckte ett finger i det andra örat för att stänga ute ljudet av skrikande barn och arbetslösa som hasade med fötterna.

"Tomek, är det du?"

"Hej, Anika."

"Varför har du inte svarat när jag ringt? Jag har försökt få tag på dig så många gånger."

"Jag har haft fullt upp. Tagit hand om vår dotter. Eller glömde du det när du skickade henne till mig?"

"Det är därför jag ringer. Jag vill träffa henne. Jag saknar henne."

"Det är jag säker på att du gör."

"Snälla, Tomek. Jag ber dig. Jag måste få träffa min lilla flicka." En paus. "Och jag tycker att vi borde ta ett snack också."

Tomek ville inte ens ta in tanken på att träffa henne just nu. Faktiskt ville han inte ens tänka på att låta Kasia prata med henne heller. Fram till dess hade han varit villig och öppen för att låta Kasia träffa sin mamma. Men efter att ha hört hennes röst... efter att ha hört henne tala väcktes en massa känslor och han mindes skälen till sina första reservationer mot idén. Smärtan och skadan hon hade orsakat honom. Hur hon hade släppt lös sin mördiske morbror på honom och medverkat till att hänga honom över ett järnvägsspår.

Sånt förlåter eller glömmer man inte i första taget.

"Jag måste tänka på det", sa han till henne. "Snälla, ring mig inte hela tiden. Jag tar kontakt med dig när tiden är rätt."

Och sedan lade han på.

Efteråt kände han sig bitterljuv. Men innan han hann älta det för länge dök Kasia upp framför honom och såg ner på honom med sina valpögon.

"Vem var det?" frågade hon.

Tomek tittade på mobilen som om den skulle svara åt honom. Hjärnan blev tom. "Det var en Instagram-notis", började han. "Som sa att någon just hade lagt upp..."

"Vadå?"

"Strunt i det... Hittade du något du gillade?"

Den tillfälliga förvirringen försvann ur hennes ansikte och ersattes av upphetsning. "Herregud, det finns *sååå* mycket."

"Så att det räcker till två outfits?"

"Tre...?" Bönen i hennes röst gick inte honom förbi.

Tomek suckade och kliade sig på ryggen. Valet mellan att köpa tre outfits till henne eller låta henne träffa sin mamma vägde tungt åt ett håll. Om han valde det förstnämnda kanske hon förlät honom för det sistnämnda.

"Okej", sa han, och hoppades att motviljan i hans röst inte gick henne förbi den här gången. "Men den extra räknas som en tidig julklapp..."

"Okej. Absolut. Jag fattar."

Sedan grep hon hans hand och drog honom tillbaka in i mardrömmen.

KAPITEL
TJUGONIO

N yheten om Jenny Ingles' försvinnande landade på Tomeks skrivbord
allra först nästa morgon. "Sjuttonårig fosterflicka från Canvey", började Victoria. "Försvann för
fyrtioåtta timmar sedan. Senast någon såg henne var i fredags kväll. Hon
gick ut... och kom inte hem."

"Och de väntade till nu med att anmäla det?"

"Intrycket jag fick av fostermamman var att hon bara anmälde det
eftersom hon visste att det var det rätta."

Tomek granskade dokumentet framför sig.

"Canvey. Igen?"

"Oj, oj, oj", sa Victoria. "Du får nog lugna din entusiasm lite där,
sergeant."

Tomek fnös. "Tror vi att det har någon koppling till Annabelle Lake på
något sätt?"

"Inte säker." Victoria ryckte på axlarna. "Det är du som får ta reda på
det."

"Okej... Men varför? Alltså, varför hamnar det här hos *mig*?"

DCI Cleaves, som hade hängt strax bakom Victoria under hela
samtalet, klev fram. "Därför att Vincent Gregory har gjort sin uppfattning i
frågan väldigt klar. Du och Sean jobbar med det här, medan resten av
teamet fortsätter arbetet med Annabelle Lakes mord. Målet är att hitta
Jenny Ingles medan hon fortfarande är vid liv."

Förutsatt att hon fortfarande var det.

Tomek skakade på huvudet. "Kan inte fatta att du fortfarande låter honom komma undan med det, chefen."

"Inte jag heller. Kanske borde du skriva en bok om det. Och sedan hitta någon som bryr sig och få den personen att läsa den. För just nu vill jag inte höra mer gnäll." Nick viftade bort kommentaren med en nonchalant handrörelse och skyndade tillbaka till sitt kontor. Och därmed var den saken avklarad. Inget mer att säga, ingen kvar som ville lyssna.

Det var skönt att se att Elake Nick var tillbaka i sina gamla ogina spår. Trevlig och gemytlig över mejl, ett riktigt tjurigt och miserabelt rövhål i verkligheten. Men det var Nick, sån var han. Något, någonstans längs vägen, hade gjort honom sådan, och han gick inte att ändra på. Och en del av Tomek trodde inte att lagets dynamik någonsin skulle vara densamma om han gjorde det.

Victoria gav Tomek ett urskuldande leende och en axelryckning.

"Till slut vänjer man sig vid honom", sa Tomek, även om han inte var säker på varför han tröstade henne när det borde ha varit tvärtom. "Ibland tycker man att han är ett riktigt fuck nugget, men andra—"

"Ursäkta?"

"Vilken del förstår du inte?"

"Den där fuck nugget-delen. Vad betyder det ens?"

"Du vet..." Tomek stannade upp. Försökte minnas var han hade hört uttrycket. Kom inte på det. "Du vet när någon är en fuck nugget..."

"Nej, tyvärr. Det gör jag inte. Det var därför jag frågade."

"Alltså, du vet, en nugget..."

"En chicken nugget? En nugget av bajs?"

Tomeks kropp drogs ihop av spänning. "Känns som att ögonblicket har passerat nu. Ska vi glömma att jag använde det ordet och bara kalla honom ett rövhål i stället?"

Victorias ögon blev stora. "Nu förstår jag vad du menar. Du skulle ha sagt det från början. Men jag förstår precis hur du tänker." Hon kastade en blick över axeln för att kolla att Nick hade lämnat rummet. "Han kan verkligen vara en riktig liten fuck nugget ibland."

Tomek knäppte med fingrarna och sköt en fingerpistol mot henne. Nu var de förenade i sin sporadiska motvilja mot Elake Nick. "Nu snackar vi samma skit, Vicky."

Sedan vände han på dokumentet mellan fingrarna och läste

informationen som hade kladdats dit: namn, adress och mobilnummer till Jenny Ingles' fostermamma. Han reste sig ur stolen, stack upp huvudet över skrivbordet och letade efter DS Campbell.

När han fick syn på honom visslade han högt och störde hela rummet i deras flitiga arbete.

"Kommer du, stora mannen?"

"Var?" Sean var så stor att han inte behövde sticka upp huvudet över skärmen; hans huvud stack upp över datorhorisonten som en skyskrapa i fjärran.

"Canvey."

"Igen?" sa Chey Carter och trängde sig in i deras samtal. "Är du säker på att du inte letar hus där nere och bara använder jobbet som ursäkt, chefen?"

Tomek gav den unge mannen en ond blick. "Jag kan åtminstone köpa ett hus där nere, herr Pepper. Det dröjer väl tjugo år till innan din morsa till slut släpper ut dig hemifrån."

Det breda flinet på Cheys läppar slocknade.

Tomek begav sig bort till Seans skrivbord.

"Kommer du, eller måste jag släpa dig?"

"Jag tror inte att du har kapaciteten för det, tyvärr, lille vän. Du har varit så van vid att vara hemmavarande pappa de senaste fyra veckorna att den där lilla magen din nog inte tillåter det..."

Tomek blev mållös när hans vän hasade upp sin bastanta kropp ur stolen.

"Jag kör SAS-mentalitet dagligen, tack så jävla mycket."

"På vilket sätt?"

"Ät så mycket du kan, för du vet aldrig när nästa mål kommer."

"Det där gäller bara i vildmarken, eller om du blir beskjuten i öknen. Inte när du har suttit på arslet hela dagarna med ett McDonald's tjugo meter bort."

KAPITEL
TRETTIO

A lison Jones var den sortens kvinna man inte ville ha i närheten av en vuxen, än mindre en tonåring. Hon hade en lätt frånvarande blick, som om hon hade rökt för många crackpipor i sina dagar och pratat med så många himlakroppar att hon fått anledning att ompröva hela sin tillvaro. Väggarna i huset var draperade med mönstrade satintyger, och lukten av en brokig samling rökelse ljus spred sig genom hela huset – det fanns minst tre bara i vardagsrummet. Samtidigt var mattorna i vardagsrummet täckta av gamla tidningar och *Hello!*-magasin som inte såg ut att ha blivit lästa. I handen höll Alison en cigarett utan att en askkopp syntes till i närheten. Tomek sneglade ner mot hennes fötter och såg de svarta kolfläckarna på mattan där askan fallit och bränt hål rakt igenom.

Hon var en cigg från att sätta eld på hela stället. Och han var säker på att om de inte hade varit där, så skulle hon nästan garanterat ha rökt något starkare. Kanske var det därför rökelsen fanns – ett otillräckligt försök att maskera gräslukten vid oannonserade besök från polisen eller socialtjänsten.

Hur hon någonsin hade fått ta emot ett barn i familjehem övergick hans förstånd. Fast han hoppades få reda på lite mer om henne och Jennys dynamik.

"Ni två vill ha te?" frågade Alison efter att de redan hade satt sig.

"Nej, tack", svarade Tomek för dem båda. Han var rädd för vad de kunde hitta på botten av muggarna. Eller vad som kunde vara spetsat i tepåsarna.

"Som ni vill. Är ni här om Jenny?"

"Klockrent", sa Tomek och motstod impulsen att avfyra pistolgesten. Kanske skulle han spara den till senare. "Vi ville bara ställa några frågor om senaste gången du såg henne och var du tror att hon kan vara."

"Tja, om jag visste det hade jag väl inte ringt er, eller hur?"

Ni såna där...

Orden fick omedelbart nackhåren att resa sig på Tomek. Han hoppades att de inte hade ännu en liten rasistisk fascistjävel på halsen.

"Självklart inte. Vi gillar inte tidsslösare mer än nästa snut", sa Sean, hans djupa röst studsade mot möblerna. "Eller hur, Tomek?"

"Nej, Sean. Verkligen inte. Du råkar inte slösa bort vår tid, va, Alison?"

Hon tog ett bloss och höll kvar röken en stund innan hon släppte ut ett grått moln i luften, utan minsta försök att blåsa bort det från deras ansikten. "Vad får dig att tro det? Jenny gick ut i fredags kväll men har inte kommit tillbaka. Hon har inte varit tillbaka sen dess."

"Varför väntade du så länge med att ringa oss?" frågade Tomek.

"För det här e inte första gången hon gör så, fattar ni?"

Ännu ett bloss, ännu en plym av unken, härsken rök.

"Hur många gånger har hon gjort så här tidigare?"

"Fyra eller fem, så där plus minus."

Så där plus minus... som om hon talade om sin ålder.

Sjutton år och fem månader, så där plus minus.

Hon har bara dragit fyra och en fjärdedels gång, så där plus minus, för den där gången räknas inte riktigt.

"Och har hon alltid kommit tillbaka varje gång hon har försökt det här förut?" frågade Tomek medan han stack ner handen i anteckningsboken och började skriva.

"Tja, klart hon har, annars skulle hon ju inte vara försvunnen den här gången, eller hur?"

Där fick hon honom, och för att rädda honom från att skämmas hoppade Sean in till hans försvar.

"Det min kollega menar är om du nånsin var orolig för henne? Gick hon alltid att nå? Visste du alltid var hon var?"

Alison ryckte på axlarna, nonchalant. "För det mesta var hon på puben, blev full och gick hem till nån kompis. Hon var alltid hos nån kompis."

"Känner du någon av de här kompisarna?"

Ännu en axelryckning. "Kan inte säga att jag känner igen nån av dem, men jag skulle inte tacka nej till vissa av dem..."

Jenny Ingles ålder blinkade till i hans huvud. Sjutton. Det innebar att hon var över byxmyndig, och förhoppningsvis gällde det även hennes vänner...

"Brukade hon ha mobilen med sig?" frågade han, ivrig att föra samtalet vidare.

"För i helvete, klart hon hade. Har ni sett tonåringar nu för tiden, va? Det där jävla gänget kan inte leva utan de förbannade prylarna."

Fram till dess hade han försökt hålla isär den Jenny Ingles som var försvunnen och den Kasia Coleman som fanns i skolan. Men det hade hon just ändrat på. Nu blev de utbytbara, och bilderna i hans huvud av Jenny som satt fast någonstans – möjligen med ansiktet neråt i ett dike någonstans vid eller i Themsenmynningen – hade ersatts av Kasia. Bara fyra år skilde dem, och hon var närmare Jennys ålder än Annabelles. Vilket innebar att Oro-Tankarna tog honom i full fart till Paranoia Central.

Han gillade inte att tänka på att sådana fruktansvärda saker skulle hända henne. Inte nu, aldrig.

"Har ni fler frågor?" frågade hon.

"Ja", sa han och återfick plötsligt fattningen. Han låtsades titta i sina anteckningar, som om nästa fråga stod skriven framför honom när den redan fanns i hans huvud. "Vad heter puben hon brukade gå till? Jag antar att du redan har kollat där?"

"Jag stack in huvudet men såg henne inte. Jag känner ägaren, därför låter han henne stanna för ett par drinkar. Han gillar att ha ett öga på henne."

"Vad heter puben?"

"Windjammer."

Tomek gjorde en anteckning, men han visste att Sean memorerade samma uppgifter bredvid honom. Den tyste, som satt där och dömde.

Sedan bestämde han sig för att byta spår.

"Hur länge har Jenny varit i din vård?"

"Sju år", svarade Alison. Hon svarade så snabbt att det lät som om hon tog siffran på rak arm. Det gjorde Tomek skeptisk.

"Och hur har er relation utvecklats under de där sju åren?"

"Du vet..." Hon pausade ännu längre för att ta ett drag av ciggen.

Troligen för att hitta mer av det hon trodde att de ville höra. "Det har varit upp och ner. Hon kan vara en riktig liten skitunge ibland. Bortskämd unge, otacksam..."

Tomek hade rätt. Det här var precis vad han ville höra. Om hon visste att hon borde säga det eller inte var en annan sak. Hennes ord räckte för att Tomek skulle kunna ringa socialtjänsten och få henne omhändertagen. Det, och gräset och alla andra drogatiraljer som förmodligen låg någonstans i huset. Enda problemet var att Jenny redan hade fått samma idé; hon hade stuckit innan någon annan hann göra det.

"Såvitt du vet, har Jenny haft kontakt med sina biologiska föräldrar nyligen?"

Alison fnös. *"Såvitt jag vet?* Är det här nån sorts juridikdrama eller vad?"

Nu hade hon rökt klart ciggen, men fortsatte att suga på den för att få ut så mycket som möjligt för pengarna.

"Svara på frågan, tack", sa Tomek bestämt.

"Inte vad jag vet. Men hon berättar inte mycket nuförtiden. Allt jag vet är att hon kommer in, går ut, kommer in igen och sen drar hon igen."

"Hur är det med skolan... vänner?"

"Vadå dem?"

Det här var plågsamt, men Tomek var tacksam att det snart skulle vara över.

"Går hon i skolan, och har hon några vänner?"

Han kände att han smärtsamt behövde bokstavera det för henne.

Alison fimpade till slut ciggen mot knät på sina mjukisbyxor och borstade bort smulorna med en handrörelse. Nu förstod han varför hon sugit pinnen torr in på bara livet, men Tomek kunde inte låta bli att tänka att det vore mindre av en hälso- och brandrisk om hon hade lagt den energin på att använda en mugg eller till och med ett glas att samla askan i.

Nåväl, det var hennes begravning.

Kanske var det därför Jenny hade gett sig av innan någon annan hann det. För att undvika den outhärdliga smärtan av att brinna inne. Eller för att låta kvinnan ta livet av sig själv på samma sätt av misstag.

"Jenny har inte gått i skolan på ett tag nu", sa Alison, och drog tillbaka honom till rummet och bort från tankarna på ett inferno som brann i mörkret.

Tomek tryckte ner pennan djupt i pappret i sin anteckningsbok när han satte punkt för meningen.

"Och hur var det med dig, fru Jones...? Var var du i fredags kväll?"

Om hon uppfattade antydningen bakom frågan så visade hon det inte. Å andra sidan trodde inte Tomek att hon skulle kunna det även om hon ville; vilken blandning av droger hon än tagit före deras ankomst började verka.

"Va' äre du säger?" sa hon, orden blev långsammare, rösten tjockare, som sirap. "Säger du att jag hade nåt med det att göra?"

"Nej. Jag ställer bara en fråga, fru Jones. Bara en del av rutinen."

Hon skakade på huvudet, men hennes rörelser var så långsamma och tröga att det såg ut som om hon kastades omkring i tyngdlöshet. "Jag var ute med några av mina polare..." sa hon. "Vi var på puben... Quizkväll i centrum..."

"En annan pub än den Jenny brukar gå till?"

En nickning. En som tog minst trettio sekunder att fullborda. Tomek antecknade namnet på puben och ställde några frågor till. Han ville därifrån så fort som möjligt. Stanken – och den kvarhängande gräslukten – gjorde honom illamående. Och ju mindre tid han tillbringade i Alison Jones sällskap, desto bättre.

"Tycker du inte att ett hederligt telefonsamtal är på sin plats?" sa Tomek när han gick tillbaka mot bilen.

"Vart då?" frågade Sean.

"SS."

"Jag tror inte du vill ringa tillbaka till 1940-talet, kompis. Det är farliga marker."

Tomek skrattade. "Jag tippar att Vincent Gregory skulle fan älska om de kom tillbaka, eller hur?" Bara tanken på mannen fick hans kortisolnivåer att skjuta i höjden. "Inte den SS:en", fortsatte han. "Socialtjänsten. Jag tror inte att hon kan ta hand om sig själv, än mindre någon annan. Hon är inte lämpad som familjehemsförälder och behöver strykas ur registret."

"Kanske de kan flytta in hos dig..." sa Sean med ett brett flin.

Tomek grep tag i bildörrens handtag. "Nån vaknade på den skojiga sidan av sängen i dag, va?"

"Nån var tvungen att hålla igång tjafset medan du var borta. Och det har bara inte varit samma sak sen du kom tillbaka."

Innan Tomek hann öppna munnen for en vit skåpbil förbi och plöjde genom en pöl. En vägg av vatten slog upp i luften och skvätte ner Tomeks ben och röv, så att han blev genomblöt.

Hans första impuls var att svära, men när han såg ett litet barn som drogs med längs gatan av sin mamma hejdade han sig och tittade i stället ner på röran skåpbilen hade ställt till med. Och den obekväma dag han hade framför sig.

Herregud, vad han hatade Canvey.

KAPITEL
TRETTIOETT

P å öns södra sida låg Windjammer, dold bakom havsvallen som löpte längs kusten och gjorde sitt bästa för att skydda invånarna från piskande vindar och stigande havsnivåer. Sean svängde in bilen på den oasfalterade parkeringen och manövrerade in den på en provisorisk p-plats, bredvid en Audi Q7. För att vara klockan 11 var puben förvånansvärt välfylld, med ett halvdussin bilar parkerade så nära ingången som möjligt. Det var första gången Tomek var på Windjammer, och han var inte särskilt imponerad. Genom åren hade han varit på många barer och pubar (och hade sina favoriter), så han ville gärna tro att han kunde ett och annat. Byggnaden var ett tvåvåningshus i tegel som såg mer ut som en festvåning än en pub. Nedervåningen var byggd i tegel medan överdelen bestod av svart panel som sträckte sig från ena sidan till den andra. Mötesrum där uppe, pub där nere.

Uppe för att tänka, nere för att dansa, brukade hans pappa säga. Om och om igen.

Till och med när Tomek hade bett honom sluta.

Det första han lade märke till när han kom in var lukten. Den där urengelska pubdoften. Av krossade drömmar, förlorat hopp och en nypa extas, blandat med den bedövande doften av alkohol och spilld öl. Sedan såg han golvet. Den skrikigt mönstrade heltäckningsmattan som inte hade bytts sedan sjuttiotalet, och som sett fler spill än gäster. Och så fanns där takbjälkarna som löpte tvärs över taket, som Sean nästan slog i när han stängde dörren.

Själva baren låg i mitten av byggnaden, inramad av fyra bjälkar som var mer till för bärighet än någon cool designdetalj. Bord och stolar var utplacerade runt den som en hästsko, med några högre upp på en upphöjd plattform. Ovanför baren satt en skylt, skriven med krita i olika nyanser, som erbjöd kunderna ett urval av dubbla shots för så lite som 2 pund. Vodka, gin, rom, tequila.

Allt det där hade varit Tomeks förstahandsval när han var yngre. Ända fram till mitten av trettioårsåldern. Gå ut, dricka med gamla skolkompisar, må som döden morgonen efter. Lova att aldrig dricka igen men sedan sluta med att han bottnade några vodka Red Bull redan dagen därpå. Och sedan slog något om. Han mognade lite och började plötsligt få smak för öl. Mer sofistikerat, på väg in i vuxenvärlden. Sedan dess hade han aldrig blickat tillbaka.

Men han förstod lockelsen: två pund var löjligt billigt för en dubbel, och det var ett under att puben hade lyckats hålla sig flytande så länge. Men nu började det bli begripligt varför Jenny ofta hamnade här inne.

Det, och klientellet. Män som jobbat på byggen någonstans, byggare fortfarande i sina reflexvästar och kängor, som gav unga kvinnor uppmärksamhet de aldrig skulle ha fått någon annanstans.

Sean gick först fram till baren. Han lade båda händerna på disken och lutade sig fram, och gjorde sig påmind för bartenden med sin blotta närvaro snarare än med något hörbart rop.

"Vad får det vara, grabbar?"

Sean visade sin polislegitimation och sa: "Två stora cola och en stund av din tid, om det är okej?"

När han såg polislegitimationen spärrade bartenden upp ögonen och rörelserna blev tunga. Han öppnade munnen men på några sekunder kom ingenting.

"Är det... är det något som är fel?" Blicken gled mot en grupp män som lutade sig mot baren, djupt inne i ett högljutt samtal med varandra.

"Säger namnet Jenny Ingles dig något?" frågade Sean.

Tomek hjälpte minnet på traven genom att hålla upp ett foto av Jenny framför hans ansikte.

"Ja, jag känner henne. Det där är Alisons dotter. Tja... inte *dotter*. Jag antar att ni..."

Sean nickade. "Vi känner till adoptionen, ja."

"Åh. Okej. Bra. Då..." Han vred på huvudet mot andra sidan av baren och pekade på en tom sittgrupp som låg instoppad i hörnet. "Vill ni killar sätta er där borta så kommer jag över om en stund?"

Tomek och Sean gick bort till platserna medan de väntade på sina drinkar. När bartendern kom med dem bar han inte längre den sprudlande min som han först hade hälsat dem med. I stället hade ansiktet fallit, och kråksparkarna vid ögonen hade djupnat.

"Vad heter du?" frågade Tomek.

"Terry Simpson."

Men sättet han sa det på fick det att låta som om han var osäker på sitt eget namn.

"Kommer det här... ta lång tid? För jag... jag är ensam i baren. Behöver jag stänga en stund?"

"Det borde inte ta så lång tid", svarade Tomek med ett leende avsett att lugna Terry.

"Okej. Bra. Ni sa att det gällde Jenny. Är hon okej? Har det hänt henne något?"

"Vi tror att hon är försvunnen", sa Sean och tog över den här. "Hon sågs senast av Alison Jones i fredags kväll. Hon har inte varit hemma sedan dess. Vi har fått höra att hon brukar komma hit och vi ville veta om du har sett henne någon gång sedan i fredags?"

Terry sökte i minnet och tittade ner på bordet medan han gjorde det. Sedan skakade han på huvudet. "Hon brukar titta in här ett par gånger i veckan. Inget överdrivet. Ibland är hon ensam, ibland med vänner."

"Du vet att hon är minderårig?"

"Ja. Men jag släpper in henne som en tjänst. Alison är en gammal vän. Och på det här sättet kan jag åtminstone hålla ett öga på henne, hindra henne från att dras in i allt det där langandet som har tagit fart på sistone."

"Har du någonsin sett henne sälja några droger?"

Terry skakade på huvudet. "Inte *sälja*. Men jag tog ett par av hennes polare på att dra linor inne på toaletterna en gång. Tror de hade lite heroin på sig också. Jag svär, jag har aldrig smällt till någon så hårt i hela mitt liv. Skickade honom nästan tillbaka till jävla barndomen. Förstår inte att jag inte ringde er, jag var så..." Han knöt näven och skakade synbart när han återupplevde händelserna i huvudet. "De flesta som kommer in här är i femtioårsåldern, okej, kanske mitten till slutet av fyrtioårsåldern. Allt de vill är att komma hit efter en lång dag på jobbet, komma bort från hemmet en stund och ta en öl. Men vad de inte vill – och vad jag inte vill – är att det där gänget kommer in och ställer till bråk."

"Var Jenny med dem när du tog dem på toaletten?"

"Ja."

"Och hur länge sedan var det här?"

"Ungefär för två helger sedan."

"Och var det också sista gången du såg Jenny?"

"Ge eller ta..."

Tomek ryckte till när han hörde de orden och förflyttades tillbaka till Alisons vardagsrum.

Ge eller ta.

Hon har bara dragit fyra och en kvarts gång, ge eller ta, för den där gången räknades inte riktigt.

Samtalet gled sedan över till vilken sorts tjej Jenny Ingles var. Av någon anledning trodde Tomek att de skulle få en bättre bild av henne från mannen som såg henne när hon var som mest sig själv, med vänner och lite alkohol i magen. Enligt Terry var Jenny en promiskuös typ, flirtig. Hon gick alltid fram till männen vid baren och flirtade med dem, testade hur långt hon kunde dra det för att få en drink. Några gånger hade det dock gått för långt och Terry hade hört historier om att hon följt med hem med män dubbelt så gamla som hon. Dem hade han i efterhand portat från stället och sett till att hålla ett skarpare öga på henne sedan dess. När hon inte flirtade med äldre män skrattade och drack hon med sina vänner, eller satt ibland där på egen hand. Hon såg alltid uppiffad ut och minst dubbelt så gammal ut (vilket var det typiska försvaret för några av männen som hade flirtat tillbaka med henne och bjudit henne på en drink).

Terrys avskedsreplik till dem var: "Hur mycket jag än försökte hålla henne på den smala vägen – jag erbjöd till och med att hon kunde flytta in där uppe, men det ville hon inte höra talas om – så tror jag att hon kan ha trasslat in sig i något dåligt. Riktigt dåligt."

Tomek anade vart det barkade men väntade på att Terry skulle utveckla.

"Häromdagen kom någon in... Torsdag måste det ha varit, för Europa League var på... och sa att de trodde att de sett Jenny på ett gathörn. Att hon... att hon gick fram till män i bilar och vinkade in dem."

Terrys ansikte föll när blicken sjönk ner mot bordet, och smärtan och ångesten i hans drag var tydlig för alla att se.

"Du har varit till stor hjälp", sa Sean till honom med ett varmt leende. "Enormt, faktiskt. Tack för din tid."

När Tomek lämnade puben kände han sig lite bättre inställd till stället, och en smula mer hoppfull inför chanserna att hitta Jenny Ingles. I hans ögon hade stället gått från en fyra till en sjua, mycket tack vare Terry själv och hans varma bemötande.

KAPITEL
TRETTIOTVÅ

D et sista stället Tomek hade väntat sig att befinna sig på senare den eftermiddagen – liksom sista stället han ville vara – var utanför Vincent Gregorys hus. Men världen fungerar på mystiska sätt, och det gör även mordutredningar. De har en märklig, slumpartad förmåga: förr eller senare går allt i cirklar och kommer tillbaka.

Och nu stod de där, de två män som hade förvisats av sympatisören, på Vincent Gregorys trappa och väntade ivrigt på den vrede och den galla som utan tvekan skulle välla ur hans mun så fort han fick syn på dem.

Dörren öppnades, och till deras stora förvåning var det inte Vincent Gregory som öppnade. Det var i stället Mrs Gregory, den hittills utan fin titel benämnda hustrun till Vincent. Hon såg "ljuvlig" ut, med ett ansikte fullt av plast täckt av smink, och ett par ögonbryn som tatuerats i en position som fick henne att se ständigt förvånad ut. Tomek kunde inte ta henne på allvar med ett sådant ansikte och undrade om hon delade samma åsikter som sin man.

"Vilka är ni? Ni kan inte vara här."

Han hade fel. Hon var minst lika illa, om inte värre.

"Är Vincent hemma?" frågade Tomek. Han var inte på humör för artighetsfraser. De hade åkt ut genom fönstret för länge sedan när det gällde den här grenen av Annabelle Lakes familj.

"Han vill inte ha er här..."

"Synd. Vi är här ändå. Är han hemma? Vi vill bara prata."

Och så trädde messias fram. Bakom sin fru, gradvis in i ljuset ju närmare ytterdörren han kom.

"Vem är det, älskling? Åh. *Du*. Vad gör ni här? Ni kan inte vara här."

"Jag vet. Din fru har informerat oss. Två gånger."

"Vad gör ni här då fortfarande?"

"Vi är här för skit och skratt, tills någon skrattar och skiter... Vad tror du att vi är här för? Vi vill prata."

Vincent korsade armarna över bröstet som ett trotsigt barn. "Tja, jag tänker inte snacka med er. Jag har inget att säga. Kanske om ni tar hit några av de andra snutarna i ert team så gör jag det."

Ett snett leende spred sig över Tomeks ansikte. Han hade väntat på just det här. Den lilla biten som skulle slå hål på de rasistiska försvar som Vincent byggt upp runt sig och sin familj.

"Vi är inte här med anledning av din brorsdotter, herr Gregory", sa han och kvävde självgodheten i rösten. "Vi är här för att ställa några frågor om försvinnandet av en sjuttonårig flicka, som senast sågs stiga in i *din* bil i fredags kväll."

Boom. Där satt den.

Snytingen. Sanningsbomben som verkligen slog luften ur honom.

Och alla laxers moder som utan tvekan fått honom att skita på sig.

Länge sa Vincent ingenting. Färgen hade försvunnit från kinderna, som om de blivit ihåliga, som om livet sögs ur dem rakt framför deras ögon.

"Ska vi prata inne, eller vill du hellre ta det här ute?"

Vincents ansikte rörde sig inte, som om det var uppumpat med plast, likt hans frus.

"Nej... jag tror... Snälla, kom in."

Snälla.

Tomek undrade om det var första gången mannen någonsin använde det ordet. När han väl synbart lugnat sig, gick Tomek och Sean in i huset och vidare in i vardagsrummet där de väntade tålmodigt på att Vincent skulle göra i ordning dryckerna, medan de stirrade tillbaka mot de illvilliga – och förvånade – blickarna från hans fru. När Tomek artigt frågade, fräste hon att hon hette Georgia.

Georgia Gregory.

Objektivt sett var hon betydligt snyggare än Vincent – ett par divisioner högre, åtminstone, tack vare de många operationerna – och det såg ut som att hon bar den bördan varje dag. Bördan att släpa runt på honom, att dra det här hopplösa sänket med sig överallt. De två var ett omaka par som han inte riktigt fick grepp om. Men, precis som världen och mordutredningar, fungerar kärleken också på mystiska vis.

Vincent kom tillbaka efter några ögonblick med en bricka med te.

"Detektiver..." började Vincent. "Jag vill bara säga att jag inte vet något om någon sjuttonårig tjej... Ärligt. Jag har ingen aning om vad ni pratar om."

"Så du var inte ute och körde i fredags kväll?" frågade Tomek. Nu hade rollerna bytts och han lät giftet och ilskan färga rösten. Han behövde bara hitta ett ställe mjukt nog att injicera det i.

"Nej. Jag var hemma. Hela kvällen."

"Vi var båda hemma." Georgia sträckte sig över soffan och flätade in sin hand i Vincents, de två tillsammans, enade.

Tomek stack handen i innerfickan på kavajen och tog fram sin telefon. Efter att ha låst upp den och scrollat tills han hittade bilden han letade efter, höll han fram den för Vincent att ta. Mannen granskade fotografiet en stund.

"Känner du igen platsen?" frågade Tomek.

"Det är fisk-och-chips-haket... på huvudgatan."

Bingo.

"Och känner du igen bilen?"

"Den ser ut som min, men..." Han vred telefonen för en bättre vinkel. "Men det är den inte. Titta – titta på fälgarna. Mina är inte svartlackade sådär. De där är det. Det är någon annans bil. Någon annan som kör. Har inget med mig att göra."

Fan. Deras enda chans till en enkel fullträff hade just flugit ut genom dörren. Och Tomek visste att från och med nu skulle Vincent vara en självgod liten jävel och envist göra deras liv ännu jävligare än han redan gjort.

Tomek gjorde sitt bästa för att ignorera att de egentligen inte längre hade någon rätt att vara där och valde att föra samtalet vidare.

"Säger namnet Jenny Ingles dig något?"

"Borde det det? Jag har ju redan bevisat att det inte var jag."

"Det spelar ingen roll. Det ingår i våra rutinmässiga förfrågningar."

Vincent vred sig obekvämt i sätet. Fast i valet mellan att erkänna sanningen inför sin fru eller ljuga för polisen.

Även om Tomek i det här läget inte hade en aning om vilket som var sant.

"Nej. Förlåt. Känner inte igen namnet."

Av ljudet att döma kände han till namnet och det väl. Av hur Terry på Windjammer talat om henne visste många män på ön vem hon var. Och, om han skulle vara ärlig, hade en liten varningsklocka i Tomeks huvud bräkt att Terry kände henne bättre än han gav sken av också.

"Du har aldrig sett henne förut?" insisterade Tomek.

"Nej. Aldrig."

Tomek vände sig till Georgia Gregory. "Och du?"

Kvinnan som uppenbart lade mer tid på smink och yta än på sin man i största allmänhet kastade en snabb blick på fotot innan hon vände blicken tillbaka mot Tomek.

"Nej."

"Och du är säker?"

"Ja."

"På en skala från ett till tio?"

"Tusen."

"Inte möjligt, men tack för att du var med—"

Innan han hann fortsätta hördes ett ljud från ytterdörren, ett ljud som klöv tystnaden som ett piskrapp. Alla fyra ryckte till och väntade på att steg och prassel skulle komma närmare.

En bråkdels sekund senare såg de vem det var.

Elizabeth Lake.

Beth med F.

Hon klev in i vardagsrummet med samma självklarhet och hemtamhet som om det var hennes eget, och hejdade sig när hon fick syn på Tomek och Sean.

"Åh... ni är här."

Mina damer och herrar, rasist nummer tre har just gjort entré.

"Varför är ni här?" frågade hon och mötte Tomeks blick rakt på.

"Jag blir anklagad för att ha kidnappat en annan tjej", väste Vincent.

"Ingen har anklagat dig för något som rör Annabelles försvinnande, herr Gregory", sa Tomek strängt och försökte oskadliggöra det uppblossande grälet så mycket som möjligt.

"Nej, ni försökte bara få det att se ut som att jag fan hade dödat henne i stället!"

"*Kidnappning?*" frågade Elizabeth, tjugo sekunder för sent in i samtalet.

"Nej", sa Tomek med en suck. "Inte kidnappning, fru Lake."

"Jo, kidnappning. Kidnappning av en sjuttonårig tjej."

"Vem?"

"Jenny Ingles", svarade Georgia Gregory.

Det sista den här konversationen behövde innan det oundvikliga raset var en familjemedlem till i Lake–Gregory-släkten som lade sig i.

"Känner henne inte", sa Elizabeth. "Vem är hon?"

Tomek suckade. Ett besök som tidigare känts lovande höll nu på att glida över i kaos. Han höjde händerna i låtsad kapitulation.

"Okej. Låt oss reda ut några saker. Ingen anklagar någon för någonting", började han, trots att de gjorde det. "En beskrivning av en bil som matchar Vincents Ford Fiesta fångades på övervakningskamera när den plockade upp en ung person. Vi misstänker att föraren är den sista som såg henne innan hon försvann. Det enda vi ville var att ställa några frågor till din bror för att kunna utesluta honom ur våra efterforskningar."

"Det var ni inte!" skrek Vincent. "Ni jävlar försökte sätta dit mig! Igen!"

"Har ni inte redan gjort tillräckligt för att skada den här familjen?" frågade Elizabeth.

Repliken gjorde Tomek ställd. Och han var inte säker på om han hamnat mitt i ett avsnitt av *EastEnders*.

"Vad pratar du om?" frågade han rakt på sak. Hans tålamod var snabbt på väg att ta slut. De hade trettio sekunder till innan han tappade det helt.

"Steven..." sa hon, som om det förklarade allt.

"Vad är det med honom?"

Elizabeth stack handen i fickan och tog fram en lapp som var skrynklig och nedklottrad.

"Han är borta..." viskade hon, som om en känsla hon glömt att hon borde visa just hade trängt igenom. För att understryka budskapet veckade hon ansiktet till en snyftning. "Jag tror att han... jag tror att han har gjort något väldigt dumt. Jag tror att han har tagit livet av sig."

När han hörde de orden, for Tomek upp ur fåtöljen, ryckte lappen ur hennes hand och läste.

Jag orkar inte längre. Förlåt, men utan Annabelle... kan jag inte. Snälla, klandra inte dig själv. Förlåt.

S x

Tomek läste och läste om orden flera gånger, och vände och vred på dem i huvudet.

"När hittade du den här?"

"Precis nyss."

"När såg du honom senast?"

Hon letade i minnet. "I morse. Han åkte tidigt till jobbet medan jag fortfarande låg i sängen."

"Och hur verkade han?"

Hon ryckte på axlarna, som om det inte fanns någon brådska. Som om hennes man inte var på väg att ta livet av sig.

"Vet inte. Jag hörde honom inte. Jag sover tungt."

"Hur var han i går kväll?"

"Han verkade okej... normal."

"Och innan dess? I helgen?"

Hon tvekade och drog ett finger över sina förstorade läppar. "Han har inte varit sig själv de senaste dagarna. Ingen av oss har. Men han... jag hittade honom gråtande häromdagen."

"Gråtande? När? Var?"

"Hemma. I badrummet."

"Sa han vad som var fel?"

Hon skakade på huvudet, även om det inte krävdes någon Einstein för att lista ut det. Dotterns död var mer än nog för att knuffa honom över kanten på vilket stup han än gick längs med.

"Vet du var han är? Vet du var han kan vara?"

Mer skakande. Nu verkade situationens allvar gripa tag i henne och skaka henne till underkastelse.

"Har du försökt ringa honom?" frågade Sean bakifrån.

"Jag kom hit först. Jag undrade om Vincent eller Georgia visste något..." Hon vände sig till sin bror och svägerska, som båda långsamt skakade på huvudet.

"Han har förmodligen gått och gömt sig", sa Vincent.

"Från vad?" frågade Tomek innan någon annan hann. Han ville styra samtalet och se till att det bara var han som pratade.

Då blev Vincent plötsligt undanglidande, rädd, och kliade sig i nacken. Han sneglade flera gånger på sin syster, lät blicken pendla mellan henne och soffbordet i mitten av vardagsrummet.

"Jag... jag... jag vill egentligen inte säga det här inför Beth... jag—"

"Tyvärr, men din svåger är försvunnen. Du måste berätta. Du kan inte säga något sådant och tro att vi ska strunta i det. Vad flyr Steven från?" Mer kliande, den här gången hårdare. Ljudet hördes över tystnaden i rummet. Vincent var visst inte så kaxig när han sattes på pottkanten. "Han hade en affär. Jag fick veta det häromdagen."

Orden slog ned i Elizabeths ansikte och fick henne att falla tillbaka mot dörren. Kroppen svajade, som livlös. Luften gick ur henne.

Och Tomek.

Det var inte vad han hade väntat sig att höra. En del av honom hade varit beredd på att få veta att Steven Lake varit ansvarig för sin dotters försvinnande och död, inte att han åkt fast med en jävla otrohetsaffär.

"Den där jävla skitstöveln..." viskade Elizabeth och stirrade tomt mot mitten av soffan framför sig. "Hur kunde han göra så här... mot mig, mot oss..."

Tomek hade inte tid för det här. Sedan han varit i närheten av familjen Lake (om så bara mycket kort), hade hans radar för "förestående familjegräl" blivit finjusterad, och han kände vart detta barkade. Det var dags att komma därifrån innan de byggde en halmdocka av Steven och brände honom på bål ute på baksidan. För just nu var det viktigaste att hitta Steven Lake och Jenny Ingles, två personer som i högre grad förtjänade att vara vid liv än de tre framför honom.

KAPITEL
TRETTIOTRE

F lera timmar senare fanns det fortfarande inget spår av Steven Lake. En liten segelbåt hade dock hittats på Themsen, som flöt lojt på vattnet och drev allt längre ut mot flodmynningen när tidvattnet sög den från land. Enligt hans fru hade Steven ärvt *Annabelle* efter sin fars död för lite drygt tio år sedan och han tillbringade ofta sin fritid på Essex vattenleder, där han drog omkring på floder och kanaler, ibland med Annabelle i släptåg. Steven hade vuxit upp på vattnet och han ville att Annabelle skulle få uppleva samma känsla. För närvarande letade ett team av experter, med hjälp av kustbevakningen, efter Steven Lake i vattnet, i mörkret och mitt i natten.

Chanserna att hitta honom vid liv tedde sig alltmer små.

Med inget mer att komma med lämnade Tomek stationen, alldeles urblåst. Ett dött barn, ett annat saknat och en möjligen självmordsbenägen pappa som hade gått under jorden. Erkänn, inte den perfekta starten på hans återkomst till jobbet. Faktum är att han tyckte att det var en av de tuffaste veckorna han hade haft.

Och som han strax skulle märka, skulle det bli mycket tuffare.

Som tur var hade Tomek i kväll lyckats hitta en parkeringsplats bara några steg från lägenheten, något han aldrig tog för givet. Och när han släntrade upp mot lägenheten, lät nycklarna skramla i handen och försökte hitta rätt bland dussinet han hade där, fångade en gestalt längre ner på gatan hans blick. Först ignorerade han den och fortsatte mot porten; ju snabbare han kom in, desto snabbare skulle han vara i säkerhet.

Sedan grälet med främlingen utanför huset hade Tomek inte sett någon annan smyga omkring på gatan – ta i trä – men det betydde inte att de inte hade varit där. Tittat från skuggorna, rapporterat tillbaka sina iakttagelser. Hade de kommit tillbaka för en andra rond? Han ville inte stanna kvar tillräckligt länge för att ta reda på det.

När han fumlade med dörrnyckeln och försökte lirka in den i låset – det jävla låset! – hörde han ljudet av fotsteg som blev allt högre. Den här gången var de dock lättare, mer finlemmade.

"Herr Bowen?" kom rösten. Ljus, skir, precis som stegen.

Fast han kunde inte placera den.

Försiktigt, trevande, vred han sig på stället och fick syn på Bridget Holloway framför sig. Hon var klädd i samma kläder som Tomek antog att hon hade haft på sig i skolan – en ensemble av jeans, en mörkblå blus och en jeansjacka. Först hade det funnits ett tydligt drag av oro i hennes ansikte, som om hans närvaro hade skrämt henne mer än hennes hade skrämt honom. Som om hon hade gjort ett misstag och snubblat över en brottsling som försökte bryta sig in. Men när insikten infann sig värmdes hennes ansikte och sprack upp i ett leende.

"Herregud, du skrämde skiten ur mig," sa han.

"Förlåt. Det är inte ofta jag går fram till folk i mörkret."

"Det är nog lika bra…"

Tomek såg på henne, lätt förvirrad. Som om skälet till att hon var där borde ha varit uppenbart för honom, när det i själva verket var ett fullständigt mysterium.

"Förlåt," började han. "Jag glömde helt bort det. Kasia… matte. Förlåt, kom in."

Tomek klev in genom dörren men Bridgets arm höll honom tillbaka.

"Det är därför jag fortfarande är här. Klockan är nio…"

Kugghjulen i Tomeks mosade och urblåsta hjärna hade stannat.

"Jag skulle ha slutat för en timme sedan, men jag har inte sett henne. Jag har försökt ringa på dörrklockan men jag har inte hört något."

"Hon har säkert hörlurarna i eller något. Tack för att du har väntat så länge."

Till slut, efter att ha stirrat tomt en stund, sköt Tomek upp dörren helt och gick uppför trappan. När han nådde översta planet ropade han på

Kasia. Inget svar. Sedan styrde han rakt mot sitt sovrum – *hennes* sovrum – och öppnade dörren utan att knacka, en handling som i vanliga fall vore helgerån. Men något nytt, något han aldrig hade känt förut – något *instinktivt* – sa honom att det här inte var ett vanligt läge.

Rummet var tomt. Sängen var bäddad men hade inte rörts sedan i morse. Hennes laptoplock var stängt på byrån och hennes hörlurar, de som han hade förbjudit henne att ta med till skolan eftersom de kostade för mycket pengar och han var orolig att hon skulle ha lyssnat på musik på lektionerna, hängde från väggen (tydligen hade hon sett designdetaljen någonstans på TikTok och var fast besluten att borra ett hål i väggen för att få hans rum – *hennes* rum – att verka mer *estetiskt tilltalande*).

"Estetiskt tilltalande, min röv," hade han sagt. "Det är bara skoj och lek tills du stöter till det och det där hålet blir ett tvåhundrapundsproblem att fixa."

Och det fanns inget estetiskt tilltalande med det nu. Inte när han inte visste var Kasia var.

"När ringde du henne senast?" frågade han Bridget som stod i vardagsrummet och gjorde sitt bästa för att inte snoka på möblerna och berget av kartonger överallt.

"För ungefär tjugo minuter sedan," svarade hon.

"Och inget?"

"Nej. Kanske gömmer hon sig bakom någon av de där kartongerna..."

Tomek grymtade. "Det vill hon nog, efter att jag har hittat henne."

Han tog upp mobilen ur fickan och ringde hennes mobil. Tre gånger. Varje gång utan framgång, det gick direkt till röstbrevlådan. Antingen var hennes telefon avstängd eller så hade hon ingen täckning.

"Tutit det faktiskt när du ringde henne?" frågade han.

Bridget bekräftade att det hade det. Så det betydde att den antingen var avstängd, att hon saknade täckning, eller att hon hade blockerat hans nummer.

Igen.

Medan han gick av och an genom vardagsrummet ringde Tomek Sylvias mamma, Louise. Hon svarade på första signalen.

"Louise, det är Tomek, Kasias pappa. Råkar hon vara hos dig?"

"Nej. Jag har inte sett henne," svarade hon. "Jag ska se om Sylvia vet något."

Tomek väntade några ögonblick som verkade töjas ut som motståndet i ett gummiband.

"Sylvia vet inte heller något. Hon har precis skickat ett meddelande till Kasia så jag hör av mig om hon säger något."

"Tack. Jag uppskattar det."

Tomek la på och kastade sedan telefonen på köksbänken. Den gled över ytan och, just som den var på väg att kana ner i avgrunden mot det massiva stengolvet, kastade sig Bridget fram och fångade den. Efteråt höll hon upp telefonen som om hon just hade vunnit ett OS-guld.

"Tack," sa han. "Du är bra på det där."

"Träning," svarade hon. "Ungar kastar alltid omkring sina mobiler i klassrummet. Dessutom tappar jag min hela tiden."

"Du har åtminstone förmågan att fånga den, medan all min motorik hoppar ut genom fönstret och mina fingrar blir till matolja."

Bridget tog ett litet steg närmare honom. Sedan ett till, tills hon stod vid hans sida, bara några millimeter skilde dem åt. Definitivt för nära för att kännas bekvämt.

"Har hon någonsin gjort något liknande förut?" frågade hon och lät händerna falla längs sidorna.

"Nej. Vi har bara hållit på med... *det här*, i fem veckor. Det är en usel frekvens. Om hon fortsätter så här kan jag räkna med att hon rymmer minst tio gånger om året. Kanske till och med elva efter ett tag... Det kommer igen som ett skottår."

Bridget höjde handen och förde den upp mot hans, och flyttade den sedan sakta norrut, tum för försiktig tum, tills hon nådde hans axel. "Var inte så hård mot dig själv. Sånt här händer. Jag är säker på att hon mår bra. Jag är säker på att hon kommer hem när som helst—"

Som ett mirakel svävade ljudet av porten som öppnades uppför trappan, följt av en smäll och tunga steg på heltäckningsmattan.

Kasia dök upp en stund senare. Fortfarande i skoluniform. Slipsen halvvägs ner på bröstet, översta knapparna uppknäppta, kjolen för hög, skjortan ur intuckad. Precis som hon alltid såg ut. Förutom de svarta ränderna som rann längs hennes ansikte och ormgropen som verkade ha tagit över hennes blick.

Tomeks första tanke var att något hade hänt henne. Att hon hade blivit överfallen. Att hon hade blivit våldtagen på vägen hem.

Men så såg han hennes telefon. Påslagen och fungerande.

Vilket betydde att hon hade valt alternativ tre.

Vilket betydde att hon hade blockerat honom.

Vilket betydde att han hade gjort något som fick henne att göra det.

"Kasia..." började han. "Var har du varit?"

Innan hon svarade föll Kasias blick på Tomeks arm. "Är ni två... är ni två knu—?"

"Språket!" Snabbt, allt mer medveten om Bridgets kvarhängande beröring på hans arm, flyttade han sig från köksbänken och gick runt till andra sidan. "Det där? Nej. Det var— Vi— Ingenting. Ingenting hände." Sedan insåg han att det var han som borde ha varit arg på henne, inte tvärtom. "Vi var oroliga för *dig*. Var har du varit? Vad har du gjort?"

Kasias ögon smalnade och pannan veckades. Han var inte säker, men han tyckte sig se en ven börja bulta i hennes panna.

"Vad fan är det här?" skrek hon och viftade med mobilen framför honom.

"Språket!" sa han till henne. "Sluta för fan att svära!"

"Jag skiter fullständigt i det!"

Hon stormade fram till honom, låste upp telefonen och tryckte upp skärmen i ansiktet på honom. Där, stirrande tillbaka på honom, fanns ett foto han kände igen alldeles för väl. Ett som hade tagits av honom utan hans samtycke. Ett som hade delats med en minderårig flicka. Och ett som han hoppades att hans dotter aldrig *någonsin* skulle se.

KAPITEL
TRETTIOFYRA

"Vad i helvete gör du med den där?" frågade Tomek och kämpade för att hålla ihop rösten.

"Språket!" sa Kasia hånfullt.

Tomek höjde ett finger för att tillrättavisa henne, men insåg genast att han inte hade något att komma med.

"Var fick du tag i den där?"

Bilden på hans penis hade tagits av Charlotte Hanson medan han sov en morgon. Hon hade tagit bilden med sin telefon och skickat den till en sextonårig tjej via ett fejkat Instagramkonto som hon hade skapat i hans namn utan hans vetskap. Det hade börjat som ett försök att få tjejen i trubbel hos sina föräldrar men slutade snabbt med en formell anmälan mot honom. För att inte tala om att bilden nu fanns på internet, något han nu smärtsamt väl visste – tack vare sitt jobb – var i det närmaste omöjligt att få bort. Bilden av hans slaka penis skulle finnas för alltid, och så länge folk fortfarande hade den och kände till den, skulle också Tomeks smärta över att se den leva kvar.

Och nu också Kasias.

"Någon i skolan skickade den till mig", sa hon rakt på sak. "De sa att det var din kuk. Vad fan?"

Tomek stammade några ögonblick och försökte komma på vad han skulle säga. Han hade aldrig väntat sig att Kasia skulle se den, att den skulle hamna i hennes telefon. Vilket innebar att han inte hade någon logisk och uttömmande förklaring, åtminstone inte en som inte fick honom att låta som en sexualförbrytare. Det fanns ingen chans att han skulle komma ur det här lindrigt.

"Ja", sa han. "Det är vad du tror att det är. Men det är inte som det låter. Någon jag känner tog den och skickade den till någon på en annan skola. Du har fortfarande inte förklarat hur du fick den."

"Jag sa ju det. Någon skickade den till mig."

"Vem?"

"Jag vet inte. De *AirDrop*ade den till mig."

Tomek visste tillräckligt om tekniken i sin iPhone för att förstå att hon pratade om funktionen som fungerade lite som Bluetooth, som lät användare skicka vad som helst till vem som helst som ville ta emot utan att behöva skriva in mobilnummer eller kopiera länkar i en app.

"Och du vet inte vem det är ifrån?"

"Nej. Det är så AirDrop funkar. De ändrade namnet på sin telefon så att jag inte såg vem det var ifrån."

Han kunde uppenbarligen inte allt om det ändå.

"Ge den till mig", sa han och sträckte sig efter hennes mobil. "Jag tar med den till jobbet i morgon. De kommer att kunna spåra källan."

Kasia drog bort apparaten innan han hann nå den. Hon tryckte den sedan mot bröstet. "Du får inte min telefon! Jag låter dig inte."

"Jo, det får jag. Jag vill veta vem som skickade den till dig, jag vill veta varför."

Hon stack ner telefonen i bröstfickan på sin blazer. "Du–får–inte–min–telefon!"

Tomek insåg snabbt att det här var en strid han skulle förlora. Om han inte högg av henne handen och tog den så. I stället fick han tänka ut andra, mer kreativa sätt att hitta bildens källa. Och då, helt utan förvarning, mindes han att Bridget hade stått bakom honom och tyst lyssnat på deras samtal. Han vände sig långsamt mot henne.

Hennes ansikte var rödblossigt, grumlat av sekundärskam. Hon hade bevittnat ett av de mest bisarra och obekväma grälen någonsin genom att befinna sig på fel plats vid fel tillfälle.

"Förlåt att du fick höra allt det där", började han stelt. "Det här är något otroligt pinsamt som har hänt mig de senaste veckorna, och det är något jag förklarar för dig senare—"

"Var det det som skulle hända efter att Miss var klar med att ge mig läxhjälp? Att du skulle visa henne den i verkligheten?"

"*Kasia! Nu räcker det!*" Tomek röt, och det ekade genom vardagsrummet och in i köket. Han hade till slut tappat det. Det var första gången han skrek åt henne så. Skulden slog till direkt och han övertygade sig själv om att han var en dålig förälder. "Snälla", lade han till, även om skadan redan var skedd. "Inget har hänt mellan oss, och inget skulle hända. Du måste lägga ner."

"Eller vadå?"

Hennes giftiga ton skrämde honom. Det här var en helt annan sida av henne, en han inte hade upplevt förut. Det höll snabbt på att bli en kväll av bara första gånger.

För att avväpna situationen klev Bridget in i hans synfält, tassade tveksamt fram på tå.

"Jag tror att jag går nu..." började hon. "Vi ses i skolan i morgon, Kasia. Om du kan komma till mitt arbetsrum i morgon efter första lektionen kan vi prata om vem som skickade det här till dig. Och, Mr Bowen, jag är säker på att vi reder ut det här, oroa dig inte. Jag vet att det är ditt jobb och jag vet att du gärna vill göra det själv, men låt oss ta det först." Hon lät blicken mjukt vandra mellan dem, och hennes klara ögon dämpade spänningen och fick Kasia att känna sig lugnare. "Jag vet att det här är lite av en chock för er båda – liksom för mig – men jag tror att om ni båda tar er en stund att andas och lugna ner er, kan ni sätta er och prata om vad som pågår. Jag behöver inte veta mer än vad ni är villiga att dela. Okej? Ha... ha en fortsatt trevlig kväll."

Tomek tackade henne och visade henne sedan ut. Nederst i trappan lade han en hand på hennes arm – på samma sätt som hon hade gjort bara minuter tidigare – och tackade henne igen. När han vinkade hej då till henne, tänkte han på nästa steg. På bästa sättet att gå vidare. På bästa sättet att lugna de stormiga vattnen dem emellan.

Han såg uppför trappstegen och föreställde sig att varje steg var en fras eller mening han kunde använda för att förklara sig. Och sedan insåg han att det var lönlöst. Hur mycket förberedelser eller planering han än gjorde skulle inget kunna förbereda honom för *det här* samtalet.

När han till slut kravlade upp på översta steget, redo att ta konsekvenserna, klev han in i ett tomt rum. Kasia var borta; kvar fanns bara hennes väska, som låg på sned på det fasta golvet med innehållet utspritt på golvet, och hennes jacka som hade slängts över soffryggen utan att han märkte det. Tomek ignorerade röran och styrde mot sitt sovrum – *hennes* sovrum. Han tryckte ner handtaget och sköt upp dörren utan att knacka. Det fanns ingen tid att knacka. Ingen tid för hyfs. Inte nu.

När dörren öppnades helt såg han ingenting. Rummet var exakt som det hade varit när han och Bridget hade genomsökt det tidigare. Den orörda sängen, sminkbordet, hörlurarna...

Allt var precis likadant. Utom fönstret. Hans sovrumsfönster – *hennes* sovrumsfönster – stod på vid gavel, och en kall vindil blåste in och fick gardinerna att bölja som dansare i natten. Han rusade dit och stack ut huvudet, kastade med det åt vänster och höger medan han spanade upp och ner längs gatan. I kompakt mörker såg han ingenting. Inte ens det mörkorange skenet från gatlyktorna räckte till för att lysa upp träden eller fordonen runtomkring. Eller silhuetten av en trettonårig flicka.

"Kasia!" ropade han, men det kom inget svar.

Hon var borta.

KAPITEL
TRETTIOFEM

N är Tomek grep tag i bilnycklarna insåg han att han inte skulle behöva dem. Hon kunde inte ha gått långt. Inte så långt att det var någon idé, i alla fall. Chansen var stor att hon fanns inom några hundra meter, kanske uppåt åttahundra om hon verkligen tog i. Han hade sett hennes brist på atletisk förmåga varje gång hon bar upp matkassarna, och han hade hört hennes ständiga historier om hur mycket hon hatade gympan och all form av fysisk aktivitet, så han visste att söknätet inte behövde kastas särskilt långt.

Det första beslut han stod inför när han klev ut ur huset var däremot åt vilket håll han skulle vända. Vänster eller höger.

Åt vilket håll hade Bridget gått? Hade han varit uppmärksam? Hade han ens sett, eller *trodde* han bara att hon hade gått åt vänster, ner mot strandpromenaden?

Han vek åt andra hållet, i riktning mot centrum. Sedan lyfte han blicken mot sovrumsfönstret. Det vetter mot norr, mot stan. Om hon hade smitit ut medan han tog farväl – vilket hon måste ha gjort eftersom han bara hade varit nere i några sekunder – så skulle hon ha gått åt det hållet, mot ljuset och civilisationen.

Femtio/femtio.

Vänster eller höger.

Sedan fattade han sitt beslut.

Höger. Mot Leigh Broadway.

Så här dags på kvällen höll lilla centrum på att varva ner. Par och familjer som varit ute på trevliga middagar hade ätit klart och var på väg hem i sakta mak, arm i arm, mot taxikön. Sista minuten-köpen hade gjorts på Co-op och bars i hast nerför gatan. Till och med pubbesökarna började runda av för kvällen.

Medan han for fram genom gatan ringde han Kasias mobilnummer.

Inget.

Hans nummer var fortfarande blockerat. Och om det inte hade varit det förut, så var det det garanterat nu.

Ingen fara. Tomek hade en lösning på problemet. Nej, två.

Den första var typisk, icke-intrusiv. Den andra var mer tveksam.

Först låste han upp telefonen och öppnade appen Hitta mina vänner. Så snart programmet hade laddat dök en liten karta över Leigh-on-Sea upp, följd av en liten bubbla över hans exakta position. Han zoomade ut med fingrarna och i takt med att mer av Essex dök upp gjorde även fler bubblor det. Hans bror i Chelmsford. Hans föräldrar på samma plats hemma. Samma sak med Sean och Chey som båda fortfarande befann sig i insatsrummet. Till och med Bridget som var på väg hem igen.

Men inget spår av Kasia.

Han vägde möjligheterna. Antingen hade hon stängt av appen, slagit av platstjänsterna eller helt enkelt stängt av telefonen.

Han föredrog de två första. Avskydde den sista.

Men det fanns ett sätt att ta reda på det.

Efter att ha stängt appen bläddrade han till sin adressbok och hittade Seans nummer.

Telefonen ringde och ringde. Till slut svarade hans vän.

"Förlåt, kompis", började Sean. "Vi kan inte komma ut och leka riktigt än. Cheys morsa säger att det är efter läggdags och att han måste gå och sova så fort han kommer hem."

Ljudet av Chey som skrek åt Sean att dra åt helvete ekade genom högtalaren i Tomeks öra.

"Kan du hjälpa mig?" frågade Tomek. "Jag behöver hjälp."

Sean kände brådskan i Tomeks röst och sänkte sin egen. "Klart, kompis. Vad har hänt?"

"Kasia är försvunnen. Hon stack precis hemifrån och drog. Kan du spåra hennes telefon för att se var hon kan vara?"

"Öh..."

"Kom igen, kompis. Hjälp mig. Jag har ingen jävla aning om var hon är och med det som hänt Annabelle Lake och Jenny Ingles vill jag inte att hon är ute här för länge."

Tomek visste att det skulle fungera att spela på Seans känslor. Men läget var desperat. Man gör det som krävs, och så vidare. Och det oroande var att han inte ens kände skuld över det.

Ett ögonblick senare bekräftade Sean att han skulle göra vad han kunde, och efter att ha lämnat över Kasias mobilnummer till honom i luren fortsatte Tomek att ila genom centrum, på jakt efter sin dotter. Han hade aldrig känt sådan ångest och vånda förut, sådan desperation. Även om han kanske inte visade det i hur han talade eller rörde sig kände han det djupt inom sig. Den brännande viljan att få hem någon man älskar, som smärtan och chocken när man slarvar bort mobilen.

Nu började Tomek förstå hur Steven och Elizabeth Lake hade känt det. Några minuter senare ringde Sean tillbaka.

"Jag hittade henne", sa han. "Hon är nere vid strandkanten. Old Leigh. Någonstans mellan stranden och Ye Olde Smack."

Tomek visste exakt var hon var. Han tackade sin vän, la på och skyndade sig sedan ner mot vattnet.

Old Leigh, som fått sitt namn för att det en gång varit stadens pulserande huvudgata för flera sekel sedan innan den flyttade längre inåt land, låg tio minuters promenad – och en mycket brant nedförsbacke – bort. Den här delen av stan var känd för sina vackra promenader längs flodmynningen; sina flera bryggor fyllda med båtar som såg ut att ha stått obebodda i flera hundra år; sina pubar som hade funnits där lika länge som båtarna; en smal remsa sand som lokalborna flockades till så fort solen visade sig och temperaturen nådde femton grader; och viktigast av allt, sina fish and chips-ställen, med mat gjord på färsk fisk från den lokala fiskmarknaden längs promenaden. Tomek hade tillbringat många eftermiddagar där som barn, och många kvällar där som tonåring. Det hade varit en av hans favoritplatser att rymma till efter ett gräl med föräldrarna. Ibland stannade han där hela natten och kom hem i gryningen, föräldrarna helt ovetande om att han varit borta.

Det var nästan ett under att han inte hade tänkt på det först. Att Kasia kunde ha hamnat där. Kanske berodde det på att de två ännu inte hade gått stigen. De hade aldrig gjort vandringen från Old Leigh till Chalkwell hela vägen till strandpromenaden i Southend.

När han passerade gångbron som ledde till Bell Wharf Beach pingade Tomeks telefon. Sean hade skickat en bild av Kasias senaste position. Bara några hundra meter bort, på kanten av sanden. Nere vid trappfoten vek han vänster och skyndade mot vattnet. Där hittade han henne, en figur i sanden, hopkrupen till en boll. Hennes kropp glödde i en änglalik vit ton när månskenet studsade mot hennes skolskjorta. Det milda ljudet av vågor som slog lätt mot stranden ekade och fick honom genast att känna lugn. All stress och ångest rann ur honom när han andades djupt ut.

Försiktigt tog han av sig skor och strumpor och klev ut på stranden. Det var länge sedan han sist hade känt sanden mot fötterna, den mellan tårna, den där ilningen och svedan. På en gång kastades han tjugo år tillbaka. Sitta där med kompisarna, flirta, skratta, dricka, skråla, sjunga. Det var ett under att ingen hade ringt polisen eller klagat.

Nu var det annorlunda. Platsen låg öde. Kanske var det kylan, för blött, för eländigt. Eller så var det för tidigt för ungdomarna och festprissarna att dyka upp. Kanske satt de fortfarande och åt middag med sina föräldrar innan de smet ut och bröt mot lagen om minderårigt drickande. Eller så var det helt enkelt något man inte gjorde längre. Nu var de för upptagna med tv-spel, reality-tv och fingrarna fastlödade i det digitala tjugoförsta århundradet; de behövde inte göra något så huvudlöst och lite asocialt som att tillbringa kvällen bort från föräldrarna. Inte när de kunde göra det från hemmets bekvämlighet.

"Hej..." sa han mjukt och på avstånd, för att inte störa henne.

Kasia, som satt på sin skolblazer för att slippa få sand i strumpbyxorna, hopkrupen med benen tryckta mot bröstet, förblev helt stilla.

"Får jag sätta mig?"

Hon sa ingenting, men Tomek hittade ändå en plats några steg från henne och satte sig med benen i liknande ställning. Länge sa han ingenting. Han bara lyssnade på vattnet, vinden, fåglarna i fjärran, tåget som kom in från Benfleet mot Shoeburyness.

Det var det här det handlade om. Att pausa, stoppa allt kaos och all galenskap för att ta en paus, dra ett andetag. Det hade han inte uppskattat som tjugoåring. Det enda han brydde sig om då var att vara cool, passa in och få tjejer. Men nu, nu var det stunder som den här som gav utrymme att tänka.

"Vill du prata om det?" frågade han medan han såg en liten containerbåt flyta stadigt längs Themsen mot Kanalen och vidare.

"Nej..."

"Okej", svarade han. "Vill du veta historien bakom det?"

Hon tvekade. Övervägde.

"Nej."

"Okej då."

Tomek bytte grepp om knäna när de började sjunka ner i sanden. Vid det här laget hade containerbåten förflyttat sig kanske en decimeter, puttrande fram. Bortom den låg Kents nattljus i söder, glittrande i ångorna från fartyget. Ovanför hade det tunna molntäcket börjat skingras och blotta nattens väv.

"En klar natt, och med en riktigt bra kamera, kan man se Vintergatan", sa han till henne.

"Nej det kan man inte", sa hon misstroget.

"Det kan man", fortsatte han. "Du behöver bara en väldigt *väldigt* bra kamera och gott om tålamod."

Nyfikenheten väckt sträckte Kasia på halsen mot himlen.

"Jag tror dig inte."

"Tja, kanske får jag köpa en kamera åt dig någon dag så kan du prova själv." Hon lutade huvudet mot honom, med ett litet, mjukt leende på läpparna. "Du tar ju tillräckligt många med din mobil. Hur kom det sig att du gick hit?" frågade han. "Av alla ställen. Jag är förvånad att du ens visste var det låg."

Kasia drog djupt efter andan innan hon svarade.

"Jag var här med mamma en gång..." började hon, men hejdade sig. "När jag var tio. Bara för en eftermiddag. Det var första gången vid havet. Hon sa att det var för att jag skulle få uppleva havet och sanden. Men sen försvann hon i en timme, lämnade mig precis här. Jag rörde mig inte under hela tiden hon var borta, jag satt bara kvar här och väntade. Jag grät inte, jag ropade inte på hjälp. För jag visste att hon skulle komma tillbaka."

"Och gjorde hon det?"

Kasia sänkte huvudet. "Ja... men först efter att hon hade fått det hon ville ha..."

Droger.

Han visste inte exakt när Anikas missbruk hade börjat – någon gång efter deras uppbrott, gissade han – men det hade chockat honom när han först fick veta. Hennes farbror, en lånehaj, hade varit ansvarig för att ha tagit livet av två av hans bästa vänner, och Anika hade med nöd och näppe undgått fängelsestraff eller någon form av åtal. Hennes farbror däremot hade åtalats för mord och dömts till livstid. Men det hade inte hindrat henne från att hålla kontakten med honom och utnyttja hans kontakter i den kriminella undre världen. Som följd hade hon utvecklat ett beroende av kokain och heroin och gjorde vad som helst för att få tag i det. Som att prostituera sig, misshandla folk, göra inbrott och till och med begå grov misshandel – vilket allt ledde till hennes oundvikliga fängelsevistelse i en av Hans Majestäts finaste inrättningar, och att Kasia kom i hans vård.

"Visste du då vad hon höll på med?" frågade Tomek varsamt.

"Jag antar att en del av mig visste. Det är nog därför jag satt kvar, för jag visste att hon skulle komma tillbaka till slut."

Fram till den dagen hon inte gjorde det. Fram till dagen då drogerna hade slukat henne och tagit över hennes liv.

"Men varför här?" fortsatte han. "Är det för att du tror att hon ska komma tillbaka...?"

Hon sänkte benen och sträckte ut dem över sanden, ritade små fåror med fötterna. "Nej", svarade hon. "Jag vet att det aldrig kommer att hända. Jag antar att det bara är så att... när jag stod här, ville jag springa. Jag ville gråta och springa och skrika på hjälp. Men jag sa till mig själv att vara modig. Jag sa till mig själv att allt skulle ordna sig till slut. Och på ett sätt gjorde det det. Jag kom hit för att påminna mig om det."

KAPITEL
TRETTIOSEX

N är Tomek lämnade huset morgonen därpå var det becksvart. Det hade det varit sedan han först lade sig. Någon sömn blev det inte för hans del, om man inte räknade de två timmar som retades med honom mellan tolv och två. Sedan dess hade han vridit och vänt sig, orolig. Tankarna i huvudet surrade. Scener från gårdagskvällen spelades upp i hans huvud.

Han kunde bara föreställa sig hur mycket mer grafiska och störande de var för Kasia. Han skulle inte bli förvånad om hon behövde terapi eller någon sorts hypnosbehandling för att få henne att glömma allt hon hade sett. Men han visste att det var omöjligt. Bilden av hans penis var fast etsad i hennes medvetande.

Vilket var en tanke han aldrig hade kunnat föreställa sig att han skulle få.

Han hade också legat vaken i timmar medan han försökte, utan att lyckas, lista ut vem som hade skickat den. Först hade han försökt smyga in i hennes rum för att sno telefonen från nattduksbordet och titta på den på det sättet (han hade sett henne slå in sin lösenkod för att låsa upp enheten flera gånger, och till hans stora förtret var det det minst inspirerande numret någonsin – hennes födelsedatum). Men när han smög genom dörrkarmen och tassade fram till bordet, märkte han att telefonen var kilad mellan henne och täcket, en tunn vit sladd stack ut ur vecken. När han insåg att hon måste ha somnat med den i händerna, övergav han den idén och gick tillbaka till ruta ett.

Ruta ett, vilket var värdelöst.

Han kunde bara föreställa sig vilken lysande idé han skulle ha för ruta två.

Och då slog det honom. Sociala medier. Att rota igenom Kasias följlista och gå ner i kaninhålet av folk från hennes skola. Men det var en grumlig värld han inte ville ge sig in i. De flesta barn i hennes ålder som han stött på i jobbet hade knappt några integritets- eller säkerhetsinställningar, och därför skulle det kännas konstigt för honom att sitta och scrolla bland bilder på tonåringar och minderåriga – och med hans oförmåga att navigera i sociala mediers finlir visste han att han skulle vara benägen att råka gilla något eller börja följa någon av misstag. Eller oavsiktligt skicka dem en jättestor bild på en tumme. Och dra på sig en jävla skitstorm.

I stället hade han legat vaken och låtit tankarna och idéerna gro i huvudet. Tills trycket blev så tungt, så obevekligt att han inte stod ut längre och rullade ur sängen. När han gav sig av till jobbet hade han gjort frukost och lunch åt Kasia och till och med skrivit en liten lapp där det stod att han gått tidigt och skulle komma hem sent. På det sättet var han gammaldags.

När han kom till slutet av gatan, i stället för att svänga höger mot stationen där han skulle delta i en genomgång vid tolv, svängde Tomek vänster, i riktning mot sin nya favoritplats i världen.

Vincent Gregory var ursinnig över att se Tomek så här tidigt på morgonen. Mannen hade knappt vaknat, och håret var ett rufs, liksom ögonen, som fortfarande bar spår av sömn. Han hade bara ett par pyjamasshorts på sig, bröstet och en matta av krulligt hår låg blottade för kylan. Det dröjde inte länge förrän bröstvårtorna styvnade, som två torn som stack ut från ett rymdskepp.

"Vad fan gör du här – *igen*? Hur många gånger måste jag säga till dig att jag inte vill ha dig här! Jag har redan pratat med din chef och han sa att han skulle ta hand om det – han gör uppenbarligen inte ett skit om ditt dumma arsle fortfarande dyker upp här utan förvarning!"

Vincents röst hade ekat fram och tillbaka längs den tomma och tysta återvändsgatan, och till slut bjöd han Tomek på en vy av sina smutsfläckade tänder med en lång gäspning.

"Blev det sent, eller?" frågade Tomek och kämpade för att kväva en egen gäspning.

"Vad tror du själv? Du är snuten. Trodde ni snutar skulle vara så jävla skarpsynta, n' sånt? Beff har varit från vettet, hon har oroat sig för Steven hela natten."

Såvitt han visste, enligt ärendets anteckningar och akter, var hennes reaktion på makens försvinnande mer instinktiv än den hon hade haft när hon hade fått veta att hennes dotter kidnappats och mördats. Märkligt... Men å andra sidan fungerade sorg på mystiska sätt.

"Tror du att jag kan komma in?" frågade Tomek.

"Nej. Absolut inte. Dra åt helvete! Du har ingen rätt att vara här."

Tomek korsade armarna över bröstet och väntade några ögonblick innan han fortsatte. "Det gäller din bil..."

Det verkade dra bort aggressiviteten ur hans ansikte, och han backade ett steg längre in i sitt eget hus.

Trots att Vincent hade lyckats bevisa att det inte var hans bil som använts för att hämta upp Jenny Ingles hade Tomek och Sean begärt att två kriminaltekniker skulle komma och ta prover på fordonet för fingeravtryck och DNA. För säkerhets skull, hade de sagt. En del av deras rutinåtgärder. För att kunna avskriva honom. Men alla visste att det handlade om trots. En chans att sätta dit den lille rasistiske, fascistiske skitstöveln. Och varför skulle de protestera när Victoria hade godkänt begäran utan invändningar?

Tyvärr skulle det dröja innan kriminalteknikerna konstaterade att de inte hittat något i sina undersökningar, så han kunde inte unna sig lyxen att gripa Vincent denna kalla och blöta novembermorgon. I stället var den egentliga anledningen till hans besök betydligt harmlösare, betydligt oskyldigare. Men så länge det fortsatte att sätta press åt rätt håll hade Tomek inget emot det. Det var det minsta den lille rasistiske, fascistiske skitpricken förtjänade.

"Vad är det med min bil?" frågade Vincent försiktigt, som om han, om han sa det högre, riskerade att erkänna skuld.

"Det är bättre om vi pratar om det här inne..."

Och så var han inne. Huset sov, och ljudet av Georgia Gregorys snarkningar dånade genom byggnaden. Tomek gick rakt till vardagsrummet och sjönk ner i soffan.

"Nå...?" började Vincent otåligt, med låg röst. Fast Tomek tyckte inte att det behövdes. "Vad är det?"

"Vi hittade några avvikelser..." började Tomek. "I pappersarbetet... Det verkar som att du har missat ett par betalningar till DVLA för din fordonsskatt."

"Va sa du?" Vincents ansikte blev rött.

"Du har kört olagligt på vägarna de senaste fyra månaderna."

"Vad fan är det för fel på dig? Är du någon sorts polsk jävel? Du kom hela vägen hit för att säga att jag har glömt att betala något. Nä... dra åt helvete ur mitt hus, för fan. Du driver mig till vansinne."

Tomek valde att ignorera uppmaningen. I stället satt han kvar där han var och log bara självgott upp mot Vincent. Svaret triggade mannens aggressivitet, och i ett nafs rusade han fram mot Tomek och sträckte sig efter honom. Men i sista ögonblicket hejdade han sig och insåg att han var på väg att lägga händerna på en snut.

"Du tänker väl inte göra något dumt nu, va?" frågade Tomek. "Du kanske inte vill att jag utreder din brorsdotters död, men jag är fortfarande en tjänstgörande polis, och jag kan fortfarande vända dig på arslet, trycka ditt sabbade lilla tryne i mattan och gripa dig om jag vill. Så tänk väldigt noga på vilket sätt du vill göra det här..."

Obeslutsamhet spelade över Vincents ansikte. Och efter ett tag drog han långsamt tillbaka händerna och lät dem falla ner längs sidorna.

Som en markering borstade Tomek av sig (trots att han inte hade blivit rörd) och satt kvar. Det här var hans plats nu. Det här var hans hus. Och det var Vincent som trängde sig på.

"När jag ändå är här", började Tomek, "har jag några frågor jag vill ställa dig om din svåger, Steven..."

KAPITEL
TRETTIOSJU

T ara Moore bodde ensam i ett hus med tre sovrum i South Benfleet, ett stenkast från tågstationen. På uppfarten stod två bilar: en BMW 4-serie och en Vauxhall Corsa. En för jobbet, en för nöjen. Innan han knackade på dörren tittade Tomek på klockan. 08.50. En mer socialt acceptabel tid att ringa på. Vid det här laget var de flesta ungarna i skolan och alla pendlare hade gjort den mödosamma resan in till stan inför dagen. Utom Tara Moore, en av läkarna på Southend Hospital.

För att bli av med Tomek så snabbt som möjligt hade Vincent Gregory svarat på alla hans frågor på rekordtid. Att han inte hade något med sin svågers försvinnande att göra. Att han hade arbetat den morgonen då Steven försvann. Att han bara hade känt till affären de senaste dagarna och hade tänkt berätta det för Beth med F tidigare, men med tanke på situationen med hennes döda dotter hade han bestämt att det nog inte var bästa tillfället nu. Elizabeth Lakes värld hade just rasat.

Hennes dotter hade försvunnit.

Hennes dotter hade blivit dödad.

Och sedan hade hon fått veta att mannen hon älskade – eller snarare mannen hon skulle ha älskat – hade haft en affär.

Hur länge visste inte Tomek och det gjorde inte Vincent heller. Men han tänkte ta reda på det.

Ett ögonblick senare öppnades ytterdörren. Av den yrvakna blicken i hennes ansikte hade Tara Moore bara vaknat några minuter tidigare och gnuggade hastigt sömnen ur ögonen. Hon hade på sig en tunn kofta och ett par joggingbyxor. Håret var tjockt och brunt och föll perfekt över axlarna, och hennes kraftiga ögonbryn vinklade nedåt skarpt vid ansiktets kanter.

Tomek hade aldrig sett serien ordentligt, men han tyckte att hon såg ut som en figur ur *Grey's Anatomy* – för snygg och polerad för att vara läkare. För mycket Hollywood.

"Kan jag hjälpa dig?" frågade hon, med en röst som var lika svag och trött som hon såg ut.

Tomek fiskade upp sin legitimation ur fickan och visade den. "Tara Moore?"

Hon var för upptagen med att gnugga ögonen för att titta på detaljerna på hans kort. "Det är jag."

"Får jag komma in? Det gäller Steven Lake..."

Vid det slutade hon gnugga. "Är... är allt okej? Är han okej?"

Tomek uppdaterade henne när de hade hittat en bekväm plats i vardagsrummet.

"Jag har fått veta att hans båt hittades i går kväll..." fortsatte han medan han mötte hennes blick och lät den vandra runt i rummet då och då när hon inte såg. "Men tyvärr fanns det inga spår av Steven. Fartyget har tagits i beslag och utreds just nu."

Det påminde honom om att han hade gott om tid till mötet vid lunch.

"Är du... Och du..." Tårar började samlas i hennes ögon. Hon kämpade emot så länge det gick. Tills hon sa orden som hade hållit dem tillbaka: "Du tror att han är död, eller hur?"

Sedan var det obönhörligt. Oavbrutet i några minuter. Under den tiden tog sig Tomek friheten att vandra runt på bottenvåningen i huset medan han letade efter några näsdukar. Till slut använde han toalettpapper från badrummet.

"Varsågod", sa han och räckte över dem.

Snörvlande svarade hon: "Tack." Sedan började hon dutta ögonen torra med trelagerspapperet.

Tomek lät henne få en stund att ta in nyheten. Han lät blicken vandra i rummet igen, den här gången studerade han inredning och möblemang mer i detalj. Huset var betydligt större och pampigare än han hade väntat sig – särskilt för någon som bodde ensam. Tack vare sin senaste flytt ansåg han sig numera vara expert på bostadsmarknaden i södra Essex och gissade att hennes hus låg någonstans i häraden 600 000–700 000 pund. En hutlös summa för ett hushåll med två inkomster, än mindre en. Men det som bekymrade honom mer var den oroväckande mängden delfinrelaterat krimskrams överallt. Tavlor som hängde på väggarna och fotoramar på ett skåp i vardagsrummet; glas- och mosaikprydnader på fönsterbrädan; grafiker och illustrationer på muggarna i köket. Hon hade till och med en förstorad målning av en delfin som bryter vattenytan, siluetterad mot en regnbåge och molnfri himmel, tryckt på en kökshandduk.

Tomek visste inte var just den fascinationen kom ifrån, men innan han hann ge sig in i de djupa psykologiska svårigheter hon måste ha gått igenom för att utveckla den, slutade Delfindamen gråta och såg upp på honom.

"När de... när de hittar hans kropp... kommer du att meddela mig?"

"Självklart."

Tomek stack handen i fickan och tog fram sitt anteckningsblock. Även om han inte hade för avsikt att skriva ner något, var det ett mästerligt sätt att antyda att han skulle göra det och att han hade några knepiga frågor han behövde ställa. Det brukade hjälpa vittnet att förbereda sig på det som skulle komma.

"Jag har förstått att ni två hade en affär..." började Tomek.

Hon nickade mjukt och strök undan hår från ögonen.

"Kan du berätta hur länge ni har träffats?"

"Fyra månader eller så. Vi... Jag är barnläkare. Jag tar hand om sjuka barn. Annabelle har kommit in ett par gånger det senaste året, och jag har tagit hand om henne." Hon tystnade, ansiktet sköljdes över när hon spelade upp varma minnen i huvudet. "Sedan en dag började Steven och jag bara prata. Inget särskilt snaskigt, inget för pikant. Bara prata. Vänskapligt, liksom. Han gav intryck av att vara en mjuk, genuin kille, och sådana finns det inte många av nuförtiden – tro mig, jag har försökt. Sedan frågade han om jag ville gå ut och ta en kaffe eller lunch någon gång."

"Och du sa ja?"

"Mmm."

"Fast du visste att han var gift?"

Hon hejdföll innan hon svarade. "Jag... Av det jag hörde, och av det han berättade, var det inte alls en lycklig relation. Annars, varför skulle han ha bjudit ut mig? Jag tror inte att de två kom överens. De grälade alltid om Annabelle, och Steven ville bort från familjen. Han tålde inte sin svåger. Vic... Vin..."

"Vincent—"

"Just det. Tålde honom inte. De grälade hela tiden. Mer än han gjorde med Elizabeth. Det handlade alltid om lilla Annabelle. Den stackars lilla ungen hamnade bara mitt i allt. Jag tror att det tog honom hårt." Hon drog tummen upp och ner längs fingrarna och masserade brosk och ben. "Det syntes i hans ansikte. Bara... uppgiven för det mesta. Knappast närvarande. Jag pratade med honom och fick upprepa det några gånger för att han faktiskt skulle lyssna på mig, du vet?"

Det visste Tomek. Det visste han alltför väl: Kasia hade varit likadan när hon först flyttade in hos honom. Satt där i tystnad, stirrade ut i tomma intet, sa ingenting, tog evigheter på sig att svara när han ställde en oskyldig fråga som om hon ville ha te eller inte. Och på kvällarna gick hon raka vägen till sängs utan ett ord, och när han hade försökt inleda en dialog med henne hade hon stirrat känslolöst på honom och vänt sig åt andra hållet. De två första veckorna hade varit sådana, tills något till slut klickade. Kanske hade hon kommit till den förkrossande insikten att det här var hennes nya verklighet och att hon var fast i den.

"Umgicks du någonsin med Annabelle?"

"Inte mycket. Inte mycket utanför det jag behövde på sjukhuset. För det mesta kom Steven hit, under förevändning att han var på jobbet. Eller så kom han ibland och mötte mig på min lunchrast om han var i krokarna."

Nu föll det på plats varför Steven hade fått extra mycket jobb uppe i Southend.

"Det är hemskt..." sa hon, som i en eftersläng.

"Vad då?"

"Det som hände den där lilla flickan. Det var vedervärdigt. Du skulle ha sett honom. Han var helt söndertrasad varje gång han kom hit. Jag försökte trösta honom men det fanns inget jag kunde göra. Han satt bara där i soffan och stirrade på tv:n eller låg i sängen och låtsades sova. Han funderade på att hålla sig sysselsatt med jobbet, men han sa att han ville vara nära mig, prata med mig."

"Hade inte du jobb?"

Hon skakade på huvudet. "Jag har varit ledig de senaste två veckorna. Tillbaka i morgon, dock. Första gången jag tar någon i år och de tvingade mig att göra det. Åtminstone hinner jag tillbaka lagom till alla fulla ungar på akuten under julhelgen."

Tomek försökte minnas om han hade varit en av de där fulla ungarna. Så berusad att han knappt kunde gå och var tvungen att få magen pumpad av de generösa typerna nere på akuten. Han kunde inte erinra sig några särskilda utekvällar.

"Vet du vem som gjorde det än?" frågade hon.

Tomek skakade på huvudet och bad om ursäkt. "Vi arbetar efter alla tänkbara spår", sa han och upprepade det inövade standardsvaret. "Vad brukade Annabelle komma in till sjukhuset för?"

Det hade inte funnits någon omtale om sjukhusbesök i Lornas obduktionsrapport. Inte i någon annans rapport heller, vilket fick Tomek att undra om de hade registrerats officiellt.

"Hon..." Hon tvekade. "Till en början var det för att hon testades för inlärningssvårigheter. Men sedan, med tiden, tror jag att Steven hittade skäl att komma in och prata med mig. Många gånger klagade han på att hon hade huvudvärk eller något annat harmlöst, så jag tänkte inte på att registrera det någonstans."

Tomek noterade det, tackade henne för tiden och bad om ursäkt för att han förstörde hennes dag. När hon följde honom till ytterdörren vände han sig om och tilltalade henne. "Avslutningsvis..." började han. "Och du behöver inte svara om du inte vill – men vad är det med alla delfiner?"

Tara skrattade till. "Det här stället var min mormors. Jag ärvde det när hon dog. Många av dem var hennes, men jag har fyllt på samlingen genom åren. Hon brukade arbeta med dem som miljöforskare, reste världen runt och följde dem. När jag var yngre ville hon att jag skulle bli veterinär, men jag stod inte ut med att jobba med döende eller skadade djur. Så jag valde att hjälpa sjuka barn i stället – det näst bästa."

KAPITEL
TRETTIOÅTTA

"Du har haft en hektisk morgon."
"Sedan när var det ett brott, chefen?"
Nick flätade samman fingrarna och harklade sig. "Tyvärr för dig är det när ordet "trakasserier" börjar slängas runt."
"Skitsnack."
"Vincent Gregory verkar tycka annorlunda. Du har varit vid hans hus minst fyra gånger på lika många dagar."
Tomek ryckte på axlarna. "Jag gillar honom verkligen. Han har en fantastisk personlighet. Jag tror vi två skulle kunna vara vänner även utanför jobbet."
Nick gjorde en äcklad min. "Gör dig inte lustig, Tom. Du vet att du inte får gå i närheten av hans hus. Om han ringer en gång till måste jag börja skicka ut dig i yttre tjänst med uniform. Eller stänga in dig i ett rum med Lorna så kan du tillbringa nästa månad med lik."
"Lika gärna skjut mig i huvudet nu direkt," svarade Tomek.
"Det kanske jag gör. Men först tror jag att jag ger Vincent Gregory pistolen."
Tomek trutade med läpparna. "Tror inte han behöver en pistol, chefen. Ge honom bara en metallkedja så är han redo."
"Vad menar du, Tomek?"
"Jag skulle säga att det är uppenbart, chefen. Jag tror att Vincent

Gregory mördade sin systerdotter och sedan dödade sin svåger för att få det att se ut som ett självmord."

Nick suckade tungt. Den här gången var luften som kom ut ur näsan kraftigare än draget i en jumbojet. "Jag antar att det här inte har någonting att göra med att du inte gillar Vincent Gregory?"

"Åh, det har absolut allt att göra med att jag inte gillar honom." Tomek höjde händerna i kapitulation. "Gör dig inga illusioner, jag hatar den jävla fittan. Men jag tror också att han har mördat ett par av sina familjemedlemmar."

"Varför?"

Tomek rättade till ärmen på sin kavaj innan han talade. "För att jag tror att Annabelle och Steven kom emellan relationen med hans syster Elizabeth."

"Du *tror*..."

"Ja, men—"

"Där har vi en del av problemet, Tomek. Du *tror*. Tills du faktiskt *vet* något, finns det väldigt lite som jag eller Victoria kan göra åt det. Och sist jag kollade skulle du inte ens ägna Annabelle eller Steven Lake någon oro – du skulle lägga din energi på att hitta Jenny Ingles. Har du glömt att hon fortfarande är försvunnen?"

Tomeks axlar sjönk när han drog sig tillbaka i sig själv. "Öh... Nej, självklart har jag inte glömt."

"Det låter för mig som att du har det. Du har haft sånt jävla stånd för Vincent Gregory att du helt har skitit i att se till att en sjuttonårig tjej kommer hem oskadd. Vad fan är det för fel på dig?"

Tomek viftade med pekfingret i luften i protest. "Det tycker jag inte är rättvist, chefen. Jag har tagit reda på vem hon var som person och försökt spåra hennes sista rörelser. Vi har till och med fått Gregorys bil undersökt. Jag vet att hon var en strulig tonåring som hamnat i droger och prostitution, och med största sannolikhet är det här ett fall av att något... något gick fel."

Nick suckade. Fast det var inte hans vanliga suck. Den saknade all aggression eller bitterhet. Den här gången var den fylld av chock och förvåning.

"Sa du just det där? Du tillskriver hennes försvinnande en ren olyckshändelse, en kåt pundare som gick lite för långt?"

Tomek öppnade munnen, men inget annat än luft kom ut. Nick hade

rätt, det var befängt att tänka att Jennys försvinnande kunde förklaras på ett
så godtyckligt sätt, och han skämdes för att han ens hade erkänt det genom
att säga det. Han sänkte huvudet och bad om ursäkt.

"Jag lägger allt fokus på det nu på morgonen, chefen," sa han.

"Eftermiddag," rättade Nick och kollade sedan på klockan. "Victorias
möte börjar om sju minuter. Gott om tid för dig att hämta en kaffe till mig
och bjuda dig själv på en också."

Det självbelåtna leendet på Nicks ansikte låg kvar när Tomek stängde
dörren bakom sig och begav sig till kaféet runt hörnet.

Tomek kom tillbaka åtta minuter senare, med kaffe i händerna. Baristan i
butiken hade klantat till hans beställning. Två gånger. Och därför hade han
tvingats vänta längre än han trott. Dessutom var det nästan lunchtid och
kön var ett skämt.

Han bad om ursäkt för dröjsmålet när han kom in, räckte Nick kaffet
(vilket omedelbart fick ilskan i Victorias ansikte att dunsta när hon insåg att
hon inte kunde ta en dispyt med honom om det), och slog sig sedan ner
längst bak i rummet.

Vid Victorias sida längst fram i utredningsrummet stod
kriminalassistent Rachel Hamilton. De båda bar liknande, prydliga byxor
med mörka överdelar instoppade i linningen. Nästan identiskt. Som om de
hade planerat det. Tomek ville fråga om så var fallet men tänkte att det
definitivt inte var rätt tillfälle. Kanske när folk hade slutat döda varandra.

Det lär dröja.

Victoria, som ansvarig utredningsledare, började tala först. Hon
harklade sig innan hon började och krävde allas uppmärksamhet i rummet.

"God morgon," började hon. "Jag utgår från att ni har vilat ut – så gott
det nu går – och jag utgår från att ni är redo för det jag ska berätta. Som ni
alla vet hittades Steven Lakes segelbåt strax utanför Themsens mynning i
går kväll, drivande runt utan mål några sjömil utanför kusten. Ingen kropp
hittades då, och kustbevakningen – med hjälp av vår sjöpolis – söker
fortfarande vattnen efter minsta tecken på honom.

"Tack vare Cheys rapport i går kväll har jag fått veta att Stevens telefon
senast användes på kort avstånd från där båten hittades. Sista pinget i
mobilmasterna var 05:35. Han lämnade sitt hus tidigt på morgonen för

fyrtioåtta timmar sedan och kom inte tillbaka. *Annabelles* ankare visade sig vara borta, och därför tror vi att han har använt det för att hålla kroppen under vattenytan. Båten hittades i nästan perfekt skick, utan tecken på läckage eller skador från kollision med någon annan båt. Och chanserna att hitta kroppen i det vattnet är nästan obefintliga. Därför är vår arbetshypotes just nu att han hoppade i och drunknade. Vi kommer dock att fortsätta göra allt vi kan för att hitta honom – död eller levande."

Victoria gjorde en paus för att låta nyheten sjunka in i gruppen. Tomek lät blicken glida över kollegornas ansikten. Några, de mer erfarna medlemmarna i enheten, hade tomma, dämpade uttryck. De yngsta i teamet däremot var likbleka.

"Några frågor?" frågade Victoria när stunden var över.

Genast åkte flera av teamets händer upp, som om de satt i klassrummet. Det var det ordnade sättet att göra saker på kontoret; annars blev det fullkomligt kaos och inget blev diskuterat. Victoria svepte med blicken över rummet, tittade på händerna och valde tyst sin första måltavla.

"Tomek..."

Han satte sig tillrätta så att han satt lite rakare. "Vet vi var han hade båten?"

"Bra fråga. Ja. Han hade den i marinan på Canvey Island. Den ligger precis före bron som leder över till Benfleet."

"Har någon varit där än?"

Victoria nickade, men innan hon hann öppna munnen hann Rachel före. "Ett gäng tekniker från brottsplatsgruppen åkte dit i går kväll. De hittade Stevens bil parkerad precis vid vattenbrynet, bredvid ett jättelikt hål i raden av båtar där han måste ha haft sin. De kommer att kamma igenom båten under en dag eller två, men vädret kan sätta stopp för den planen."

Tomek nickade, ivrig att gå vidare till sin sista fråga: "Är du hundra procent säker på att han har tagit livet av sig?"

Victorias ögon smalnade och rösten blev mörkare. "Ja. Nå, jag är inte långt ifrån. Bevisningen pekar åt det hållet. Om du inte har något att tillföra?"

Han ryckte på axlarna. "Ingenting alls. Ville bara försäkra mig om att vi täckt in alla vinklar."

"Du har rätt. Nya ögon och öron kommer långt." Hon vände sig mot Sean, som satt bredvid Tomek. "Något du ville ta upp, sergeant?"

Sean skruvade obekvämt på sig i stolen. Tomek var inte säker på om det var en tafatt reaktion på frågan eller på den som ställde den. Det var inte första gången han lade märke till vännens blyghet i närheten av den nya inspektören.

"Hans ekonomiska uppgifter..." sa Sean långsamt, som om orden formades i munnen i samma stund. "Har vi... Har vi..."

"Har vi kollat dem?"

"Ja."

"Ja, det har vi."

"Och?"

"Det verkar inte finnas något avvikande i dem," lade kriminalassistent Rachel Hamilton till milt. "Alla hans pengar finns kvar. Inga stora kontantuttag. Inga stora överföringar till några suspekta bankkonton. Som vi typiskt skulle förvänta oss om han försökte fejka sin egen död. Bara några betalningar till ett konto registrerat på en viss Tara Moore."

"Hans älskarinna," lade Tomek till.

"Ursäkta?" frågade Victoria.

"I morse pratade jag med Tara Moore. Läkare på Southend Hospital. Hon har haft en affär med Steven de senaste månaderna. Jag informerade henne om hans försvinnande och misstänkta självmord."

Victoria vände sig mot Nick för stöd, för en förklaring till varför Tomek hade lagt sig i utredningen när han inte borde. Men när ingen kom återgick hon till Tomek, som dock var alltför upptagen med att tyst skrika *Vad var det jag sa* åt Nasty Nick med ett självbelåtet leende på läpparna.

"Jag har alla hennes uppgifter om du vill ringa eller svänga förbi."

"Var fick du den här informationen ifrån?" frågade Victoria.

"Min gode kompis, Vincent Gregory."

"Jag hörde att ni två skulle flytta ihop," noterade Nadia.

"Nästan," svarade Tomek utan att släppa blicken från Nick. "Men vi kunde inte enas om några grundläggande skillnader. Närmare bestämt hela rasistgrejen. Men ändå – en riktig hedersknyffel. Inget ont att säga om honom..."

Vad var det jag sa.

Vad var det jag sa.

Vad var det jag sa.

Till slut slet Tomek blicken från kommissarien och vände den mot Victoria, som stod med ena handen i sidan och den andra om sitt nyckelband som om det gällde livet.

"Tack, Tomek. Det är mycket gediget arbete."

"Ett nöje, chefen."

Teamet vände sedan blicken mot Steven Lakes psykiska mående. En djupdykning i hans ekonomiska historik visade att han hade betalat för privata terapisessioner för att hantera det som Tomek misstänkte var hans depression. Och efter ett snabbt möte med hans terapeut hade teamet fått veta att hon hade hänvisat honom till en webbplats som heter *The Man Club*, ett nätforum för vuxna män att dela sina tankar och känslor med varandra i en trygg och vänlig miljö. Enligt hans terapeut var han en flitig användare, men hade nyligen slutat dela, och under deras sista sessioner hade han slutat posta helt.

Steven hade börjat gå till sin terapeut för fyra månader sedan. Precis kring den tid då han började träffa Tara Moore på mindre professionell basis. Där drog teamet två slutsatser. Den första att terapeuten hade gjort Steven upplyst och öppnat hans ögon för eländet i hans äktenskap med Beth med ett F och inspirerat honom att söka en affär; eller så hade affären redan börjat med Tara och när hon såg hur olycklig och deprimerad han var, diagnostiserade hon honom och rekommenderade att han sökte professionell hjälp. Fördelen med att ha en läkare i sitt liv.

Tomek var fast förankrad i det första lägret. Att det hade räckt med ett möte med en utomstående för att Steven skulle inse att han var olycklig och att gräset var grönare på andra sidan – och definitivt mycket grönare bort från Canvey Island. Ett rejält fuck you till Elizabeth. Och ett ännu större fuck you till Vincent Gregory.

Inga priser för den som gissar varför Tomek gillade det första alternativet så mycket.

KAPITEL
TRETTIONIO

E fter lunchmötet var över hade Nick dragit in Tomek på sitt kontor för ett kort snack.

"Vad är din plan för att hitta Jenny Ingles?" hade han frågat.

Inga svordomar. Ingen aggressivitet. Inget skrikande.

Helt olikt kommissarien och, ärligt talat, lite skrämmande.

När Tomek hade berättat vad han tänkte göra resten av dagen, hade Nick pekat på honom med sina knubbiga små fingrar och sagt: "Nå, gå då och gör det för fan. Och om jag ser – eller hör – att du har förföljt Gregory och klättrat in genom fönstren, så svär jag vid Kristus för i helvete..."

Han hade inte kunnat avsluta meningen, alltför uppfylld av frustration. Men Tomek brydde sig inte. Han hade hört allt förut. Och han lämnade rummet med ett brett flin på läpparna. Elake Nick var tillbaka och det fanns inget att oroa sig för.

Inget att oroa sig för, förutom att korsa bron över till Canvey Island och lägga ytterligare en bit av eftermiddagen där.

Medan han satt på Nicks kontor och fick höra att han skulle ta tummen ur röven, hade Sean lyckats få fram namnet på öns största knarklangare, den som de misstänkte att Jenny Ingles hade börjat jobba för.

William Morton.

En arbetslös, 1,88 lång high school-avhoppare som ägde den senaste bilen och allt designerkrimskrams. Bara av att se honom – med kedjorna och klockan och skorna som antagligen kostade mer än Tomeks månatliga bolånebetalningar – var det lätt att se vilken bransch han var i. De hittade honom på parkeringen vid köpcentrat Knightswick mitt i stan, lutad mot sin Range Rover, rökande en cigarett. Själva parkeringen hade alltid slagit Tomek som väl ambitiös. Betydligt fler platser än de behövde, och fler än någon någonsin hade bett om. Och byggnaden var ännu värre. Fast i slutet av sjuttiotalet, början av åttiotalet, med sin matta fasad i rött tegel och sina trista klinkergolv. Ledningen hade försökt fräscha upp stället med lite konstljus och krukväxter utplacerade här och var, men det gav knappast någon effekt. Vad de egentligen behövde var att hålla dörrarna stängda och inte släppa in någon. Antingen det, eller riva hela rasket.

Tomek bromsade in och klev ur. Sean kom lunkande med sin tunga kropp några ögonblick efter.

"Herr Morton?" frågade Tomek.

Så fort han hörde sitt namn slängde William cigaretten på marken och stampade ut den.

"De flesta kallar mig Billy", sa han och sköt händerna i fickorna, nonchalant.

"Bra för dem. Kan vi prata med dig om en sak?"

"Det handlar väl inte om Jesus? Jag hade redan en kund som kom in och predikade om den där jäveln."

"Kund?"

Billy pekade med tummen mot centret över axeln. "Har en liten barberarsalong där inne, har jag inte?"

Det visste inte Tomek – men det gjorde han nu. En knarklangande barberare ... Fanns det något mer uppenbart? Han kunde lika gärna ha satt upp en stor skylt på butikens fasad: *Tvätta gärna era pengar här!* Tomek var beredd att satsa mycket av sina egna, hårt förvärvade pengar på att Billys barberarsalong oftast var tom också, med långa eftermiddagar i stolarna, scrollandes på telefonen. Han var också beredd att satsa på att såvitt staten och skattemyndigheten visste drev han ett synnerligen lönsamt litet företag.

"Vi är inte här för att prata om Jesus", sa Sean. Som en man med lös gudstro (han praktiserade när han ville och gick i kyrkan när han kunde) ogillade han när folk skämtade om sådant. Däremot var Tomeks bruk av uttrycket "Jesus på en cykel" både tillåtet och uppmuntrat. Vilket var mer eller mindre obegripligt för honom, men han fann sig ändå.

"Vi är här för att prata med dig om en vän till dig ...", fortsatte Sean.

Hans imponerande figur och djupa röst hade börjat verka på Billy, och han började dra sig tillbaka, tappade en del av den kaxiga ungdomliga arrogans som kommer av att tro att man är tupp i hönsgården, herre över Canvey Island.

"Har inte många sådana ...", svarade Billy.

"Då borde det inte ta så lång tid, eller hur? Vi undrade om du har hört något från Jenny Ingles på sistone."

Ett igenkännande for över hans ansikte när han registrerade namnet. Men Tomek visste vilka ord som skulle komma härnäst. Han var beredd att satsa ännu mer pengar på dem.

"Vet inte vem ni pratar om."

Dingdingding! Vi har en vinnare!

"Det var synd", sa Tomek. "För vi hade ett litet vad. Ser du, Sean sa att du skulle säga så där. Jag hade däremot lite mer tilltro till dig."

Billy Morton ryckte på axlarna. "Ledsen att göra dig besviken. Sa inte morsan nånsin åt dig att man inte ska spela?"

"Sa inte din mamma nånsin åt dig att inte sälja knark? Oj. Sa jag för mycket?"

Billys mun öppnades och slöts som på en fisk.

"Lägg av med skitsnacket, kompis. Vi vet att hon jobbar med dig. Eller ska jag säga för dig. Så varför gör du oss inte alla en tjänst och berättar det vi vill veta?"

Innan han svarade flackade Billys blick flera gånger över Tomeks axel. Tomek märkte det och vände sig om för att se vad langaren tittade på: två vuxna, den ena sjabbig med byxorna halvvägs nere vid arslet, medan den andra verkade mer respektabel, iförd pikétröja som framhävde tjocka, rundade muskler, på väg mot dem.

"Kunder, eller?" frågade Tomek. Sedan tittade han en gång till. Det var något annorlunda med de där två. De gick inte med den där deppiga, zombieliknande gången som en pundare har när den sitter fast mellan att vilja ha nästa kick och att hitta den, utan de hade svassandet hos folk högre upp i näringskedjan. "Eller tittar vi på dina leverantörer?"

Billys blick for mellan Sean och Tomek, Tomek och Sean. Bröstkorgen hävde sig, studsade upp och ner.

"Ser inte ut som du har så mycket tid, kompis", sa Sean. "Stort beslut att fatta. Tippar att de undrar vilka de här höjdarna i kostym är. Inte dina vanliga kunder, va?"

"Snälla", pladdrade Billy. "Jag har inte sett henne sedan i fredags. Jag vet inte var hon är. Och jag vet inte vad hon gjorde."

"Jo, det gör du. Och det gör vi också."

"Öh. Okej. Visst. Hon jobbade – fast inte åt mig. Hon jobbar inte åt mig. Hon körde sitt eget. Sa att hon letade efter några killar att träffa. För sex. Det händer hela tiden där nere. Har inget med mig att göra. Men hon hade en påse heroin på sig. Det vet jag."

Billy visste förmodligen inte varför han kände att han måste berätta just den där lilla uppgiften, men det fina var att han gjorde det. Trycket i situationen hade öppnat slussarna i hans huvud och fick honom att säga lite mer än han kanske hade tänkt.

Och precis i tid; när han slutade tala var de två personerna inom hörhåll.

Tomek bestämde sig för att rädda mannen från en potentiellt blodig död; narkotikaroteln skulle ta honom förr eller senare, vilket för sådana som honom var ett öde värre än döden.

"Så vi åker ner till slutet av den här vägen, vänster i rondellen och följer den förbi spelhallarna, och sen tar vi vänster igen?"

Billy spärrade upp ögonen av förvirring. "Ja. Om ni kommer till puben har ni gått för långt."

"Kanon", sa Tomek. "Tack, kompis. Och om vi kör vilse vet vi var vi hittar dig, eller hur?" Han brast ut i ett skrattanfall som rullade över parkeringen och klappade sedan Billy på armen. "Ha det bra, kompis. Och tack igen för vägbeskrivningen."

När de vände honom ryggen noterade Tomek de två personernas ansikten med en nick, sedan gick han tillbaka till bilen.

Han visste inte riktigt vad han skulle göra med informationen Billy hade gett honom. Om inte videon där hon hoppade in i en annan mans bil bakom ett fish and chips-ställe mitt i natten var ett oemotsägligt bevis på att hon hade prostituerat sig, så var Billys uppgift det. Och nu visste de att hon hade burit droger också – ett snäpp upp från kokainet som hon och hennes vänner hade använt på Windjammer. Men nu bekräftade det Tomeks hypotes, den som Nick inte ville tro på: att hennes bortförare kanske hade varit en heroinist på jakt efter lite skoj.

En trevlig stund som hade gått fel.

KAPITEL
FYRTIO

D en kvällen såg Tomek inte fram emot att sätta nyckeln i ytterdörren till sin lägenhet. Det hade gått nästan tjugofyra timmar sedan Kasia hade rymt, och de hade inte pratat alls. Visst, han hade skickat ett WhatsApp-meddelande för att tala om att han skulle komma hem sent och att hon behövde värma sin middag. Men hade hon svarat? Absolut inte. I stället hade hon läst meddelandet och struntat i honom.

Lämnat honom på läst, kallade ungarna det.

Och han avskydde det. Det var inte bara oartigt och respektlöst, det gjorde också ont. Han hade ingen aning om vilken situation han skulle kliva in i. Hur hennes humör skulle vara. Om hon skulle vara varm eller iskall.

Och det var inget han tänkte chansa på.

"Kasia?" ropade han ut i tomma intet.

Vardagsrummet var tomt, och hans sovrumsdörr – *hennes* sovrumsdörr – var ordentligt stängd. Doften av lagad middag dröjde kvar från köket och resterna låg kvar på hennes tallrik. Nästan åttio procent av mikromåltiden med chili con carne. Samma som kvällen innan och kvällen dessförinnan. Hon åt inte ordentligt, och han undrade om hon hade ätit lunchen han hade gjort åt henne tidigare på morgonen.

Han ville inte använda ordet "ätstörning", men en sak blev han alltmer medveten om – och tog konkreta steg för att lära sig mer om – var det ökande pressen på unga tjejer i Kasias ålder att se ut som fitnessmodeller och gå omkring nästan utan kläder. Sociala mediernas intåg hade skapat en ständig ångest över vikt och att se smal ut hos lättpåverkade barn genom att bombardera dem med bilder av smala, lättklädda modeller som var förfärligt tunna och ibland såg utmärglade ut. Han hade till och med börjat märka att Kasia själv blivit smalare; mest på axlarna och armarna.

Bara ännu en sak att oroa sig för när man tar hand om en tonårsflicka. Det, och killar, alkohol, droger, sex. Allt möjligt som han inte hade en jävla aning om hur man hanterar.

Sedan gick han mot sitt sovrum – *hennes* sovrum. Ett dämpat musikljud kom från andra sidan dörren. Hon lyssnade i sina hörlurar så högt att han hörde det där han stod. Om hon inte var försiktig skulle hon tillhöra en generation som var döv vid trettio års ålder.

Han knackade men fick inget svar.

Han knackade igen.

Fortfarande inget.

Sedan öppnade han försiktigt dörren och stack försiktigt in huvudet genom glipan, med blicken riktad rakt mot garderoben framför honom – så att han inte av misstag skulle få syn på henne i en komprometterande situation.

Verkligheten var mycket värre.

Först kände han doften. Fruktig. Söt. Som druvor.

Och sedan såg han det stora vita ångmolnet sväva framför hennes ansikte, som rörde sig lätt när vinden blåste in genom fönstret.

Där satt hon på sängen, fortfarande i skoluniform, och rökte en vape.

"Vad i helvete gör du med den där!?" Hans röst ekade i rummet och genom hörlurarna.

Så fort hon såg honom stå i dörröppningen slet hon av sig lurarna och kastade dem på sängen, och gömde sedan e-cigaretten under täcket.

"Du kan fan inte gömma den," sa han till henne. "Jag såg den för fan. Vad tror du att du håller på med, att röka i mitt jävla hus?"

Kasia öppnade munnen men han var för rasande för att låta henne tala, än mindre lyssna på vad hon hade att säga.

"Var i helvete fick du tag i den? Vem tror du att du är? Det här är mitt jävla hem och du gör så där som om det vore du som äger stället?"

Tomek gjorde en paus för att hämta andan. Han hade tappat räkningen på hur många gånger han hade sagt ordet *fuck*.

"Det är..." började Kasia. "Jag... Prata inte med mig på det där sättet."

"Jag pratar med dig precis hur jag vill."

"Nej, det kan du inte. Du är inte min pappa!"

Tomek knöt näven. Hans reaktion på de orden skulle komma senare, när han hade fått en chans att bearbeta dem.

"Jo, det är jag! Men jag bad aldrig om att bli din pappa, eller hur? Men här är vi!"

Och hans reaktion på de där orden skulle förhoppningsvis komma snabbare, bad han. Mycket snabbare. Typ inom trettio sekunder.

Kasia kröp upp på knä. "Jag hatar det här jävla stället!" skrek hon, famlade efter e-cigaretten och drog i den upprepade gånger.

Hon hann till andra försöket innan Tomek var över henne. Han ryckte den ur munnen på henne och stormade ut i köket där han slängde den i soptunnan.

"Vad gör du?" skrek Kasia efter honom och blockerade köksdörren. "Jag betalade för den!"

"Med vilka pengar?"

Innan hon hann svara skyndade Tomek bort till bokhyllan i vardagsrummet och drog ut sin favoritbok. *The Picture of Dorian Gray.* Där inne borde det ha funnits ett hemligt nödlager på hundra spänn, men när han öppnade den räknade han bara till femtio kvar, två tjugor och en tia.

"Har du för fan stulit från mig?"

Rökningen var en sak, men stölden var en helt annan femma. Han tänkte inte tolerera något av det.

"Jag bad dig om pengar häromdagen och du vägrade ge mig!"

Hade hon? Hade han inte?

Han mindes inte samtalet hon syftade på, men det betydde ändå inte att hon kunde stjäla från honom.

"Var köpte du e-cigaretterna?"

"I affären," sa hon med all den trotsighet man kan vänta sig av ett barn som tror att det har rätt.

"Vilken affär?"

"En runt hörnet."

"Vilket hörn? Här eller vid skolan? Vet du vad, förresten? Jag ska prata med båda och se till att de inte säljer till dig."

"Va? Det är ju inte alls rättvist."

"Du är *minderårig*! Du borde inte ens känna till de där, än mindre röka dem. De är inte bra för dig. Vi vet fan inte ens vad de gör med din hälsa. Jag vill inte att du röker dem längre."

"Du kan inte säga åt mig vad jag ska göra..." Hon korsade armarna och fnös.

"För att jag inte är din pappa? Jo, det är jag. Och det är den situation vi båda är i. Jag har försökt mitt yttersta här, och du ger ingenting tillbaka." Han lade händerna på huvudet och drog en djup suck, med blicken ner i golvet. När han andades ut verkade spänningen i rummet lägga sig något. "Vet du vad – jag står inte ut med att se dig just nu. Försvinn ur mitt synfält. Gå till ditt rum."

Föga förvånande behövde Kasia inte höra det två gånger. Dörren slog igen en sekund efter att han hade sagt det. Och då kom han på – fönstret. Det var öppet.

"Helvete!"

Hon var snabb; om han inte agerade nu kunde han tappa henne igen. Han kastade sig ut ur köket och fram till sovrumsdörren. En bråkdels sekund senare brakade han in och kom på henne när hon stack ner handen i kavajfickan efter ännu en e-cigarett.

"Nästan..." sa han, betydligt lugnare den här gången, och sträckte fram handen. "Men inte riktigt. Ge hit den."

Några beslut spelade över Kasias ansikte: det första var om hon skulle kasta ut den genom fönstret (det vore trots allt bättre att ingen hade den än att han hade den), och det andra var att röka den rakt framför honom i en ren uppvisning av arrogans, som hon gjort nyss.

Som tur var för honom dröjde hon för länge med beslutet och lade inte märke till att Tomek sträckte sig efter den. Han tog den lilla kartongen och stack ner den i fickan.

"Hur många fler har du?"

"Inga."

"Ljuga inte för mig, Kasia. Jag vill inte behöva gå igenom din väska."

"Gör det inte då."

Om något var en inbjudan att göra just det, så var det det där. Med ett långt steg var han runt till andra sidan byrån och hittade hennes skolväska. Där i låg en almanacka, ett litet pennfodral, en bunt skolböcker och en vattenflaska. Och längst ner låg smörgåsen han hade gjort åt henne till lunch, inslagen i aluminiumfolie, men det valde han att inte nämna. Vapehärvan var mer än nog för nu. Det där fick bli ett gräl till en annan gång, något att låsa in i arsenalen.

"Hur länge har du rökt såna här?" frågade han, utan stridslystnad i rösten.

"Inte... inte länge."

"En dag? En vecka?"

"Några dagar."

"Och var det Sylvia som fick dig att börja med dem?"

Något i honom hade slagit om. Från arg, rabiat rottweiler till en lugn, mild labrador.

"Nej. Hon gillar dem inte."

"Hur i helvete började du då?"

Hon svarade inte. Något hade förändrats i henne också. Liksom han hade hon gått från en vild jack russell till en lydig golden retriever.

Tomek bestämde att det fick räcka för i kväll. Inget mer att diskutera om ämnet. Inget mer skrik. Men innan han gick stängde han sovrumsfönstret och låste det med nyckeln.

Inget mer smitande ut i natten heller.

När han stängde sovrumsdörren bakom sig tog han upp mobilen och gick bort till soffan. Huvudet var fullt av tusen tankar. På grälet. På att hon inte åt. På att hon rökte. På att hon höll på att bli en besvärlig och krävande börda för honom.

På hur hon började glida nerför samma hala väg som Jenny Ingles en gång hade följt. På hur han inte ville att samma sak skulle hända henne.

På hur han inte var gjord för det här. Att han var långt över sin förmåga. Att han var fullständigt och totalt jävla handfallen.

På hur desperat han var efter hjälp...

När han satt där och stirrade på sin spegelbild i den svarta tv-skärmen tänkte han på det där ordet: *hjälp*. Vad det betydde och var han kunde hitta den.

Sedan låste han upp mobilen och bläddrade till "Senaste" i samtalslistan. Såg de flera missade samtalen från det okända numret.

Anika.

Kasias mamma. Den enda person hon förmodligen behövde mer än någon annan just nu.

KAPITEL
FYRTIOETT

A tt säga att saker hade börjat falla isär vore en underdrift. De tappade snabbt greppet om situationen, och han visste inte vart de skulle ta vägen härifrån. Men en del av honom kände att de hade passerat punkten utan återvändo, så vad var skadan om de fortsatte på den här hänsynslösa kursen? Vad var ett liv till?

Han hade aldrig planerat att det skulle bli så här, men hon hade insisterat. Och nu hade han gjort saker som han inte var stolt över. Saker som han senare skulle ångra.

Summan av det låg på golvet framför honom. Halvnaken från midjan och ner, hennes underkläder slängda åt sidan i en smutsig hög. Hennes hud var täckt av ett tjockt lager svett och hon skakade kraftigt. Hon var halvt vid medvetande, även om man, av den tomma, glanslösa blicken i hennes ögon, kunde tro att hon var död.

Om hon inte redan var det, så skulle hon vara det snart.

På golvet bredvid henne låg en nål, med spår av användning som fläckade spetsen. Bredvid den fanns bevis på något annat: deras oduglighet.

Snarare, *hans* oduglighet.

Att hitta en ven och injicera drogerna i hennes system hade varit en brant inlärningskurva (och även nu var han inte helt säker på att han hade greppat det fullt ut) men han hade lärt sig grunderna, och visste att, när det gällde heroin och liknande droger, handlade det i stort sett om att få in det i blodomloppet.

Egentligen enkelt. Utom att det inte hade varit det. Inte när hans händer skakade när han förde in nålen i hennes hud och nästan skar loss en bit av hennes kött när han kom åt.

Efter att han till slut hade gett henne drogerna, föll hon in i en komaliknande trance, hennes sinne och själ ljusår bort medan kroppen förblev hos honom.

Öppen.

Redo.

Han var inte stolt över det som hände sedan (herregud, vem skulle vara det?) men det hade hänt ändå.

Och igen strax därpå.

Sedan hon hade varit hos dem hade stackars Jenny Ingles kropp blivit en leksak. En leksak för honom – *dem* – att experimentera med och roa sig med.

Hon *var* ju prostituerad, trots allt.

Det enda problemet de hade nu – det stora dilemmat, det största jävla dilemmat som någonsin hade existerat – var vad de skulle göra med henne.

Hennes heroin höll snabbt på att ta slut. Och strax efter att det var slut skulle hon vakna och känna igen hans ansikte. Det öppnade för en hel rad potentiella problem som de inte var beredda på.

Han hade vetat att det här skulle vara en del av det – han hade gått med på det – men inte så här. Det fanns bättre sätt att göra det på än så här...

Han kastade en blick ner på Jenny, utfläkt på golvet. Äckligt. Kunde han använda det lilla heroin som de hade kvar och hoppas på en överdos? På det sättet skulle de slippa röran.

Eller kunde han bara ta henne en sista gång och sedan göra det som behövde göras?

Ett sista knull.

En sista, nedslående och förutsägbar utlösning.

Innan de gick vidare till nästa fas.

KAPITEL
FYRTIOTVÅ

M oo-Moos hade varit ett stående inslag på affärsgatan Leigh Broadway de senaste tjugo åren, och det var dessutom en av hennes favoriter, så han valde det som en mer passande plats att ses på. För att inte tala om att hon inte var typen som man tog med till puben. Alltför finkulturell. Alltför civiliserad.

I kväll var baren tystare än Tomek hade väntat sig en torsdagskväll. Fast den rymde det vanliga antalet människor: de två kvinnorna som var elegant uppklädda, satt i hörnet med varsina G&T och pratade lågmält skit om sina män medan de uppdaterade varandra innan de gick tillbaka till verkligheten; ett ungt par som letade efter ett lugnt ställe att runda av dejtkvällen på innan de åkte hem för att sitta tysta; och till sist gruppen på fem män, som uppenbart hade laddat för en kväll ute för att ragga men hade sabbat sina chanser genom att bli för fulla redan innan de ens vågat sig ut till några av klubbarna närmare Southends centrum.

Smältdegeln för Essex-societeten.

Tomek kollade på klockan. Klockan var lite efter 22.

Sent, men inte för sent. Stängning skulle vara om en timme eller så, kanske lite mer, beroende på hur generös ägaren kände sig.

Medan han väntade snurrade han ölglaset på bordet och såg vätskan svaja från sida till sida. Tills dörren till slut öppnades och ett gammalt ansikte klev in, ett *märkligt* ansikte.

Ett ansikte som hade förändrats drastiskt sedan han såg det sist, och ändå inte förändrats alls.

Hans *hjälp.*

Så fort Saskia Albright fick syn på honom strålade hennes ansikte, och han förflyttades tillbaka till senaste gången han sett henne: på sin väns begravning för nästan tretton år sedan. De hade fikat efter akten och reminiscerat om historierna dem emellan. Precis innan hon flög tillbaka till Skottland för att bo hos sina föräldrar och påbörja sorgearbetet efter att ha förlorat sin pojkvän.

"Tomek..." sa hon med en skotsk accent som hade en svag Essex-ton. "Så kul att se dig."

Tomek svarade inte. I stället reste han sig ur stolen, gick fram till henne och kramade henne. Hårt. Han slog armarna om hennes lilla kropp och höll om henne som om hon vore en sedan länge förlorad släkting som han en gång hade trott var död.

"Du anar inte hur mycket jag har saknat dig", sa han när han till slut lät henne gå. Om hon kände sig besvärad av kramens längd syntes det inte i hennes ansikte.

"Detsamma, men inget hindrade dig från att ringa eller sms:a då och då – det var som om du försvunnit från jordens yta!"

Tomek tvekade medan han formulerade ett svar. "*Detsamma.* Skottland ligger inte så långt bort vid världens ände."

Hon gav honom den där lilla blängningen. Den som försökte dölja flinet i hennes ansikte men misslyckades kapitalt. Den som han älskade och försökte framkalla vid varje given chans.

"Dricka?"

"Gärna."

"Samma som vanligt?"

"Vi får se om du minns."

Det gjorde han. En Disaronno med tranbärsjuice. Han mindes det bara för att det smakade som Cherry Dropsen han brukade köpa i den lokala kiosken när han var liten.

"Jag är imponerad", sa hon när hon sippade på drinken. Hennes läppstift lämnade ett avtryck på sugröret.

"Det finns några saker jag är bra på i livet, och en av dem är att komma ihåg mina vänners favoritdrycker."

"Men inte att komma ihåg att ringa?"

Tomek suckade. "Ska du vara så där hela kvällen? Annars skickar jag notan för drinken nu så kan vi avrunda."

"Det var du som bad mig komma hit", sa hon.

"Jag börjar önska att jag inte hade gjort det. Vad vill du ha av mig? En ursäkt? Okej. Förlåt att jag inte ringde. Jag var en skitstövel och en ännu sämre vän. Men du är inte helt utan skuld själv, min vän..."

"Jag vet, men det får mig att må bättre över min del i det också."

"Typiskt Saskia", sa Tomek och himlade demonstrativt med ögonen.

Under de nästa ögonblicken sa ingen av dem något. För att fylla tystnaden tog Tomek en klunk av sin drink och hon gjorde detsamma. Ställde ned den försiktigt, mer ögonkontakt. De satt fast i glappet där man ska hitta en början. I att veta var man ska starta för att fylla de senaste tretton årens luckor.

Till slut valde Tomek den enda öppningsreplik som kom för honom.

"Hur har du haft det?"

"Var det allt? Nästan femton år och allt jag får är: 'Hur har du haft det?' Kom igen, Tomek, det kan du bättre än så. Var tog din charm vägen?"

Utsugen ur honom av tonåringen som just nu satt inlåst på sitt rum och hade stränga order att inte göra något dumt.

"Jag byggde upp till det", sa han till henne. "Det är så man gör. Du skulle inte gå fram till någon och direkt fråga om de vill gifta sig. Men jag måste säga, du ser verkligen bra ut. Du verkar inte ha åldrats alls."

"Tack... antar jag. Du ser inte så tokig ut själv."

"Hur är det med dina föräldrar?"

"Fortfarande vid liv. Nätt och jämnt. Mamma har åkt in och ut på sjukhus med ett höftproblem och pappa har fortfarande sitt risiga hjärta, så det verkar som att jag får samma sak om ungefär trettio år."

"Se det från den ljusa sidan", började han, "åtminstone blir du inte galen där uppe i bergen. All den där viddarna och rena luften kan verkligen ställa till det. Måste vara hemskt."

"Är det därför du har stannat här nere så länge? För att det håller dig på jorden?"

Tomek nickade. "Det, och för att jag inte *står ut* med dialekten."

Hon drog efter andan på låtsas och förde handen till munnen. "Du sa ju alltid att du gillade min dialekt!"

"Det gjorde jag för tretton år sedan. Då var den subtil. Nu är den mycket tydligare. Jag antar att det betyder att du får stanna här nere några år till."

"Det är planen."

"Hur länge har du varit tillbaka nu?"

"Ungefär sex månader."

Nu var det hans tur att låtsas häpna. "Och du hörde inte av dig? Du har varit tillbaka hela den här tiden, och inget...? Jag är sårad."

"Jag försökte undvika dig så mycket som möjligt. Men nu har du trängt in mig i ett hörn... Jag hade inget val."

"Sex månader är ändå bra jobbat", sa han. "Men mig kommer du inte undan. Jag är som herpes – jag bara kommer tillbaka, baby."

Saskia gav honom ännu en sådan där blängning.

Två så tätt inpå. Det här gick bättre än han hade väntat sig.

När hon var klar med att stirra ut honom gled samtalet över till arbetslivet, och de fyllde i luckorna där. Efter att ha återvänt till Skottland hade Saskia bestämt sig för att bli lärare. Mest på högstadiet, med fokus på att undervisa i engelska för majoriteten av hennes elever som inte brydde sig. Men nu letade hon efter en ny utmaning och hade en ny fast tjänst på en låg- och mellanstadieskola på Canvey (varpå Tomek hade hotat att gå därifrån). Det hade varit ett massivt karriärbyte för henne från början, men efter några månader hade hon känt sig hemma. Och nu gick hon igenom allt det där igen.

"Det är bokstavligen som att byta skola när man är barn", sa hon. "Man känner ingen och det tar ett tag innan alla blir varma i kläderna med en. Du måste veta vad jag menar..."

Det gjorde Tomek. Och han lät tankarna gå tillbaka till sina tidiga skoldagar. Att sitta längst fram i klassrummet utan någon att prata med medan alla grupperna och klickerna satt längst bak. Han hade suttit där och tittat upp på läraren och whiteboarden och försökt tyda hieroglyferna i det engelska språket utan att be om hjälp. Det hade varit så i veckor tills en dag då Saskia hade kommit fram till honom och börjat prata med honom. Fullkomligt rappakalja, i hans öron. Men vänlig rappakalja, artig rappakalja. Hon hade alltid hävdat att hon velat bli hans vän för att hon tyckte att han såg vänlig och varm ut. Men Tomek kände den verkliga orsaken även om hon inte ville säga den. Det var av medlidande. Ett förslag hennes föräldrar hade kommit med en kväll och som hon hade agerat på.

Men han var tacksam att hon gjorde det.

Och nu började Tomek inse att han var tacksam för att Sylvia hade gjort något liknande för Kasia. Att hon hade tagit språnget och börjat bli vän med en total främling som var ny i skolan.

Sylvia var Kasias Saskia, och Tomek var tacksam för det.

"Det är något stort jag måste berätta för dig..." började han. Färgen försvann från hennes kinder när hennes tankar gick till det värsta.

"Nej, jag ska inte dö", sa han snabbt för att stilla hennes oro. "Åtminstone tror jag inte det. Nej... det är bara den lilla detaljen att jag för lite över en månad sedan fick veta att jag numera är stolt pappa till en trettonårig dotter som heter Kasia."

Ett tag hände ingenting i Saskias ansikte. Det var som om hon frusit i tiden och kugghjulen i hennes huvud hade frusit med. Även om hon hade velat prata eller reagera kunde hon inte. Inte förrän allt hade börjat tina.

Medan han väntade drack Tomek ur sin öl och gick till baren. Han kom tillbaka med en öl till åt sig själv och en påse Cherry Drops till åt henne.

"Du ser ut som att du skulle behöva en till..." sa han.

"Jag..." började hon, men kom bara till första stavelsen. "Jag tror det är du som behöver extra... dricka..." Sedan skakade Saskia på huvudet när hon kvicknade till. "Jag har så många frågor."

"Och så lite tid att ställa dem på."

Medan han varit vid baren hade bartendern förklarat för honom att det var sista beställningen och att de skulle stänga om en halvtimme.

"Jag trodde aldrig något sådant skulle hända *dig*", började hon. "Jag menar, jag visste hur du var när du var yngre men jag kunde aldrig se dig med barn. Jag trodde alltid att det skulle ha varit... Men om hon är tretton betyder det att hon måste ha fötts strax efter att jag åkte."

Tomek nickade.

"Och ungefär då var du fortfarande med Anika... Vilket betyder..."

Tomek nickade igen.

"Du vet, om du inte gillar den här lärargrejen så kan vi nog hitta en roll åt dig inom polisen. Du är rätt skarp."

"Men hur? När? Vad? Var är hon? Har ni två varit tillsammans sen dess? Hur var det med allt det där med hennes morbror...? Patrick...? James...? Affären...?"

Tomek sträckte sig över bordet och la en hand på hennes. Hon lugnade sig genast när hon tittade på den en stund. Nu, medan hon var i ett tillstånd av halvchock, förklarade Tomek allt. Om hur Anika hade varit gravid under deras förhållande. Hur hon hade dolt nyheten för honom och uppfostrat Kasia på egen hand. Hur hon hade fallit in i sitt nedbrytande drogberoende. Hur hon hade skickat flickan till honom en kall eftermiddag i november. Hur hon hade bott hos honom sedan dess.

Till slut tappade Saskia hakan och drog tungan över tänderna.

"Herregud. Det är helt jävla sjukt."

"Exakt. Så det här är nya jag: den vuxna Tomek. För jag har inte haft något val."

"Och hur har det varit mellan er två?"

Där blev det intressant. Tomek förklarade för henne vilka svårigheter de två hade haft. Hur allt verkade ha gått jättebra den senaste veckan eller så och hur det hade rasat utför stupet de senaste dagarna. Tomek hyste så stor respekt och beundran för Saskia, och så stort förtroende för henne, att han var öppen och sårbar med henne. Han redogjorde i detalj för sina egna fel och brister, och också Kasias. Han hade inte velat att det skulle verka som att han la all skuld för deras ansträngda relation på henne.

"Hon har gått igenom mycket..." sa han. "Men det är bara nu på sistone som... det har börjat gå bakåt. Jag hittade henne sitta och vejpa när jag kom hem i kväll."

"Är det därför du ringde?"

Tomek nickade. "Jag behöver hjälp. Du var den enda jag kom på att ringa."

"Väldigt snällt. Men är det hon gör egentligen så annorlunda mot vad du gjorde i den åldern?"

Tomek övervägde. Vände på steken.

"Det är möjligen bättre... beroende på vilken läkare du pratar med."

"Hon är tretton. Det händer saker med henne. Hela hennes värld förändras. Ännu mer med tanke på hur mycket den redan har förändrats." Nu var det hennes tur att lägga handen på hans. Mjuk, varsam, välbekant. "Hon anpassar sig bara till allt. Det kommer ta ett tag. Du måste bara ge henne lite tid."

Tid var inget problem. Tid kunde han ge.

Det var tålamodet som höll på att ta slut. Och han behövde en snabb lösning, fort.

KAPITEL
FYRTIOTRE

Jenny Ingles kropp hittades strax efter klockan 9 på morgonen. Det var första gången den morgonen som någon hade vågat sig genom parken sedan Annabelle Lakes kropp hade upptäckts där. Det var som om ett osynligt och ogenomträngligt kraftfält hade lagt sig över området, och enda gången det lättade var i samma stund som solen dök upp över horisonten. Lilla Annabelles död hade gått viralt och chockat staden. Som en följd prydde dussintals blommor och foton, som Elizabeth Lake och Georgia Gregory hade delat på Facebook, metallgrindarna runt området. Några hade vågat sig in på lekplatsen och lämnat sina minnessaker på gungan där hon hade dött.

Men nu var det platsen där ännu en kropp hade hittats, på exakt samma ställe och i samma position som Annabelle Lake.

Fast den här gången väntade sig Tomek inte att ståhejet skulle bli lika stort. Jenny Ingles försvinnande hade inte ens väckt ett mummel i sociala mediernas hierarki. Ingen visade några känslor eller verkade bry sig om en försvunnen tjej som sålde droger och prostituerade sig.

Fruktansvärt, egentligen.

Runt Jenny Ingles kropp – som den här gången hade hängts från gungans överdel eftersom hon var längre – stod en grupp brottsplatsundersökare. De hade varit där förut, gjort samma jobb, och därför hade de rest tältet på samma plats som tidigare. Alla i teamet visste vad de gjorde och vad de letade efter.

Medan Tomek såg dem driva omkring och fotografera möjliga bevisföremål, lade han märke till en i teamet som hukade vid muralmålningen nära gungorna. Personen i skyddsdräkt höll på att ta bort kärleks- och sorgeyttringarna och lade varsamt ner dem i bevispåsar. En efter en dog prasslet från plasten bort.

Tomek hade kommit ensam den här gången. Bara för att han inte ville att någon skulle se honom eventuellt halka på samma lerfläck som förra gången.

Han granskade den fläcken noga och sa åt sig själv att inte gå dit.

"God morgon, chefen", sa Lorna, rättsläkare vid Home Office. Hon hade klivit ur sin skyddsdräkt och stod med honom på andra sidan av avspärrningen. "Du ser trött ut", sa hon.

"Ja. Tack."

"När du fyller fyrtio börjar allt gå utför", la hon till. "Man börjar känna av saker lite mer."

Tomek höjde ett ögonbryn åt henne. "Är inte du i mitten av trettioårsåldern?"

"Jo. Jag ville bara få dig att känna dig lite bättre, det var allt."

Tomek tackade henne halvhjärtat och pekade sedan mot tältet. "Berätta allt jag behöver veta och lite till."

"Du vet redan allt som finns. Dödad på exakt samma sätt som Annabelle Lake. Samma tillvägagångssätt, samma dödstid – och jag är beredd att slå vad om att hon har samma maginnehåll som lilla Annabelle."

"När kan du säga det säkert?"

"I eftermiddag. Jag kan skjuta på några saker. Din mördare är bara ett mord ifrån att bli klassad som frukost. Och jag vet att jag kommer ha er på halsen *då*."

Det tog en stund innan skämtet gick upp för Tomek.

"Du menar "flingmördare"?"

"Ja. Men när jag måste förklara det låter det inte så bra."

"Nej, det gör det inte. Kanske jobba på leveransen till nästa gång." Tomek drog fingrarna genom håret. "Men ja, med lite tur hinner vi ta honom innan vi får ett tredje offer."

Fast det fanns inget hopp i hans röst, inget hopp i hans själ. Mördaren hade lyckats ligga ett steg före hela tiden, och nu började det kännas som att han drog ifrån...

Två steg.

Tre steg.

Tomek kunde inte låta honom nå ett fjärde.

Med lite tur skulle han snubbla, göra ett misstag. Och när han gjorde det skulle Tomek stå redo och vänta i det blöta, leriga gräset.

KAPITEL
FYRTIOFYRA

M edan han väntade på att Lorna skulle skicka över sina fynd, bestämde sig Tomek för att följa upp en idé han hade fått. Klockan var tio och Knightswick Shopping Centre hade redan varit öppet i en timme. Men när han kom fram till Billy Mortons barberarsalong – träffande, om än lite oinspirerat, kallad Billy's Barbers – fann han den stängd, utan spår av Billy själv eller någon av hans andra barberare i sikte. Kanske hade penningtvätten gått dåligt och han hade tvingats gå under jorden. Eller, å andra sidan, gick affärerna extremt bra och han kunde ta ledigt när han ville.

Som tur var dröjde det inte länge innan Tomek fick veta. Efter några minuter av tålmodigt väntande utanför butiken, som om han väntade på en dejt, dök mannen till slut upp. Han kom hasande genom köpcentrumet med en lätt hälta.

"Sov du ut i morse, eller?" frågade Tomek när mannen närmade sig. "Är affärerna så bra, eller?"

Och då lade han märke till de stora svarta fläckarna i ansiktet, skrubbsåren på knogarna och nävarna.

"Oroa dig inte", sa Billy, som märkte hur Tomek synade hans skador. "Den andre killen klarade sig sämre än jag."

"Är du säker? För du ser för jävlig ut. Vem gjorde det här med dig? De där två snubbarna på parkeringen?"

"Nej", sa Billy och skakade kraftigt på huvudet.

Insikten om att han pratade med en snut mitt i ett köpcentrum, där vem som helst kunde kliva in och känna igen dem båda, verkade slå Billy väldigt snabbt. Han gick från att för ett ögonblick vara öppen nog att prata om situationen till att vara stängd som en ubåtslucka.

"Ingen gjorde det här mot mig", lade han till, som för att understryka saken. "Jag ramlade."

"Har du varit på sjukhuset?"

"Har inte råd. Har en rörelse att sköta."

"Inte så länge till om de kommer tillbaka. Eller ska jag säga om du ramlar igen..."

"Du behöver inte oroa dig för mig. Jag kan ta hand om mig själv."

"Av någon anledning säger blåmärkena i ansiktet och på halsen något annat."

Billy ryckte på axlarna och grimaserade av smärta när han gjorde det, och sedan hasade han förbi Tomek så stoisk han kunde. Han gick fram till barberarsalongen och öppnade dörren. När han var klar med att slå på lamporna och sätta på musiken och tv:n i hörnet hade det bildats en liten kö av tonårskillar utanför. Tomek visste inte om det här var en del av hans knarkverksamhet eller om de bara ville klippa sig – fast om man såg på några av dem var de i desperat behov av båda.

Billy skulle väl ändå inte vara så dum att han erbjöd ungarna sitt knark framför en polis?

Å andra sidan är langare inte kända för att vara de skarpaste knivarna i lådan.

"Tyvärr, kompis", sa Billy en stund senare när han haltade närmare Tomek. "Men om du inte är här för en klippning måste jag be dig att gå."

"Jag är inte här för en fade eller kort i nacken och på sidorna, tack. Jag är faktiskt här för att tala om att Jenny Ingles i morse hittades död i en park, hängande i en gunga."

Chock syntes i Billys ansikte.

"Du skulle inte råka veta något om det, va?"

Med stora ögon skakade Billy på huvudet.

"Nä, mannen. Jag... jag... jag vet ingenting..." Han tvekade. "Och du är säker på att det var Jenny?"

Tomek nickade.

"Fan, mannen. Fan också. Jenny... jag... fan."

"Var var du i går kväll?" frågade Tomek tyst, så att folk runt omkring inte skulle höra samtalet.

"Jag var på sjukhuset, mannen. På akuten. Trodde fan att jag hade brutit benet, när—"

"När du ramlade?"

"Ja, när jag ramlade. Var där till typ tre, fyra tiden. Kom hem, gick rakt i säng."

Han nickade igen, den här gången eftertänksamt.

"Varför sa du inte det från början?"

Tomek visste den verkliga orsaken redan innan han nämnde den. Skam. Att försöka rädda ansiktet. Ego. Att försöka dölja att han hade blivit sönderslagen.

Innan han lät Billy sköta sitt sa han åt honom att stanna i området medan de fortsatte sin utredning.

"Och skaffa dig förresten ett par riktiga gympaskor", lade han till. "Inga såna där märkesdojor. De har mycket bättre grepp och borde hindra dig från att dråsa i backen igen. Dessutom är de bra när du behöver springa ifrån något..."

KAPITEL
FYRTIOFEM

S edan Jenny Ingles' första försvinnande hade Tomek tillbringat timmar med att försöka hitta en möjlig koppling som band henne till Annabelle Lake. Men hur mycket han än försökte tycktes bevisen inte peka mot varandra. Flickorna var i olika åldrar, kom från helt skilda bakgrunder och såvitt han hade kunnat utröna hade de aldrig träffat varandra eller ens känt till varandras existens.

Förbindelsen hade funnits i hans huvud. En ogripbar tanke, ett hopp. Tills senare samma eftermiddag, i spaningsrummet, då hans misstankar bekräftades. Det *fanns* en koppling mellan de båda flickornas död.

"Förutom det uppenbara dödssättet", började Victoria och vände sig till rummet medan hon läste ur Lornas obduktionsrapport, "innehöll Jenny Ingles' magsäck mycket fisk, samma som man fann i Annabelle Lakes magsäck. För det andra hittades samma sammansättning av lera, sand och smuts på Jenny Ingles' fötter – vilket också matchade det som fanns på Annabelle Lakes."

"Så det verkar som att de båda har hållits på samma plats och att de båda bara har fått fisk att äta ...", noterade Tomek högt, mest för sin egen skull.

"Lax och tonfisk, för att vara exakt", svarade Victoria.

"Synd att tonfisk är min favorit", sa Rachel. "Det har liksom förstört det för mig nu."

"Faktiskt har fisk generellt ganska hög kvicksilverhalt, så man bör inte äta så mycket av det ändå", sa kriminalassistenten Oscar Perez. Sedan vände han sig till Nadia: "Det där är något för dig att tänka på också, förresten. Gravida kvinnor och nyfödda avråds starkt från att äta lax eller någon som helst fisk."

Nadia grymtade och smekte sin mage. "Tack för den, Kapten. Jag hade planerat att kasta henne i Nordsjön och låta henne fånga sina egna måltider, men jag får väl göra den lilla besviken lite försiktigt när hon kommer ..."

Leendet på Oscars ansikte antydde att han var stolt över sitt råd, oavsett sarkasmen det hade mötts av.

"Kan vi komma tillbaka till ämnet, tack?" frågade Nasty Nick och suckade så högt att alla hörde.

De blev alla tysta medan de väntade på att Victoria skulle fortsätta. Innan hon gjorde det gav hon Nick en lätt nick som ett tack. Sedan harklade hon sig.

"Resten av rapporten är inte särskilt trevlig läsning ...", sa hon, rösten inte mycket mer än en viskning. "Under händelserna som ledde fram till hennes död, menar Lorna, pumpades hon full med heroin var vaken minut på dygnet – möjligen för att göra henne foglig och stabil – och hon våldtogs också, brutalt våldtogs, flera gånger. Hon fann blåmärken i och runt vaginalområdet, men ingen sperma. Antingen bar vår gärningsman kondom eller så ... eller så rengjorde han henne tillräckligt väl för att vi inte skulle hitta det."

Tomeks axlar sjönk. Han hade hoppats på något positivt. Visst, det var bra att de hade lyckats koppla ihop de två fallen, men de hade fortfarande inte kommit närmare att avslöja mördarens identitet. Allt de visste var att de letade efter samma person.

Och ändå dök ett namn upp i hans huvud om och om igen.

Vincent jävla Gregory.

Den lilla rasistiska, fascistiska jäveln.

"Har det kommit något besked om Vincents Ford som topsades, förresten?" frågade Tomek Oscar. Kaptenen hade ansvarat för att få den kontrollerad.

Han skakade besviket på huvudet. "Teknikerna hittade ingenting. Inget bevis på att Jenny Ingles någonsin varit i hans bil."

Tomeks axlar sjönk ännu mer. Det betydde att den Ford Fiesta som hade använts för att föra bort Jenny Ingles fortfarande fanns där ute någonstans, och de behövde hitta den.

Det betydde också att det kanske var dags att låta Vincent Gregory vara och se på fallet ur en annan vinkel.

Som Billy the Barber. Och att hitta en koppling mellan langaren, en sjuttonårig prostituerad och en liten flicka. Något, eller någon, som band samman dem.

Men det var lättare sagt än gjort. I vanliga fall brukade han se sådant här, upptäcka sambanden tidigare, men som det var kunde han inte ens se prickarna att dra streck mellan, än mindre siffrorna som skulle hjälpa honom att sätta dem i rätt ordning.

Resten av arbetsdagen, det som återstod av den, ägnades åt att lägga upp strategier och formulera deras angreppsplan. Nu när morden hade kopplats samman var Tomek och Sean officiellt tillbaka med resten av gruppen, med samma enda förbehåll som tidigare: under inga omständigheter fick de ge sig i närheten av Vincent Gregorys hus. Under tiden hade kriminalassistenten Anna Kaczmarek, gruppens anhörigkontakt, varit och besökt Alison Jones, Jenny Ingles' familjehemsförälder. Hon hade informerat kvinnan om att hennes fosterdotters kropp hade hittats på lekplatsen och att socialtjänsten skulle titta förbi de kommande dagarna för att utreda hennes lämplighet som familjehemsförälder. Tomek och teamet var övertygade om att hon aldrig mer skulle anförtros att ta hand om någon annan. Därefter hade Anna spårat upp Jennys biologiska föräldrar, ett par som bodde i Grays, och meddelat dem att deras dotter hade dött. Tomek kunde inte föreställa sig hur det måste ha känts. Att inte ha hört av sin dotter på åratal, att ha stått i utkanten av hennes liv utan någon som helst del i det, för att en eftermiddag få en knackning på dörren och få veta att hon var död. Bara tanken fick det att isa i honom.

Sist på Annas lista stod familjen Lake. Innan hon avslutade dagen hade Anna uppdaterat Beth med ett F och informerat henne om att hennes dotters mord utreddes tillsammans med ett annat som en del av en dubbelmordsutredning. Hon sörjde fortfarande sin dotter och sin make, och Anna hade rapporterat att hon lyssnade uppgivet, kroppen närvarande, sinnet på en annan planet. Men åtminstone hade hon ett starkt stödnät – nämligen Vincent och hans hustru, Georgia. Fast om Tomek hade varit i hennes situation hade han hellre lidit ensam än haft de där två där hela tiden.

Han var medveten om att hans hat mot Vincent grumlade hans omdöme, men han ansåg att det var fullt befogat. Mannen hade pekat ut honom och fått honom att känna sig liten och marginaliserad. Det kunde han inte tolerera.

Det kunde han inte heller tolerera med den attityd som mötte honom när han kom hem den kvällen. Så fort han hade klivit innanför dörren hade Kasia varit rak och vass mot honom. Hon hade berättat väldigt lite om sin dag och när han hade frågat om något hade hänt, hade hon grymtat, smällt igen kylskåpsdörren och sagt åt honom att lämna henne ifred.

Hela situationen förbryllade honom. Hon kunde väl inte fortfarande vara upprörd över den explicita bilden hon hade fått, eller? Eller berodde det på att hon tyckte att han var för hård mot henne för vejpandet? Eller handlade det kanske om hans tidigare kommentar, den som hade slunkit ur honom av misstag, en freudiansk felsägning av sällan skådat slag: *Jag bad aldrig om att få vara din pappa, men här är vi, så vi får bara bita ihop och gå vidare.*

Han hade tänkt på den meningen ända sedan dess. Hur långt han hade gått över gränsen och sårat hennes känslor. Men då hade det varit sant. Han hade inte bett om att bli hennes pappa, inte bett om ansvaret, inte bett om bördan. Men nu när han började hitta fotfästet kände han sig glad över att hon hade dykt upp på hans tröskel.

Han hade också funderat på att be om ursäkt, på att vara den större, sätta ett exempel och tonen för deras relation framöver, men enda problemet var att han var en envis jävel och hon gjorde det extremt svårt för honom att vilja säga det.

Det de behövde var en nystart. En väg ut ur bråken och gnabbet, all omognad och allt elände. Med flytten om två dagar verkade det som att de hade det perfekta tillfället. En chans att knyta an och hitta tillbaka till varandra, på samma sätt som de hade gjort när packningen började – sedan dess hade Tomek fått göra det mesta själv.

När han öppnade en ölflaska och sjönk ner i bäddsoffan tog han upp telefonen och sms:ade Saskia och frågade om hon var ledig för att hjälpa dem packa upp i helgen.

Hon svarade några minuter senare: inte nog med att hon skulle komma och packa upp, hon kunde också agera medlare och påhejare. Och kanske till och med vara ett lyssnande öra för Kasia att få ventilera inför. En vänlig vuxen som kunde höra hennes bekymmer.

För Gud vet att deras relation behövde det.

KAPITEL
FYRTIOSEX

Tomek hade arbetat in på småtimmarna medan Kasia hade stannat på sitt rum. Han hade dykt ner i den skumma undre världen av narkotikahandel och prostitution på ön, sökt i PNC och HOLMES 2 efter referenser som rörde Billy Morton. Mannen hade en större roll i det här, men han var inte säker på hur, eller vad – eller varför.

Visst, han kunde förstå att sätta dit Jenny Ingles för att inte ha betalat en skuld eller för att ha blivit tagen för att stjäla från honom. Men vad hade lilla Annabelle Lake med det att göra? Kunde det ha varit ett fall av att vara på fel plats vid fel tillfälle? Hade hon sett något hon inte skulle och hamnat i korselden som resultat?

Han hade grunnat på det ett tag, klottrat och kladdat i sitt anteckningsblock, tömt alla tankar i huvudet på sidan – som en paranoid författare. Tills han hade stött på ett namn.

Ett namn han tyckte sig känna igen men inte kunde placera.

Ett namn som han, när han gick och lade sig, kände som sin egen ficka.

Inklusive mannens hemadress, vilket dessvärre ledde till att Tomek tidigt på morgonen fick åka tillbaka till Canvey igen med en märkt polisbil i släptåg.

Som tur var hade mannen varit hemma och Tomek hade kallat in honom till förhör på polisstationen i Canvey. Lite mindre formellt än att åka hela vägen tillbaka till Southend. Och dessutom betydligt mindre jävla krångel.

Sam Dellas var av grekiskt ursprung, och det syntes. När Tomek först hade fått syn på honom var han tacksam för extra stöd – och för att han inte hade valt att göra motstånd. Han var byggnadsarbetare till yrket, men Tomek fick också intrycket att han tränade som kroppsbyggare på fritiden. Inte för att han behövde det – han hade genetiken på sin sida och det tunga kroppsarbetet i jobbet var mer än nog för att han skulle växa till den storlek han hade. Formerna på hans axlar och armar påminde Tomek om kupolerna på Eden Project, medan underarmarna var lika stora som Tomeks vader. Tomek gillade att tänka att han var en stor kille, muskulös, väl definierad på alla rätta ställen (utom magen; han älskade öl och dålig mat alldeles för mycket), men det här var en annan nivå. Karln fick knappt plats i skjortan. Inte i stolen heller, för den delen.

"Varför är jag här?" frågade Sam.

"För att vi förstår att du har ett samarbete med Billy Morton och Jenny Ingles."

Ett stick av skräck fladdrade över mannens ansikte.

"Jag antar att du känner igen de namnen?"

"Jag... ja."

Den inre kampen som utspelade sig i hans ansikte var över snabbt: han hade bestämt sig för att inte göra motstånd, att ta det som kom.

"Jag känner dem, ja", lade han till. "Vad gäller det här?"

"Vi förstår att du är stammis på puben Windjammer. Stämmer det?"

Sam nickade långsamt. "Jag går ner dit ett par kvällar i veckan. Efter jobbet. Bara några drinkar med grabbarna."

"Något mer?"

"Ibland..."

"Särskilt när Jenny Ingles är där? Vad jag hört är hon väldigt flörtig, alltid skrattar och försöker förföra äldre män. Har du någonsin fallit för hennes charm?"

Sams kinder blossade röda och han började obekvämt gnida tummen mot nagelkanterna. "Det har hänt..."

"Har du någonsin kommit så bra överens med henne att ni tänkte gå hem till din plats tillsammans – eller kanske till hennes?"

Mer rodnad, mer gnuggande. "Det har hänt."

"Betalade du henne någonsin för något när hon var hos dig? Sex, droger... kanske?"

Och då sänkte han blicken. Han kunde inte längre möta Tomeks blick.

"Låt mig gissa", började Tomek, "det har hänt?"

En nick. En enda, nästan omärklig sänkning av huvudet, bekräftade det Tomek misstänkte.

"Hur många gånger har du legat med Jenny Ingles, Sam?"

Mannen tittade upp på honom, och Tomek lade märke till tårar som bildades i hans ögon. Tomek kände ingen sympati. Han visste att det han hade gjort var fel, och att han hade utnyttjat henne.

"Tre gånger, tror jag. Kanske fyra."

"Köpte du några droger av henne också?"

Sam torkade ögonen med baksidan av sin massiva hand som verkade sluka hela ansiktet.

"Bara lite kokain och heroin. Det var allt hon hade på sig just då. Jag... jag använde det aldrig dock."

"Heroin?" frågade Tomek. Sirenerna tjöt i hans huvud.

"Ja", svarade Sam.

"Och när såg du henne senast?"

Han ryckte på axlarna, tvekade. Och sedan slutade han svara. Tårarna hade upphört och hans uttryck hade fallit platt, munnen blev ett rakt streck.

"När såg du henne senast?" frågade Tomek igen, allt mer bekymrad över mannens tystnad.

"Har det hänt henne något?" frågade han.

"Hon är död, Sam."

"När—? Hur—?"

"Hennes kropp hittades i går morse."

"Jag hade inget med det att göra. Jag lovar."

"Då behöver jag att du berättar var du var i fredags kväll, och var du var i går kväll."

"Jag... jag tror att jag var på puben i fredags. Ja. Det borde jag ha varit, för det är jag alltid. Du kan kolla med krögaren, Terry."

Tomek bekräftade att han skulle göra precis det.

"Och i går kväll var jag hemma. Jag var... bara och tittade på tv. På mobilen, kollade Instagram. Jag gjorde inget särskilt."

"Och de tidiga timmarna i morse?"

"Åkte till jobbet vid sex. Vi börjar på bygget riktigt tidigt."

Tomek nickade och gjorde en paus. Just nu pekade allt på att Sam Dellas hade någon inblandning i hennes död. För någon som hade betalat henne för sex tidigare var det inte otänkbart att han hade rövat bort henne och våldtagit henne hur många gånger han ville utan att behöva lämna ifrån sig ett öre. Och eftersom han inte hade svarat på frågan om när han senast hade sett henne, var det möjligt att Sam Dellas fortfarande hade heroinet han köpt av henne hemma, lättillgängligt.

Men mycket var indicier. Det fanns ingen *riktig* bevisning. Den sortens bevis skulle ta tid att samla in, och med alternativen och tålamodet på upphällningen var Tomek inte säker på hur mycket av det han kunde avvara.

Och så var det den lilla detaljen Annabelle Lake. Och hur hon passade in i allt det här.

När han märkte tystnaden i rummet tog Tomek fram en bild på Annabelle och sköt den över bordet.

"Känner du igen henne?"

Sam granskade bilden, som såg pytteliten ut i hans händer. "Jag känner igen hennes ansikte från tv. Och jag ser det på Facebook också. Det är den där Annabelle-tjejen, eller hur?"

"Ja. Vet du något om hennes död?"

Sam skakade självsäkert på huvudet. "Jag vet bara det jag sett på Facebook."

Tomek suckade inom sig. Att hitta bevis för att fälla honom för Annabelles mord, om det fanns, skulle ta längre tid och vara mycket svårare. Om Sams namn inte hade dykt upp i teamets utredningar hittills, fanns det sannolikt en anledning.

Hittills såg det ut att gå på ett ut. Tomek hade skälig misstanke om mordet på Jenny Ingles, men inget att ta honom på när det gällde mordet på Annabelle Lake.

En flicka kunde få upprättelse, medan den andra inte kunde det. Och han visste vad drevet skulle ha att säga om vilken flicka som fick vilket utfall.

Han försökte låta bli att tänka på det, på hur allmänheten kunde reagera om den prostituerades mördare greps medan fallet med den oskyldiga skolflickan lämnades olöst.

När han satt där och stirrade på mannen som överträffade honom två mot en i både vikt och muskler, försökte Tomek lyssna på sin intuition. Att ställa in sig på den så mycket han kunde. Det var något han hade försummat på sistone – nämligen för att hans intuition hade sagt honom att det var en bra idé att dejta Charlotte Hanton. Men nu var det dags att glömma allt det där och lyssna på den.

Och, tyvärr, sa den honom att det här inte var hans man. Att Sam inte hade rövat bort eller dödat vare sig Jenny Ingles eller Annabelle Lake. Och om han ville bevisa det skulle det krävas ett enormt grävande för att få fram de bevis de behövde.

Men allt var inte nattsvart. Det fanns fortfarande lite ljus kvar. Särskilt för Jenny.

För åtminstone, om han inte kunde gripa honom för hennes mord, så kunde han definitivt gripa honom för att ha köpt sexuella tjänster av någon under arton år. Och om det dök upp ytterligare bevis om hennes mord, eller Annabelle Lakes för den delen, skulle han vara den första att kasta sig över det.

KAPITEL
FYRTIOSJU

F lyttdag. Den största dagen i Kasia och Tomeks liv som familj. Årets mest stressiga dag, påstås det. Fast det var det inte; det hade varit alla dagarna fram till det där jävla ögonblicket som hade varit mest stressiga. Att få klart pappersarbetet. Betala handpenningen – och se en stor summa pengar försvinna från hans konto och ner i någon annans ficka. Hämta nycklarna. Ändra adresser på *allt* – körkort, pass, räkningar, hans Amazon-konto. Allting. Och om inte det var nog återstod den monumentala uppgiften att packa, kasta, byta ut, köpa sprillans nytt. Det hade varit en aldrig sinande kamp med att göra-listor, ofullbordade uppgifter och påminnelser.

När allt var över kunde han inte vänta på att få lägga upp fötterna och ta en kall öl ur kylen. Förutsatt att elen funkade och han inte slog ut strömmen i lägenheten i början av vintern.

Trots att den nya lägenheten låg bara längre ner på gatan var Tomeks lilla bil inte tillräckligt stor för att frakta ens en tiondel av röran de behövde flytta, och han var inte sugen på att köra bilen fram och tillbaka tjugo gånger på en dag. Så i stället hade han bitit ihop och pungat ut pengar för en flyttbil som gjorde det åt honom.

Lastbilen, i all sin prakt, kom till huset några minuter efter dem. Tomek hade velat att stunden när de satte i nyckeln första gången skulle vara speciell, gripande, början på ett nytt kapitel. Men Kasia hade inte orkat bry sig. Hon hade ryckt på axlarna och räckt tillbaka den till Tomek. Och när han hade insett att hon inte tänkte ändra sig, stack han in nyckeln och vred om.

Äntligen kändes det bra att använda ett lås som fungerade utan krångel. Om det satte ribban för resten av deras tid i lägenheten – som ännu inte hade blivit ett hem – så tog han det som ett gott tecken.

Det tog dem drygt en timme att lasta ur lådorna och möblerna ur lastbilen och hitta en plats i lägenheten att ställa allt på. Och lagom till att de var klara kom den utlovade hjälpen.

"Kul att se dig igen," sa han till Saskia när han kramade henne.

"Detsamma," svarade hon med ett varmt leende. "Och du måste vara Kasia?"

Tonåringen grymtade och vände tillbaka uppmärksamheten till lådorna märkta med hennes namn. Hon bar dem varsamt in i sitt rum och började packa upp, med fokus på det viktigaste först. Hörlurarna i, avstängd från omvärlden.

"Ser du vad jag har att tampas med?" konstaterade Tomek när Kasia stängde dörren bakom sig.

"Hon är väldigt söt," sa Saskia tankspritt. "Vet inte var hon fått det ifrån."

"Förmodligen Anika," svarade Tomek.

"Åh, utan tvekan. Definitivt inte du."

Tomek rynkade pannan åt henne och räckte henne sedan den sista lådan. Tyngden i den fick Saskias armar att vika sig när han släppte den med flit.

"Var vill du ha den?"

"Någonstans. Var som helst. Det spelar ingen större roll. De kommer ändå bara att bli stående i ett par veckor medan jag är på jobbet."

Tomek skakade hand med flyttkillen och vinkade sedan hej då.

"Menar du att du inte har ett system?" frågade Saskia.

"Ett system? Vad för system?"

"Ett system för att lasta av och packa upp..."

"En låda i taget var min föredragna metod," började han. "Men nu börjar jag tro att du kan ha problem med det."

Saskia skakade ogillande på huvudet och bar in lådan i lägenheten. Uppe vid trappan ställde hon den på en liten ledig yta på soffbordet, lade händerna i sidan och överblickade rummet. Tomek gjorde detsamma, men hans förstaintryck färgades av den monumentala uppgiften framför honom.

Var det för tidigt för en öl nu?

"Du vill börja med det viktigaste," sa Saskia, men han ägnade henne inte mycket uppmärksamhet. Han tänkte bara på kylan mot läpparna, bubblorna i munnen, smaken nerför halsen.

"Saker som bestick, tallrikar – något att äta från," fortsatte Saskia. "Sedan dina kläder, skor, resten av garderoben. Men bara så det räcker i ett par dagar. Du kan köra en tvätt när du behöver – du *har* väl en tvättmaskin, va?"

Tomek öppnade munnen för att svara, men hon hann före och fortsatte. "Strunt samma. Jag fixar det åt dig."

"Fixa vad?"

"En plan. Jag sätter ihop en plan åt dig så att du vet vilka lådor du ska packa upp först och var du ska börja."

"Är du på väg att ta död på allt som är kul?" frågade Tomek.

"*Ursäkta* mig?"

"Tar du död på det roliga på dina lektioner också?"

"Förlåt?" sa Saskia lekfullt. "Mina lektioner är roliga för alla. Jag får ständigt höra av många av mina elever att jag är den bästa läraren."

"Är det bara tonårskillarna som säger det, eller är det den allmänna uppfattningen i hela klassen?"

Saskias bisterblick kom tillbaka, djupare den här gången. "*Alla*, faktiskt! Men om du inte vill ha min hjälp går jag nog. Jag har gott om annat att ta itu med."

"Som att lista ut hur du tråkar ihjäl dina ungar? Suga ut allt det roliga—"

Saskia gick mot dörröppningen. Det enda som stoppade henne var Tomek. Han lade händerna på hennes armar och skrattade.

"Lugn! Lugn! Jag skojade. Kom igen nu, var inte fånig. Jag är väldigt tacksam för att du är här. Det är därför jag bjöd in dig – så att du kunde göra hjärnjobbet och jag tar allt tungt lyft."

"Jag kan bära tungt också, ska du veta."

"Jag vet att du kan. Men om jag inte får bära tungt är jag ingenting. *Ingenting* säger jag dig!"

Ett flin. Ett svagt, fladdrande flin. Ett som minskade bisterheten en smula.

"Jag antar att du faktiskt inte duger till så mycket annat," sa hon, flinet spred sig.

"Exakt." Han sköt med fingerpistolen mot henne. "Så i väg med dig! Hitta på en plan så sitter jag i hörnet med en öl."

"Nej, det gör du inte. Du får inte dricka förrän jag gör det."

Så det var hon som bestämde. Så skulle det bli.

Och så blev det de följande fyra timmarna. Saskia smidde planer, planerade, och sedan packade de två upp. De började med de viktigaste delarna av lägenheten, som hon hade föreslagit. Under tiden höll sig Kasia på sitt rum, tyst. Det enda beviset de hade för att hon fortfarande var kvar – och inte flytt fältet från tristessen i Saskias rutin – var det vassa ljudet av kartong som slets sönder och saker som föll ner på mattan.

I slutet av dagen hade de fått mycket gjort. En försiktig tjugo procent av jobbet, enligt Tomeks oblyga och vilt oerfarna uppfattning. Som tur var hade Saskia backat upp hans uppskattning – även om han halvt väntat sig att hon skulle dra av några procentenheter för de där överflödiga och onödiga diskhanddukarna som han hade slängt när han packade upp köket.

För att fira beställde Tomek kinamat. Kasias favorit.

"Mamma fick mig att gilla det här," sa hon när hon skopade in en tugga stekt ris med ägg i munnen. "Bästa hon någonsin gjort, ärligt talat."

Det var det mesta Kasia hade sagt under hela dagen – förutom när hon svarade att hon ville ha kinamat från början och sedan gav Tomek sin beställning – och Tomek blev överraskad av att höra det. Det hade varit tumultartat mellan dem de senaste dagarna. Tomek hade tillbringat mer tid på kontoret än de båda velat, och de få stunder de fått ihop hade varit fulla av bråk. För det mesta låste hon in sig i sitt sovrum, satte på sig hörlurarna och tillbringade kvällen med att titta på Netflix eller Disney+.

"Jag tror nog att det här är min favorit också," sa även Saskia medan hon tryckte i sig chow mein med kyckling. "Inget slår det."

"Fast indiskt kommer nära." Det var Tomeks favorit, eftersom han och Sean alltid brukade unna sig en sådan om de haft en tung kväll på puben och behövde något som sög upp alkoholen.

Strax därpå gled samtalet över från mat till skolan. Som lärare var Saskia fascinerad av att få veta och förstå vad Kasia gillade, vad hon inte tyckte om och vilket som var hennes favoritämne.

"Jag har egentligen inget favoritämne," sa hon tyst.

"Det stämmer inte. Miss Holloway sa att du gillade engelskan," la Tomek till.

"Miss Holloway säger mycket..."

Tomek lade ifrån sig kniv och gaffel. "Vad ska det betyda?"

"Inget."

"*Kasia*..."

"Inget, okej! Det betyder inget!"

Tomek bet sig i tungan. Han visste bättre än att börja bråka med en gäst närvarande. Förra gången det hände hade en bild på hans penis visats – och det ville han verkligen inte att *just det* samtalsämnet skulle komma upp inför Saskia. Till slut bestämde han sig för att släppa det och ta upp det en annan gång.

Men innan han hann det sköt Kasia tallriken över bordet – som hastigt hade ställts mitt i vardagsrummet utan tanke på sin slutliga plats – och gick därifrån. Innan hon gick till sitt rum tog hon ett tomt glas ur ett av köksskåpen och fyllde det med vatten. När dörren till hennes sovrum slog igen med en smäll fortsatte Tomek att äta, samtidigt som han kände att Saskia obekvämt iakttog honom.

"Tur att vi höll oss till din lista," sa han. "Jag ser redan hur det lönar sig..."

"Nu..." började hon, utan att ta in vad han just sagt. "Nu förstår jag vad du menar."

Tomek grymtade. "Hon är en liten krutdurk, eller hur?"

"En tonåring, Tomek. Hon är en tonåring."

"En temperamentsfull liten tonåring då. Bättre?"

Saskia himlade med ögonen och gav honom en bister blick, men den här gången var det inte den där typiska, lite flirtiga blicken hon brukade ge honom. Den här hade en anstrykning av oro i sig.

"Tomek..."

Nu kommer det.

Han visste vad hon skulle säga redan innan hon sa det. Att hon var på väg att bekräfta hans misstankar.

"Jag tror att det bästa den där flickan behöver just nu är någon som känner henne. Någon som kan komma till botten med det här." Hon lade handen på hans övre rygg, vid skuldran. "Jag tror att den där flickan behöver träffa sin mamma."

KAPITEL
FYRTIOÅTTA

Tomek gillade inte fängelser i tjänsten, än mindre privat. De var mörka, deppiga ställen, och de påminde honom alltför mycket om jobbet. Om de hemska gärningar människor hade gjort, brotten de hade begått för att hamna där. I dag var det första gången han gick in i ett som civil besökare. Upplevelsen var i stort sett densamma som när han hade besökt fångar tidigare, men inte helt likadan. Den enda skillnaden var att han behandlades med lite mindre respekt, som om han var en av brottslingarna som var på väg in i besökssalen precis som alla andra intagna. Som om han ingick i den senaste leveransen som drevs in som boskap.

Han hade inte behövt vänta länge på Anika. Hon, tillsammans med alla de andra kvinnliga fångarna på HMP East Sutton Park i Kent, hade släppts in i besökssalen några minuter efter att han kommit. Anika hade dykt upp ur mitten av klungan och hasat sig mot honom.

Tomek hade inte vetat vad han skulle förvänta sig av i dag. Hur hon kunde se ut sedan han senast såg henne. Vad fem veckor in i ett sexårigt fängelsestraff redan kunde ha gjort med henne. Hur plågad och urholkad hon kunde se ut. Hans uppskattning – den rejäla viktnedgången, det toviga och rufsiga håret, hudtonen som tappat flera nyanser i det artificiella ljuset – hade varit mitt i prick. Hon var ljusår från den Anika han en gång hade känt – uppfixad, full av smink, en som var stolt över sin yta, hur hon såg ut och uppmärksamheten hon fick för det. En gång hade hon varit den sötaste tjejen i skolan; nu var hon knappast ens den sötaste i fängelset.

Vilket fall från nåd.

När hon kände igen honom lunkade Anika över. Hon gick med armarna korsade över bröstet som om hon frös, trots att värmen hade varit på för fullt sedan Tomek kom och det nu var så varmt att han kunde ta av sig kappan. Hon gick försiktigt, långsamt, som om hon trollade fram styrkan för att ta sig hela vägen till honom. Hon verkade reserverad, generad, blyg. Inte den högljudda, utåtriktade tjej han en gång hade känt.

Men å andra sidan var han nog inte heller den blyge, försagte pojke som hon en gång hade känt.

Tiden hade förändrat dem. Den hade varit snäll mot den ena och inte mot den andra. Deras liv hade gått åt skilda håll, och om något någonsin kunde fungera som en reklamskylt för att hålla sig borta från kriminalitet så länge som möjligt, så var det Anika Coleman.

Tomek reste sig inte för att hälsa när hon drog ut stolen från bordet och gled med sin smala lilla kropp på plats. I stället höll han händerna på bordet, fingrarna flätade.

"Hej, Anika."

"Hej, Tom..."

Ordet fick honom att rycka till. Det var länge sedan hon senast kallade honom så.

"Var är Kasia? Jag trodde att hon skulle vara här..."

"Inte i dag. Inte än. Jag ville prata med *dig* först."

Anikas ögon blev stora och hon kliade sig i bakhuvudet som en hund med loppor. "Snälla..." började hon. "Jag saknar min lilla flicka. Jag måste få se henne. Jag trodde att hon skulle komma i dag..."

"Det ska hon. En dag. När hon är redo. När jag tycker att hon är redo."

Mer kliande. Fler tafatta, nervösa rörelser.

"Du kan inte... du kan inte kontrollera henne så där. Du kan inte säga åt henne vad hon ska göra."

"Faktiskt, som hennes vårdnadshavare – som hennes *far* – kan jag göra precis de där sakerna."

Tomek gjorde en paus och granskade henne. Huden runt ansiktet och armarna hade sjunkit in från kroppen. Tänderna hade börjat trilla ut och de som fanns kvar hade blivit kolsvarta. Till sist hade insidan av hennes näsborrar börjat ruttna.

"Dessutom", började han och skakade på huvudet, "vill jag inte ta med henne hit när du är... när du är *så här*."

"Så hur då?" väste hon. Det plötsliga ljudet ekade i rummet och störde besökarna och de intagna bredvid dem.

"Helt uppkoksad. Du knarkar fortfarande, jag ser det. Jag kan tecknen. Om du vill se din dotter måste du lägga av med drogerna. Jag tänker inte låta henne se dig när du är i det här tillståndet."

Anika sträckte ut en hand mot Tomek men han drog sig undan och undvek med nöd och näppe att hennes skelettliknande fingrar rev honom.

"Snälla..." började hon. "Snälla, Tomek... snälla."

Tomek suckade och lade händerna i knäet. "Jag kom inte hit för att du skulle tigga. Jag kom hit för att få lite råd, lite hjälp..."

Då insåg han att han hade spelat sina kort vid fel tillfälle. Att han borde ha bett om råden innan han förbjöd henne att träffa sin dotter. Att makten nu låg i hennes händer. Om hon hade någon som helst kognitiv förmåga kvar kunde hon ha snappat upp det, men...

"Vad är det? Är hon... är hon okej?"

Kanske inte.

"Hon mår bra", började Tomek. "Fysiskt sett. Hon är frisk, så vitt jag vet. Hon fick mens häromveckan, så det är som det ska. Det är bara..."

Tomek stannade och såg djupt in i Anikas ögon. De var stora, glittrade i ljuset. Som om livet hade återvänt så fort de började prata om Kasia. Och då insåg han att hon *hade* snappat upp makten han hade lagt i hennes händer, men att hon bara inte hade utnyttjat den. Modersinstinkten i henne, instinkten att skydda och hjälpa sin lilla flicka, räckte för att hon skulle lägga allt det åt sidan och göra vad hon kunde för att hjälpa till. Just nu var det det enda som höll henne vid liv där inne.

Och sedan insåg Tomek att makten fortfarande låg i allra högsta grad i hans händer. Och att den skulle göra det under lång tid framöver...

"Hon har betett sig konstigt", började Tomek igen. "Hon äter inte. Hon har en attityd som antagligen skulle låta henne överleva ett par år här inne utan en skråma. Hon tjafsar mycket mer med mig. Hon låser in sig på sitt rum hela nätterna. Hon pratar inte. Hon kommer hem mycket senare än vanligt. Hon är... hon är bara annorlunda."

Trots substanserna som flöt runt i hennes blodomlopp lyckades Anika få till ett snett, självbelåtet leende utan att Tomek märkte det. En liten seger i kampen om Kasias kärlek och beundran.

"Det låter inte som att du är lämpad att ta hand om henne över huvud taget", sade hon med viss skärpa och gift. "Du försummar henne."

"Inte fan gör jag det", viskade Tomek och lutade sig närmare.

Det här höll på att bli fult, och om han inte var försiktig riskerade han att gå därifrån utan den information eller de råd han behövde.

"Jag har inte varit annat än bra mot henne..."

Förutom hela kukbildsgrejen, men det behövde Anika inte känna till.

"Det låter som att du inte har någon kontroll över henne", började Anika, med rösten på väg att surna. "Det är ditt jobb. Det har alltid varit ditt jobb. Du försummar henne som du försummade mig. Du tog dig aldrig tid för mig, och jag gissar att det är likadant med henne. Hon känner sig säkert vilsen och ensam utan någon att prata med." Hon drog fingrarna genom håret och kliade hårt i hårbotten. "Jag visste att jag aldrig borde ha låtit henne stanna hos dig."

"Du hade för fan inget val. Antingen skulle hon flytta hem till mig eller så skulle hon tillbringa de kommande fem åren i familjehem..."

I det ögonblicket dök en bild upp i hans huvud av Jenny Ingles, gungande i vinden med en kedja runt halsen.

Bevis på vad som kunde ha hänt Kasia om hon hade slagit in på den vägen. Bevis på värsta tänkbara scenario.

Och det skulle han inte låta hända.

"Jag ska anmäla dig", sade Anika, nu med ett tydligare leende i ansiktet. "Jag ska anmäla dig till socialtjänsten och säga att du är olämplig att ta hand om min dotter."

Tomek dröjde innan han svarade. Anika hade just spelat sina kort, och han visste inte om han var redo att syna hennes bluff. Han kunde systemet, och han visste att, med tanke på hur långt han hade gått för att ta emot henne och ge henne ett hem, hade hon inte en chans. Men han var ändå inte beredd att ta risken.

Tomek sköt sig ut från bordet, reste sig och började gå förbi henne. Innan han hann längre sträckte Anika ut en hand och höll honom kvar.

"Nej! Nej! Stanna... snälla..." Hennes röst sprack när hon talade. "Jag... jag vill inte att du går. Stanna. Snälla. Kasia, hon är..." Anika sänkte huvudet och sänkte greppet om hans arm. "Hon blir så där ibland... Det bästa man kan göra är..."

Tomek stod kvar där han var och väntade.

"Det bästa du kan göra är att prata med henne. Har du försökt prata med henne...?"

Tomek svarade inte, för det stod skrivet i hans ansikte.

Nej, han hade inte försökt prata med henne eller ta itu med problemen hon stod i direkt. I stället hade han frågat alla andra hur man skulle lösa det. Alla andra utom den enda som det faktiskt gällde. Det var så uppenbart att det gjorde ont att han hade missat det. Kanske hade han varit för rädd, för feg för att närma sig ämnet och ta reda på vad som hade blivit fel för henne. Att han skulle få veta att *han* hade svikit henne på något sätt. Att allt var hans fel.

Anika spände greppet om hans arm och drog ut honom ur tankarna och tillbaka till nuet.

"Jag... jag kan inte tvinga dig att ta hit henne, det förstår jag. Men om du tror att det kan hjälpa, så gör det, snälla. Jag vet att det skulle hjälpa mig. Jag ber inte – jag vill inte vara så längre. Men jag vill bevisa för dig – bevisa för er båda – att jag är okej, att jag mår bra. Att hon kan komma och träffa mig. Jag lovar... jag lovar att jag ska sluta med drogerna. Jag lovar att jag ska..." Hon släppte ut en djup, tung suck som tömde hela kroppen. "Jag lovar att skärpa mig. Jag lovar att bli bättre."

KAPITEL
FYRTIONIO

Tomek var hemma när Kasia kom in genom dörren från skolan – hade han varit i ett par timmar. Under den tiden hade han packat upp och ställt i ordning ytterligare tjugo procent av lägenheten, men hennes sovrum hade han låtit vara. Det var hennes domän.

Kasia kom hem lite efter klockan 16. Inte så sent att det skulle verka som att hon hade gjort något hon inte borde. Inte så tidigt att det skulle verka som att hon kommit direkt hem heller. Kanske hade hon tagit en lugn promenad, den långa vägen hem. Men han bestämde direkt att han inte skulle fråga för att få reda på det. Han ville inte göra henne förbannad i samma sekund som hon klev in genom ytterdörren.

När hon stängde den bakom sig släppte hon väskan på golvet och gick raka vägen mot sitt sovrum. Hon hade hörlurarna i och stirrade ner i mobilen så naturligtvis såg hon inte att han vinkade åt henne, och hon hörde heller inte att han ropade hennes namn.

Inte förrän han reste sig ur soffan och gick mot henne kände hon igen honom. Skriket som följde var så högt att det kändes som att det spräckte hans trumhinna. I ett försök att försvara sig kastade Kasia telefonen mot honom och höjde knytnävarna.

"Jesus, jävla helvete!" skrek hon. "Du skrämde mig!"

"Jag bor här också, vet du", sa han och gned sig över den högra bröstmuskeln där luren hade träffat honom. "Och *inga* svordomar!"

Kasia himlade med ögonen. "Nej men skräm mig inte så där då!"

Tomek böjde sig ner för att plocka upp hennes telefon och räckte den till henne. "Lärde de ut det där på karateträningen?" frågade han. Men hon såg inte det roliga i det utan korsade i stället armarna över bröstet. "Hur var skolan?"

"Bra."

Samma som varje dag då, tänkte han. Bra. Alltid bra. Aldrig något annat än bra.

"Hej..."

Huden började bli klibbig och han stack händerna i fickorna, medan nerverna sakta tog över.

"Jag tror... jag tror att vi borde prata", sa han till slut.

"Måste vi?"

"Ja. Om du inte vill äta i kväll..."

"Jag har fortfarande dina kortuppgifter sparade i mobilen. Jag kan bara beställa hem mat åt mig själv när jag vill."

Det var han säker på att hon kunde. Mycket snabbare än han själv dessutom. Jävla ungar och deras teknik. Snart kommer de ut ur magen med en telefon redan i handen.

"Vi kan väl beställa något igen i kväll", sa han och lade till: "men bara om du sätter dig med mig nu och pratar om det vi måste prata om."

Den inre kampen hos Kasia syntes i ansiktet. Å ena sidan lockade tanken på en god takeaway. Men å andra sidan, ville hon verkligen sätta sig och prata om saker, med sin *pappa* dessutom?

Till slut drog hon ut stolen från matbordet och slog sig ner på kanten.

"Ja?" sa hon med all tonårig attityd.

Tomek rörde sig försiktigt, metodiskt. För blev han för tvär kunde han tappa sin egen tanketråd. När han till sist slog sig ner vid bordet kände han sig plötsligt väldigt högt uppe.

"Har de här stolarna alltid varit så här höga?" frågade han, men fick inget svar. Kasia var redo att bli klar med det här samtalet så fort som möjligt. Och det var han också...

"Det handlar om dig och mig", började han.

Sätt bollen i rullning, sa han till sig själv. *Säg bara några saker så kommer resten att följa...*

"Du är inte i trubbel, oroa dig inte. Du ska inte någonstans heller – så tro inte att du kan börja packa väskorna än. Det är bara... jag har märkt en förändring hos dig. Du har betett dig konstigt de senaste veckorna, och jag gillar det inte. Du äter inte ordentligt, du stänger mig ute, du ger mig mycket mer attityd än du någonsin gjorde när du först flyttade in." Han drog djupt efter andan, lät bröstkorgen fyllas helt. Han höll den där ett ögonblick innan han släppte ut allt igen. "Om jag inte visste bättre skulle jag säga att något har hänt, eller fortfarande händer, i skolan. Om jag inte visste bättre skulle jag säga att du kanske blir mobbad..."

Insikten hade slagit honom på vägen hem. Den plötsliga tanken att det kunde vara "M-ordet", det som drabbar så många barn – ännu mer sedan sociala medier och anonymitet på nätet kom. En snabb sökning på nätet efter några av tecknen hade bekräftat hans misstankar.

Nu var det upp till Kasia att bekräfta själva saken.

Men hon hade dragit sig tillbaka. Axlarna hade sjunkit ihop och huvudet hade fallit. Under bordet pillade hon på naglarna och kliade sig på knät.

"Kase..." började han. "Du kan berätta för mig. Jag vill hjälpa. Jag *ska* hjälpa. Jag pratar med skolan, får Miss Holloway att—"

"Hon vet redan..."

Orden sved av många skäl. För det första hade hans egen dotter inte känt sig tillräckligt trygg för att berätta det för honom, och för det andra hade hennes lärare också valt att hålla det ifrån honom.

"När berättade du för henne?"

"Förra veckan. Hon sa att hon skulle göra något åt det. Att hon skulle prata med tjejen, men inget har hänt..."

Och nu föll bitarna på plats. Kasias tidigare kommentarer kvällen innan om Bridget.

Miss Holloway säger en massa saker...

Som att lova att ta tag i mobbningen. Som att lova att prata med mobbaren.

Men i verkligheten göra ingenting åt det.

"Varför gick du till henne först?" frågade Tomek och försökte dölja smärtan i rösten.

"Det gjorde jag inte", svarade Kasia. "Hon såg det hända. Jag hade inget val."

"Vad hände? Vem är det? Vem mobbar dig? Vad gör de?"

Tomek insåg att frågebatteriet kunde ha kommit ut för hårt, men han satt fast i ingemansland mellan pappa och sergeant. De ville båda samma sak, men det fanns olika sätt att få de svar och den information han behövde.

"Förlåt", sa han snabbt efteråt. "Jag... jag vill bara hjälpa."

Kasia nickade att hon förstod och höjde blicken en aning. Hon slutade pilla på naglarna.

"Hon heter Crystal Redknapp. Hon går i min årskurs. Först började hon göra sig lustig över mig i klassrummet, varje gång jag ställde en fråga eller svarade fel. Men sen... när min mens började, tog hon alla mina kläder ifrån mig på idrotten. Jag hade ingenting att ta på mig och sen hittade jag dem i soporna. Det är inte bara hon... hon har några kompisar som gör det också. Men det är mest hon. Och när bilden på din..." Hon kunde inte förmå sig att säga det; och Tomek var tacksam att hon inte kunde. "När *bilden* spreds i skolan var det på grund av henne. Hon skickade den till alla."

Tomek var tyst och tålmodig när han lyssnade, mer fokuserad på att försöka behålla lugnet än på innebörden i hennes ord. Han kände en knut dra åt i magen. En skuldknut. Han skyllde på sig själv. Inte bara för bilden som hade spridits på hennes skola, utan också för att han inte hade uppmärksammat tecknen och symtomen direkt.

Han hade varit runt barn som varit trasiga och känslomässigt skadade förut, sådana som hade utsatts för år av övergrepp, och därför borde han ha sett det, borde ha snappat upp det.

Han sträckte sig över bordet och slöt sina händer om hennes, omslöt dem. Han väntade tills hennes blick mötte hans innan han talade.

"Förlåt", sa han. "Du borde aldrig ha tvingats gå igenom det där. Jag har svikit dig. Jag har gjort dig besviken. Men jag ska gå till botten med det. Jag ska prata med skolan, jag ska informera dem om situationen och jag ska säga att polisen är inblandad."

"Nej, det får du inte!"

"Det kan jag, och det ska jag."

"Nej, snälla." Hon drog undan händerna från hans och lät dem falla ner under bordet igen. "Jag vill inte att du gör det."

"Varför inte? Hon kan inte fortsätta så här—"

"För om du gör det kommer alla veta att jag är en golare, alla kommer veta att jag är en råtta."

"Hon kan inte få fortsätta komma undan, Kase... Mobbare måste stoppas."

"Du kan inte gå till skolan. Snälla. Du kan inte."

Bönen i hennes ögon var överväldigande, nästan så att tårarna steg. Tomek grimaserade och skakade på huvudet. Han gillade inte tanken på att låta Crystal Redknapp glida ur hans och skolans händer, men om hon inte ville att han skulle ta tag i saken, så okej. Han skulle respektera hennes önskan.

"Jag går inte till skolan. Jag pratar inte med Miss Holloway. Om det är det du verkligen vill...?"

Hon nickade bestämt.

"Okej då", fortsatte han. "Jag går inte till skolan."

Men det betydde inte att han inte skulle hitta mer kreativa sätt att hantera problemet.

Och han hade redan ett av dem i åtanke.

KAPITEL
FEMTIO

E lizabeth Lake tittade ner på den lilla sängen framför sig. Den som, ända fram till för några veckor sedan, hade varit platsen där hon skulle ha hamnat en natt som den här. Stormig, regnig, våt. Annabelle skulle inte ha gillat regnet som piskade mot fönstret. Det skulle ha skrämt henne. Men allt skulle ha varit bra med mamma bredvid henne, som höll om henne, skyddade henne från världen där ute.

Men nu fanns ingen där. Hennes lilla flicka, borta... Aldrig mer skulle hon sova i den sängen. Aldrig mer i någon säng.

Hon saknade ljudet av hennes fötter på mattan, på väg uppför trappan. Hon saknade det uppspelta ljud hon gav ifrån sig när hon var färdig för sängen innan sagostunden. Hon saknade hur hon borstade tänderna, nästan skrubbade varje tand för sig, med extrem noggrannhet och omsorg.

Sedan Annabelles död hade Elizabeth försummat att borsta sina egna tänder. Faktum är att hon hade försummat att göra mycket. Hon hade inte tvättat håret på en vecka. Hon hade inte rakat benen eller armhålorna. Och busken där nere hade redan varit utom kontroll i veckor, så att låta den växa lite till gjorde ingen skillnad. Hon hade inte rengjort öronen. Hon hade inte klippt naglarna.

Hon hade inte diskat. Hon hade inte tvättat. Hon hade inte städat lägenheten. Hon hade inte gått till jobbet.

I stället hade hon stannat inne, stirrat tomt på tv-skärmen. Tittat men inte tittat. Närvarande men ändå inte.

Tynade bort.

Elizabeth slet sig från Annabelles sovrum och gick till sitt eget. Till platsen där hon skulle ha hittat sin man liggande med telefonen, medan han ignorerade henne. Om han inte redan sov, det vill säga. De flesta nätter hittade hon honom däckad, men hon visste att han i hemlighet var vaken och låtsades. Och att, så fort hon slöt ögonen och började glida in i sömnen, skulle han rulla över till andra sidan och sms:a på sin telefon en stund. Vad som helst för att slippa prata med henne, vad som helst för att slippa ha kontakt med henne.

Och nu var han borta också.

Precis som Annabelle.

Trots tomrummet som deras kärlekslösa äktenskap hade fallit ner i, och trots klyftan som hade slagit in mellan dem, och trots affären – trots allt – saknade hon honom ändå. Hon saknade fortfarande hans beröring, hans värme, känslan av hans kropp mot hennes.

Nu kom hon upp till en kall säng varje natt.

En kall säng i ett kallt, tomt hus.

En kall säng för en kall och illasinnad människa.

När hon rundade andra sidan av sängen drog hon för gardinerna lite grann och ryckte undan täcket från ovanpå kudden. Sedan gled hon ner på madrassen och lade sig på rygg, stirrade upp i taket, med huvudet tomt, utan en tanke. Rummet badade i ett starkt orange sken från lampan bredvid henne, men att samla kraft för att släcka den var svårt. Fast hon hade märkt de senaste dagarna att det hjälpte att sova med lampan tänd. Att det stoppade bilderna och monstren från att dyka upp i mörkret. Att det tystade oljudet i hennes huvud.

Men i kväll kände hon sig annorlunda. I kväll ville hon släcka den. I kväll ville hon straffa sig själv för allt hon hade gjort...

Precis när hon vände sig mot nattduksbordet, hörde hon ett ljud. Ett litet klick. Svagt, avlägset.

Som kom från nedervåningen.

Hon höll andan medan hon väntade, väntade... Pulsen rusade, bröstkorgen höjdes.

Sedan kom ljudet närmare. Ljudet av hennes öde som kom för att hitta henne.

Det visade sig ett ögonblick senare, sovrumsdörren öppnades. Stod i dörrkarmen. En knippa nycklar blänkte i ljuset.

En injektionsspruta i den andra handen.

När hon stirrade upp på gestalten framför sig, var Elizabeth Lake för rädd för att tala. Och hennes kropp låg helt stilla i sängen när gestalten kröp över henne och stack sprutan i hennes hals.

KAPITEL
FEMTIOETT

Ä nnu en morgon. Ännu en anledning att vara i Canvey.
Den här gången för Elizabeth Lakes försvinnande.
Samtalet om "Beth med F":s försvinnande hade kommit in under sena förmiddagen från ingen mindre än Vincent Gregory, som just nu, skämtade Tomek, höll på att hänga upp fotoramar på väggarna i intervjurummet. Karln tillbringade så mycket tid där att han inte skulle bli förvånad om Nick erbjöd honom ett eget rum att bo i.

Tillsammans med Tomek, i Elizabeth och Steven Lakes sovrum, fanns DC Rachel Hamilton, brottsplatschefen och en brottsplatsundersökare, upptagna med att studera täcket och madrassen. Sprutan som hade lämnats på sängen hade redan fotograferats och skickats in som bevis, medan lakanen kunde ta lite längre tid att undersöka.

"Nu chansar jag kanske lite här och säger att hon definitivt har blivit bortförd", konstaterade Tomek. "Om jag inte har fått allt om bakfoten och heroin ger dig en plötslig energikick och skickar ut dig på en jättelång promenad."

"Det är en rejäl promenad," svarade Rachel.

Bakom munskyddet såg han hur kinderna reste sig på ett sätt som antydde att hon log snett.

"Vi vet inte säkert att det är heroin," sa brottsplatschefen.

Tomek vände sig mot henne. "Med tanke på att det har hittats i blodomloppet på vårt senaste mordoffer skulle jag säga att det är högst sannolikt att det är det."

"Vi kommer ändå att undersöka det."

"Självklart. Tack."

Elizabeth och Steven Lakes sovrum var litet, pyttelitet egentligen. Knappast större än att det gick in en dubbelsäng; det fanns en liten glipa på några centimeter runt madrassens ytterkant, och om du ville öppna fönstret behövde du tassa på tå runt sängen, eller klättra över täcket. Vilket, tyvärr för dem, var något de inte kunde göra. Som en följd hade Tomek och Rachel tvingats stå tätt tryckta mot varandra i dörröppningen och andas på varandra.

"Några tecken på inbrott?" frågade Tomek, en tanke som plötsligt slog honom.

Brottsplatschefen skakade på huvudet. "Inget. Inga tecken på åverkan fram eller bak. Vi har tagit foton av låsen för vidare granskning, men jag är trygg i att ni kommer att dra samma slutsatser som vi gjorde. När det gäller något som avslöjar vem som har gjort det här... jag skulle säga att det är er största indikator. Det var antingen någon hon kände, någon hon släppte in eller någon som hade tillgång till huset."

Tomek och Rachel såg på varandra.

Deras huvudmisstänkte, som kryssade i alla de där rutorna, var precis där han skulle vara. För tillfället blev han hårt pressad av några av de bästa poliserna i branschen. Hur gärna Tomek än ville vara där, för att skruva åt tumskruvarna ytterligare på den lille rasistiske fascistiska skitstöveln, började han få andra tankar. Han visste att Vincent Gregory inte var den vassaste kniven i lådan, men var han verkligen kapabel att bortföra tre personer och döda två av dem, samtidigt som han hela tiden höll sig rakt framför dem och låg i framkant i utredningen? Han kunde väl ändå inte vara så där jävla dum, eller?

Eller kanske var det därför han hade kommit undan så länge. Den perfekta förklädnaden...

Tanken oroade Tomek, men innan han hann fundera vidare knuffade Rachel honom i sidan och gav honom blicken som betydde att det var dags att gå. När han gjorde det tackade han brottsplatschefen för hennes tid och sa att de gick att nå på mobilen om hon behövde något. Sedan vände han ryggen åt rummet och gick försiktigt nerför trappan, med händerna längs sidorna för att inte frestas att röra något. Nere vid trappfoten smet han ut genom ytterdörren och tog sig till bilen, där han steg ur overallen och stirrade tillbaka mot huset. Vägen in och ut ur återvändsgränden hade stängts av, och tillträdet till och från skolan stod under övervakad polisnärvaro.

Tomek tänkte på Amelia Duggan, Annabelle Lakes lärare.

De två A:na.

Han undrade om det kunde vara möjligt att hon varit inblandad. Hon hade varit på plats när Annabelle Lake försvann – hon hade i själva verket blivit *sedd*, vilket gjorde henne till det perfekta vittnet för att leda dem bort från rätt spår. Och det var också hon som hade *hittat* Annabelle. Den perfekta täckmanteln igen. Fel plats vid fel tillfälle.

Eller var hon på rätt plats i exakt rätt ögonblick?

Tomek visste inte.

När han satte sig i bilen grubblade han vidare.

Hon skulle förstås behöva arbeta tillsammans med någon. Men med vem? Och vad var kopplingen mellan Annabelle Lake och Jenny Ingles? Och varför skulle hon ens vilja bortföra och döda Annabelle Lake från första början? Av vad han hade uppfattat var de bästa vänner (åtminstone i Annabelles ögon) och de avgudade varandra.

Då gick det upp för honom att de inte hade en jävla aning om någonting. De hade inte lyckats fastställa något tydligt motiv för Annabelle Lakes död, annat än den vilda möjligheten att hon hade blivit bortförd och rullats in på löpande band i en människohandelsverksamhet, men även det var långsökt. Canvey Island var ett skithål, men så depraverat var det inte.

De hade inte heller något motiv för Jenny Ingles död, bortsett från tanken att det kunde vara narkotikarelaterat. Men om så var fallet, varför kopplingen till Annabelle Lake?

Hur kunde någon vara sjuk nog att bortföra en stackars, oskyldig liten flicka, inhysa henne under tiden hon hölls fången, se till att hon fick ordentligt med mat – hennes favoritmat, dessutom – och sedan döda henne på det sättet? Och hur kunde samme person sedan vända blicken mot en sjuttonårig flicka, våldta henne, pumpa kroppen full med heroin och sedan döda henne på samma sätt?

Behandlingen av de båda offren var helt annorlunda.

Det måste finnas en uppenbar koppling någonstans.

Måste göra det.

Tomek var säker på det.

Och nu hade Elizabeths försvinnande också kastats in i mixen. Det rådde ingen tvekan i hans sinne om att hon till slut skulle sluta på samma sätt som sin dotter. Död och hängande. Men varför?

Vad var kopplingen?

Tomeks blick vandrade långsamt längs husen i återvändsgränden. Från nummer tjugotre till fyrtioett. Tills han stannade mellan fyrtiotre och fyrtiosju. Där, i bakgrunden, inkilad i glipan mellan de två husen, låg baksidan av Vincent Gregorys fastighet.

Den saknade länken? Den saknade kopplingen?

Tomek var fortfarande inte säker.

Mannen hade inget motiv – han älskade sin systerdotter och sin syster över allt annat, om inte mer. Han hade alltid frikänts från Tomeks anklagelser och han hade alltid haft tillräckligt solida alibin för vart och ett av morden. Han hade inget att vinna på att döda sina egna familjemedlemmar. För att inte tala om bristen på bevis som implicerade honom i Jenny Ingles död.

Vincent Gregory var en återvändsgränd.

En man som hamnat på fel plats vid fel tillfälle.

Precis som Amelia Duggan.

Tomek slöt ögonen och lade sina knutna händer på instrumentbrädan. I vänster hand släppte han fram två fingrar och formade V-tecknet; och på höger hand släppte han fram tummen.

Annabelle och Elizabeth Lake till vänster.

Jenny Ingles till höger.

Sedan frammanade han bilder av dem i sitt huvud, stående där framför bilen, på trottoaren. Mor och dotter som kramades medan den ensamma tonåringen gjorde sig redo för kylan.

Ovanför dem försökte han föreställa sig mördarens ansikte. I all dess vagt hägringslika prakt.

"Två grupper av offer…" viskade han för sig själv, läpparna darrade lätt när han talade. "Två från samma familj. Ett helt slumpmässigt."

Och då slog det honom.

Två grupper av offer.

Två gärningsmän. Som samarbetar.

Den ene ute efter hämnd eller vedergällning mot familjen Lake.

Medan den andre agerade på impuls och lust i mordet på Jenny Ingles.

"Tomek…"

Först kände han inte igen rösten. Han hörde den inte ens.

"Tomek..."

Sedan trodde han att det var lilla Annabelle Lake som pratade med honom, tittade upp på honom, kedjorna fortfarande runt halsen.

Men när han kände en hand på armen ryckte han ur dagdrömmen. Det var Rachel som höll i honom, med ett oroligt uttryck i ansiktet.

"Förlåt," sa han och skrattade stelt. "Glömde att du var där en sekund."

"Allt okej?" frågade hon. "Du ser ut som att du behöver lite tid för dig själv. Du har suttit där ett tag... Fick mig att tro att du höll på att få en stroke eller något."

Varför sa alla det hela tiden?

Tomek skakade på huvudet. "Nej... Ingen stroke. Bara... djupt försjunken i tankar." Sedan tillade han med en viskning: "*Riktigt* djupt försjunken."

"Dök det upp något intressant?"

Tomek vände sig mot henne och log. "Faktiskt tror jag det gjorde det."

KAPITEL
FEMTIOTVÅ

"Vad sa du?"

Nick suckade så högt att hela rummet hörde.

Tomek höjde händerna i låtsaskapitulering. "Låt mig tala till punkt..."

"Okej. Vi lyssnar."

Innan han förklarade sin teori harklade sig Tomek. Sedan berättade han för dem att det *fanns* en koppling mellan offren, men inte på det sätt de först hade trott. De bands samman av en mördarduo. Två onda kumpaner som arbetade tillsammans.

"Det kallas en *folie à deux* i branschen, chefen", lade Kapten Faktiskt till för effekt. "Som Fred och Rose West."

"Ja, tack för den, Oscar", svarade Nick och försökte hålla vreden borta ur rösten.

"En av dem brukar tala om för den andre vad som ska göras. Det är oftast två män, men det kan vara en man och en kvinna."

Nick knäppte med fingrarna och pekade ivrigt på Oscar. "Exakt!" sa han. "En man och en kvinna. Vincent och Georgia Gregory. Man och hustru. Som Fred och Rose!"

Tomek tvekade och bet sig i underläppen.

"Det låter som att du känner dem personligen, chefen", sa han.

"Vem? Fred och Rose eller Vincent och Georgia?"

"Båda."

"Skitsnack. Vi vet nästan allt som går att veta om Vincent Gregory, men hur mycket vet vi egentligen om *henne?*" frågade Nick Tomek, och när han insåg att Tomek haft väldigt lite att göra med Georgia Gregory i sin utredning av Jenny Ingles död öppnade han frågan för resten av rummet. "Någon? Någon?"

Ingen svarade. Huvuden vreds, på jakt efter någon annan som var villig att ta på sig ansvaret för frågan. Till slut tog Rachel en för laget.

"Inte så mycket, ärligt talat, chefen", svarade hon och harklade lite beslutsamhet in i rösten. "Hon har legat i periferin av våra utredningar."

"Vad menar du med periferin? Hon är mitt i smeten, för fan. Hur har det här kunnat missas?"

Elake Nick vände sin ilska mot Victoria, som skulle få uppleva hans vrede för första gången.

"Hur har just den här kunnat slinka igenom nätet?" frågade han, med en lugn ton som dolde raseriet i ansiktet. "Det kan inte ha varit ett förbiseende. Ni har suttit och rullat tummarna hela veckan."

Precis när hon skulle öppna munnen för att tala kastade sig Tomek till hennes försvar. Han kände att han behövde det. Även om hon förr eller senare måste ta smällen från Nick, ville han inte att det skulle ske mitt under ett möte, inför alla andra – han hade själv fått en sådan utskällning, och det skapade oftast ett prejudikat som fick Nick att tro att han kunde komma undan med det när som helst. Det var bättre att stoppa honom vid roten innan det spårade ur.

"Med all respekt, chefen", började Tomek, men tystnade när han såg Victoria höja handen mot honom.

"Tack, Tomek", började hon. "Men jag kan svara för mig själv." Sedan harklade hon sig innan hon gjorde just det. "Skälet till att teamet har missat Georgia Gregory i våra utredningar är att jag har gett dem order om det. Vi har lagt den tiden på att fokusera på bevisen."

"Vilka bevis?"

"Precis. Det har funnits väldigt lite. Men av de bevis vi *faktiskt* har har inget pekat i närheten av Georgia Gregory. Du kan skälla på mig hur mycket du vill, men ge dig inte på mitt team. Det där var min miss, och jag tar fullt ansvar för den."

En bedövad tystnad svävade in genom den öppna dörren, klättrade över huvudet på alla som satt ner och stannade till slut framför Nick, som såg skamsen ut. Tomek kände för att resa sig och ge Victoria stående ovationer. Många hade försökt stå upp mot Elake Nick genom åren, men få hade lyckats. Victoria hade just lagt till sitt namn på den ärofulla men ytterst korta listan. Och för det växte Tomeks respekt för henne enormt.

Innan Nick hann svara fortsatte Victoria och styrde samtalet bort från hennes lilla fadäs och över till uppgiften framför dem.

"Rachel, efter det här mötet vill jag att du åker ut till ön och hittar Georgia Gregory. Ta in henne om du kan. Ta reda på vad hon vet och var hon har varit."

Rachel nickade och skrev ner instruktionen i telefonen. När Tomek såg Victoria gå av och an längst fram i rummet, med blicken fäst vid händelsetavlan framför henne, räckte Tomek upp handen.

Sa: "Kan vi gå tillbaka till min teori nu?"

"Vad är poängen?" frågade Nick. "Vi har redan skjutit ner den."

"Nej, det har vi inte, chefen. Vi vet lika mycket om Georgias inblandning som vi gör om Vincents. Jag tror fortfarande inte att de är inblandade. Jag tror att Vincent blir ditsatt."

"Du har svängt..."

"Missförstå mig rätt, han är fortfarande ett rasistiskt rövhål, men ända sedan allt det här började har det fått honom att se skyldig ut. Och nu när jag tänker efter har tecknen funnits där från början – jag var bara lite blind för det för att jag hatade honom."

"Och nu gör du inte det?"

Tomek ryckte på axlarna. "Som jag sa, han är fortfarande ett rövhål. Men jag tror inte att han är en brottsling eller förtjänar att behandlas som en."

Men å andra sidan hade inte Tomek heller varit det... inte Sean heller. Båda hade behandlats som brottslingar – kastats av teamet på grund av sin hudfärg och sin nationalitet – och de hade tvingats acceptera det. Så hur var det annorlunda? Kanske var det vad mannen förtjänade...

Men det var inte rätt sätt att göra saker på. Det var inte det han hade gett sig in på.

Han var kluven. Å ena sidan avskydde han mannen för hans åsikter och uppfattningar, men å andra sidan tyckte han inte att han borde ha behandlats som han blev, även om Tomek till stor del själv hade varit ansvarig för den behandlingen från början.

"Redan från början har man gjort honom till syndabock", fortsatte Tomek. "Bilen som stals och användes för att kidnappa Annabelle Lake – samma bil som Vincent Gregorys. Till och med bilen som användes för att föra bort Jenny Ingles – exakt hans jävla bil! Och ändå inte en tillstymmelse till bevis som tyder på att han gjorde något av det."

"Är det allt du bygger det här på?" frågade Nick. Han var inte beredd att släppa det, och det var inte Tomek heller.

Två tegelväggar i ett dödläge. Förr eller senare skulle någon ge vika. Och det skulle inte bli han.

Han vände sig till DC Carter. "Låt mig fråga dig en sak, Chey. Under förhöret där nere, har han gett några detaljer om var hans syster hålls?"

Chey skakade på huvudet. "Nej. Han har faktiskt varit rätt upprörd över det. Alltså, verkligen upprörd. Tiggt och bett hos oss. Bönat för mig att få hjälpa till. Det är lite märkligt."

"De står varandra väldigt nära..." sa Anna, Trippelordpoäng, och började lägga sig i.

"Precis", fortsatte Tomek. "De var placerade i fosterhem tillsammans. De växte upp tillsammans. Jag kan inte för mitt liv föreställa mig att han skulle ha gjort något sånt här mot sin egen syster. Och han behandlade Annabelle som sin egen dotter – varför skulle han döda henne i så fall?"

Nick tvekade innan han svarade. "Jag kan komma på dussintals skäl..."

Tomek övervägde att syna chefinspektörens bluff, men visste att de subtila straffen efteråt inte skulle vara värda det.

"Vad säger du om fisken i magen?" Nick famlade uppenbart efter halmstrån nu.

"Det är möjligt att vi letar efter någon som känner familjen. Som känner Annabelle. Som känner dem tillräckligt väl för att ha en nyckel..."

"Vem?"

Tomek tänkte tillbaka på Amelia Duggan. Läraren som såg Annabelle Lake gå hem från skolan varje eftermiddag. Som såg henne sätta nyckeln i dörren. Som såg henne äta lunch på rasten. Som tillbringade nästan varje del av varje dag med henne.

"Jag är inte säker just nu", erkände Tomek. "Men det kommer jag snart vara. Det kommer *vi* snart vara. Allt jag ber om *just nu* är att vi släpper Vincent Gregory. Och om du är så orolig för honom, sätt span på honom. Låt någon bevaka varje steg han tar. Under tiden, ta in Amelia Duggan och Georgia Gregory på förhör. Jag tror att de kan veta lite mer än de låtsas."

KAPITEL
FEMTIOTRE

V incent Gregory hade tappat räkningen på de känslor som just nu for
genom hans kropp.

Förtvivlan över att ha förlorat sin syster.

Sorg över sin älskade brorsdotters död.

Ilska och frustration över att ha blivit inkallad till polisstationen för
tredje gången på lika många veckor.

Förbittring mot dem som försökte hitta Elizabeth.

Skuld över att inte ha varit där för att skydda henne, att hindra att det
här hände henne från första början.

Förvirring över att vilja hjälpa polisen på alla tänkbara sätt men inte veta
hur, och att inte lita på att de skulle sköta det ordentligt och utan att
förhöra honom var femte minut.

Hat mot personen som gjorde detta mot hans familj.

Ånger över att inte ha sagt sådant han önskade att han hade sagt
tidigare.

Han var en smältdegel av mänskliga känslor. Och han började känna sig
som en tonåring igen. Då när han hade känt samma slags känslor. Då när
Elizabeth hade funnits där för att hjälpa honom igenom dem. Och när han
hade återgäldat tjänsten.

Han mindes hennes beröring den där natten. Mitt i rummets mörker.
Omgiven av de dämpade ljuden från barnen i familjehemmet som sov

tungt. Hur den hade fått honom att slappna av fullständigt, mjukat upp de spända musklerna i kroppen.

Som han önskade att de kunde gå tillbaka till då. Till när allt var... enklare.

Vincent klev ur bilen och slog igen dörren. Över staketen mellan tomterna såg han kriminalteknikens skåpbilar och polisfordon stå kvar utanför Elizabeths. Han kämpade med beslutet att gå dit och se vad de gjorde. Om det var något han hade lärt sig av den här pärsen, var det att polisen inte gillade att han var så nära allt, att han stod i främsta ledet i utredningen. Det gjorde dem misstänksamma.

Dessutom visste han inte om han skulle gilla det han såg. Vad de kunde bära ut ur huset.

I stället gick han in i sitt eget hem och styrde stegen rakt mot köket, där han gjorde en kopp te åt sig. Med mjölk, två sockerbitar. Annars skulle det helt enkelt inte smaka som det skulle.

När han bar in drycken i vardagsrummet blev han plötsligt varse personen som stod i hörnet, klädd i en vit kriminalteknisk overall, vars ansiktsdrag doldes av en mask.

"Vem i helvete är du?" frågade Vincent långsamt, och han kände hur kroppen spändes av adrenalin – ännu ett tillskott i smältdegeln.

Gestalten sa ingenting.

"Jag sa: "Vem i helvete är du?""

Fortfarande ingenting.

De stod båda där, åtskilda av någon meter – lätt inom räckhåll, uppskattade han – och bara stirrade på varandra. Båda väntade på att den andre skulle ta första steget.

Vincent bedömde inkräktarens kroppsbyggnad: späd, liten, smalare än han. Ändå var de lika långa, och det fanns *viss* muskulatur där. Det fick han inte underskatta.

Han hårdnade greppet om temuggen, kände hur keramiken gled mot hans svettiga hud. Han tänkte kasta innehållet över personen i hans vardagsrum.

Övervägde det på allvar.

Men innan han ens hann agera på tanken hörde han ett ljud. Ljudet av att bakdörren öppnades. Sedan ljudet av att dörren stängdes, följt av steg som gick mot ytterdörren och låste in dem i huset.

Sedan dök en till gestalt upp, med ett basebollträ i ena handen.

Vid åsynen av dem tappade Vincent temuggen. Skållhett te stänkte över benen och brände huden, men han kände ingenting. Han var avtrubbad mot smärtan. Ännu ett tillskott i smältdegeln.

Det sista och slutliga tillskottet, innan han slogs medvetslös av basebollträet, var förvåning.

Förvåning över att han kände igen den andra gestalten framför sig, trots den kriminaltekniska overallen som dolde deras drag.

KAPITEL
FEMTIOFYRA

Tomek hade valt att stanna längre på stationen än han skulle. Han hade något att bevisa. Han behövde hitta bevis som friade Vincent Gregory från all inblandning i kidnappningarna och morden. Och hittills såg det ut som om han hade fällt ett extremt felaktigt uttalande. Hur mycket han än letade, hur mycket han än försökte söka bort från vad bevisen pekade mot, pekade allt fortfarande på Vincent Gregory. På den enda man som hade stått i centrum för hela utredningen från början.

"Någon framgång?" frågade Sean när han kom fram till Tomeks skrivbord med ett litet skutt i steget.

"Som du inte skulle tro. Jag är faktiskt på väg att gripa någon nu."

"*På riktigt?*"

"Nej, din idiot. Inte direkt. Jag är ungefär lika nära att ta reda på vem som dödade Annabelle Lake och Jenny Ingles som du är. Och kom inte hit med det där flinet, ivrig att få höra hur miserabelt jag misslyckas."

Såradheten kröp gradvis fram över hans väns ansikte.

"Det var jag faktiskt inte", svarade Sean. "Jag kom bara för att prata lite."

"Nu är verkligen inte rätt läge."

Sean drog ut stolen under skrivbordet bredvid honom. "Du ser ut som att du skulle må bra av en paus..."

Tomek slöt ögonen. Han ville inte tänka på hur röda och trötta de såg ut. Timme efter timme stirrandes på samma skärm, som bara förvärrade spänningshuvudvärken som klämde på båda sidor av huvudet. Kanske hade hans vän rätt. Kanske var det dags för en snabb paus.

"Hur går flytten?" frågade Sean lättsamt. "Hur mår Kasia?"

En snabb i alla fall. Några minuter.

Precis lagom för att vila ögonen och låta hjärncellerna återhämta sig.

"Flytten har gått bra", sa han. "Jag skulle säga att vi är ungefär halvvägs. Kasia har gjort det mesta när hon kommer hem från skolan – fast hon klarar bara små lådor, inget alltför ansträngande."

"Och hur är det med lilla problembarnet? Fortsätter hon att ställa till det för dig?"

"Ja, men jag har fått veta varför..."

"Jaså?"

Sedan berättade Tomek att Kasia blev mobbad, och han sänkte rösten ifall någon annan på kontoret skulle höra. Han ville inte att de skulle tänka illa om honom, och han ville definitivt inte att de skulle tänka illa om Kasia.

"Tråkigt att höra, kompis." Sean tittade ner i knät, djupt försjunken i tankar. "Har jag... Har jag någonsin berättat att jag blev mobbad när jag var liten?"

"Lägg av", svarade Tomek. "Du? Du är den största snubben jag känner. Vem hade kulor nog att gå fram till dig och börja bråka?"

"Ett gäng små rasister, det var det."

Det fick Tomek att hålla tyst.

"De brukade jaga mig runt på skolgården, skrika apljud efter mig och kasta bananer på mig i klassrummet. Jag hatade det som fan. Rövhål, allihop. De gjorde mitt liv till ett levande helvete i skolan. Fick mig att hata det så mycket att jag inte ville gå dit."

Tomek hörde ekon av Kasias mobbning i Seans berättelse. Hur hon ibland inte ville stiga ur sängen på morgonen. Hur hon gjorde allt för att slippa gå till skolan – till och med gick så långt att hon låtsades vara sjuk.

"Missförstå mig inte", fortsatte Sean. "Jag spöade skiten ur dem flera gånger, och rejält. Men det gjorde bara saken värre. De kom alltid tillbaka, ibland med förstärkning."

"Som ett bakhåll?" Tomek satt på helspänn, framåtlutad, och lyssnade på sin väns berättelse. Historien han hörde för första gången, men önskade att han hade hört långt tidigare.

"Typ. En gång var det bara jag mot fem stycken. De var mycket mindre än jag, men ändå..."

"Fem stycken..." sa Tomek och avslutade vännens mening. "Berättade du för någon?"

Sean nickade långsamt. Blicken hade glidit ner i heltäckningsmattan, tomt stirrande rakt ut medan han återupplevde barndomens erfarenheter. "Min farsa flippade fullständigt en gång. Han gick hem till en av mobbarna och började spöa skiten ur pappan. Han var nära att ge sig på ungen också, om det inte hade varit för mig som drog bort honom. Men min farsa... tja, han tränade inte direkt – åt en massa skit, om man ska vara ärlig – och dessutom var han i femtioårsåldern. Sen föll han bara död ner. Bara så. Där och då. En massiv hjärtinfarkt. Han var borta när ambulanspersonalen kom och försökte återuppliva honom."

Tomek kände till sin väns fars död. Hur den hade gått till. Men han kände inte till omständigheterna runt detta plötsliga och traumatiska bortgång. Han lyssnade uppmärksamt och väntade tålmodigt på att Sean skulle fortsätta.

"Efter det blev jag mannen i huset, så för att vi skulle klara oss var jag tvungen att börja tjäna pengar. Så jag började sälja godis och dricka i skolan. Min egen lilla svartmarknad – där jag bara sålde till de vita som inte var rasister, och till några av de andra svarta i skolan. Mobbningen slutade snabbt efter det. När de fattade att man inte kunde röra mig... inte om de inte ville ha hela skolan efter sig."

Sean ryckte till ur sin trans och vände sig långsamt mot Tomek, med smärta och lidande skrivet i linjerna kring ögonen och pannan. En lätt tårglans hade samlats i ögonvrårna. Han försökte blinka bort den, men Tomek såg vad det var: känslor, sorg.

"Det jag säger är bara", fortsatte han, som om han kände att han behövde göra en poäng, "att Kasia kommer att ta sig igenom det, precis som jag gjorde. Och inte bara det, det kommer att forma henne till en bättre, mer motståndskraftig människa."

Tomek log snett och nickade långsamt. "Jag antar att du inte blev så pjåkig ändå."

"Bättre än du, din lilla slashas."

Han skrattade till. "Men med all respekt för din farsa, så vill jag helst inte få en massiv hjärtinfarkt medan jag försvarar min dotter."

Seans läppar ryckte till i ett svagt leende.

"Det behöver du bara oroa dig för om du hittar den som gör det..."

Tomek vände sig mot datorn och pekade på skärmen. "Det borde inte ta alltför lång tid. En av förmånerna med jobbet, skulle jag säga. Vem brukade mobba dig?"

Sean brast ut i ett skrattanfall. En plötslig, enstaka skur som ekade i rummet. "Du skulle inte tro mig om jag sa det."

"Testa mig..."

Innan Sean hann svara dök ett namn upp i Tomeks huvud. Han blurtrade ur sig det.

"Vincent Gregory?"

Sean viftade med sin tjocka finger i luften. "Nära, väldigt nära. Men inte riktigt. Du är på rätt spår."

Tomek funderade ett ögonblick men sedan sinade brunnen av namn i hans huvud.

"Steven Lake", svarade Sean lugnt, långsamt, utan någon förbittring i rösten.

Namnet förbryllade Tomek för ett ögonblick.

"Steven...?"

Sean nickade. "Samma som tog livet av sig häromdagen. Jag kände igen honom så fort jag såg honom morgonen efter att Annabelle hade försvunnit. Ett sådant ansikte glömmer man inte."

"Kände han igen dig?"

"Klart han gjorde. Den lilla fegisen vägrade prata med mig. Han sprang i princip iväg varje gång jag kom i närheten. Det är lustigt..." Seans blick gled iväg igen. "Lustigt att jag en gång var så rädd för honom, så rädd för att korsa honom eller någon av hans polare. Men sen... sen var det som om han var rädd för mig. Rollerna var ombytta och det var jag som hade makten. *Igen.*"

Tomeks mun föll öppen medan han kämpade med att bearbeta informationen. "Men... men han verkade ju så trevlig i jämförelse med Vincent..."

"Låt dig inte luras av hur han ser ut. Snubben är ett förstklassigt jävla as, från början till slut. Han har alltid varit lite av ett kräk."

"Varför sa du inget tidigare?"

Sean ryckte på axlarna och väntade en sekund innan han svarade. "Jag ville inte ge honom mer utrymme än han förtjänade. Och det är inte direkt en del av mitt liv jag gillar att återuppleva, om jag ska vara ärlig."

Tomek kunde förstå det. Han hade också varit med om något liknande som barn, men inget så traumatiskt och plågsamt som Sean. Utan att säga något mer klappade Sean sig på knät och reste sig från stolen. Innan han lämnade samtalet tyst lade han en hand på Tomeks axel och gick därifrån. Och lämnade honom åt sina egna tankar. Tankar som började små, och som sedan plötsligt började rulla utför backen och växa i storlek och fart.

Låt dig inte luras av hur han ser ut.

Seans ord ekade i hans huvud.

Han har alltid varit lite av ett kräk.

Och då slog en idé honom som en slägga rakt i ansiktet. Genast reste han sig ur stolen och skyndade över till andra sidan kontoret. Som tur var, medan han var upptagen med att leta efter skäl att inte utgå från det värsta om Vincent Gregory, försökte resten av teamet hitta Elizabeth Lake.

Han hittade Nadia sittandes vid sitt skrivbord, med ena handen på magen medan den andra flyttade datormusen från ena sidan av skärmen till den andra.

"God kväll", sa han. "Borde inte du vara hemma?"

"Jag stannar bara en kvart till", svarade hon och sträckte på nacken för att se honom. "Vad kan jag hjälpa dig med?"

"Steven Lake", svarade Tomek. "Jag antar att vi aldrig hittade hans kropp, eller hur?"

Hon skakade på huvudet. "Inte vad jag har hört. Såvitt vi vet flyter han fortfarande omkring i havet."

Tomek log. "Utmärkt! Och bevisen som hittades på hans båt..."

"Vad med dem?"

"Påminn mig..."

Ett ögonblick senare hade Nadia plockat fram listan över bevis som hittats på Steven Lakes båt, *Annabelle*. För att se skärmen tydligare lutade hon sig närmare och sköt ner glasögonen på näsan.

"Det står här att de hittade hans DNA där, Annabelles DNA... och spår av tonfisk."

Tomeks ansikte lyste upp.

"Har vi hans laptop?" frågade han.

"Någonstans. Vill du att jag—"

"Äh, strunt i det", sa han, svängde runt på stället och lämnade henne utan ett ord till.

Upplyft av de vitaliserande tankar som bubblade upp till ytan i huvudet tog han sig tillbaka till sitt skrivbord och öppnade Google. I sökfältet skrev han in *The Man Club*, namnet på gruppen för deprimerade män, och tryckte på Enter. Sedan klickade han på första träffen som dök upp på sidan.

På forumets startsida fanns en lista med olika kategorier om att vara pappa med depression, med mellan två och tre kommentarer under varje innan de klipptes av. Ämnena spände från det specifika till det breda, men det brydde sig Tomek inte om. Han letade efter något särskilt.

Snarare efter en viss person.

Och det hittade han några ögonblick senare.

I kategorin för *"att hantera ett barns död"*.

Där, längst ner i kommentarsfältet, fanns ett inlägg från Steven Lakes profil, S.Lake85.

Daterat för tjugo timmar sedan.

KAPITEL
FEMTIOFEM

"Den hala jäveln lever?"

Tomek nickade. "Han har postat från andra sidan, chefen."

"Och du är säker?"

"Jag är ingen större vän av spöktro, så jag tänker säga att jag är *ganska säker*. Och det är inte allt, chefen. Jag hittade också det här..."

Tomek tog fram papperslappen han hade vikt ner i bröstfickan och sköt den över bordet. Nasty Nick, som inte var fullt så elak längre, plockade upp den och granskade den, sedan räckte han över den till Victoria som stod vid hans axel.

"Var hittade du det här?" frågade hon.

"Hans e-post. Jag hittade hans laptop i förrådet och loggade in på hans konto. Något slog mig och jag tänkte följa upp det."

"Hur kunde vi missa det här?" frågade hon, trots att hon redan visste svaret.

För att skona henne sa Tomek: "Han dolde det ganska väl i inkorgen, flera lager ner och i den märkligaste e-postmappen ... men inte tillräckligt väl. Dessutom tänkte vi förmodligen aldrig leta så långt eftersom vi inte såg honom som misstänkt."

"Jag ..." började Nick medan han läste dokumentet igen. "Åh, skit."

Innan han hann avsluta meningen stormade Nick ut ur rummet och kallade till ett omedelbart möte i insatsrummet. Inom några ögonblick strömmade resten av teamet – de som hade stannat kvar, bland dem Sean,

Chey, Martin, Rachel och Anna – snabbt in i rummet. Alla började ana att det här skulle bli en lång natt.

"Så, hörrni", sa Nick. "Det verkar som att vår försvunne pappa, Steven Lake, faktiskt lever. Han rapporterades senast vara aktiv på nätforumet *The Man Club* för tjugo timmar sedan. Om inte Tomek tar fel innebär det att han gömmer sig någonstans. Vi måste ta reda på var..."

"Har någon några idéer om var vi ska börja?" frågade Victoria och klev in. Det syntes tydligt att hon ville ligga i framkant i det här skedet av utredningen. En chans att revanschera sig.

"Jorden!" ropade någon.

Tomek vände sig mot resten av rummet och såg Martins pigga ögon glittra av förtjusning.

"I morse fick vi sammansättningsrapporten över jorden och sanden som hittades på Annabelle Lakes och Jenny Ingles fötter."

Martin kastade en blick runt på en rad uttryckslösa ansikten.

"Jag hade inte räknat med den förrän om ytterligare en vecka, men det verkar som att teknikerna hann titta på den," fortsatte han, men alla väntade på att han skulle komma till saken.

"Det har bekräftats att jorden på flickornas fötter kom från samma ställe," fortsatte han. "Och i morse hittade SOCO-teamet små spår av samma lera och jord och sand i Elizabeth Lakes sovrum."

"Det där säger bara att det är samma gärningsman och att de hölls på samma ställe", sa Tomek. "Men det säger inte *var* de är."

"Det gör det när vi vet vem gärningsmannen är..."

Det tog längre tid än han hade velat innan polletten till slut trillade ner. Innan han äntligen förstod vad Martin syftade på.

Men, till hans förtjusning, tog det ännu längre för resten av gruppen att räkna ut det.

"Hur snabbt kan vi ta oss ner dit?" frågade Victoria.

"Vi? Ungefär tjugo minuter, beroende på hur fort vi kör."

"Den närmaste uniformerade patrullen?"

"Polisen på Canvey kan vara där inom några minuter."

Victoria vände sig mot Nick. "Jag tycker att en av oss ska åka. Om saker går ... fel, tycker jag att någon av oss ska vara där för att lugna situationen."

Nick övervägde en stund och suckade.

Det fanns en suck för varje sinnesstämning, varje reaktion. Men av erfarenhet visste Tomek att det här var en bra.

"Jag åker ...", sa han.

"Varför du?" frågade Martin och rätade på sig, uppenbart upprörd över beslutet. "Kan inte vi alla åka? Vi har lika stor rätt att vara där som han?" Nick skakade på huvudet. "Tomek står nära den här utredningen", sa han. "Tomek är rätt person. Lita på mig ..." Han stack handen i kavajfickan och drog fram utskriften Tomek hade gett honom. "Lita på mig. Tomek är bäst lämpad för det här."

"Under tiden behöver resten av oss förbereda för förhör", sa Victoria.

Nick slog ihop händerna och avslutade mötet omedelbart. Rummet exploderade i aktivitet, och var och en gick tillbaka till sina skrivbord. Förutom Sean, Nick och Victoria som blev kvar. Tomek bestämde sig för att stanna hos dem en stund.

"Jag bokar ut en bil och tar mig ner dit så fort jag kan", sa han. "Jag ska göra mitt bästa för att ta med honom tillbaka i ett stycke."

Victoria nickade. "Vi väntar på dig när du kommer."

Tomek snurrade runt, men hejdade sig. "Vet inte om ni redan har tänkt på det, men jag tycker att Sean ska vara den som förhör Steven Lake när jag tar in honom."

"Varför?" frågade Nick, vars huvud pendlade mellan honom och Sean.

Som svar sträckte sig Tomek efter utskriften och ryckte den från kommissarien, höll upp den mellan de fyra. "Lita på mig ...", sa han.

Och det räckte.

När han lämnade rummet fick han ögonkontakt med Sean. Uttrycket i hans väns ansikte sa honom allt han ville säga men inte kunde.

KAPITEL
FEMTIOSEX

Tomek hade alltid tyckt att båtvarvet som låg nära bron som förband Canvey Island och Benfleet var ett mysterium. Han hade kört förbi det varje gång han skulle till eller från ön, men han hade aldrig riktigt förstått vad som fanns där.

Och nu fick han veta.

Efter att ha passerat Benfleets järnvägsstation tog han och kortegen av märkta polisfordon sig mot Benfleet Moorings, en liten strandremsa där en rad båtar låg förtöjda längs lerbankarna. På andra sidan Hadleigh Ray, vattenspegeln som låg mitt emellan, låg Canvey Island marina. Till höger låg en gångbro som band ihop de båda.

Tomek och teamet stannade intill gångbron och började genast sprida ut sig. Den misstänkta plats där Steven Lake höll Elizabeth Lake som gisslan låg några hundra meter längre bort längs strandkanten. Diskretion och anonymitet var avgörande – det sista de ville var att Steven Lake skulle få syn på polisbilarnas skarpa gulblå färger när månljuset reflekterades i plåten.

I stället tog de sig fram till fots.

Bilar som körde längs Canvey Road susade förbi, ivriga att ta sig från ön. Det prasslade av insekter som flydde undan vid hans fotknölar. I övrigt stördes tystnaden av ljudet från deras steg över gruset, när de gradvis närmade sig sin mördare.

Tomek visste inte vad han skulle vänta sig när de hittade honom.

Utifrån skadorna som Annabelle Lake och Jenny Ingles hade ådragit sig, väntade sig Tomek att hitta Elizabeth Lake oskadd. Kanske fastbunden vid en stol eller bunden vid fötter och händer. Men något sade honom att så inte skulle vara fallet.

Att de var på väg in i något ont, något rubbat.

Särskilt efter det han hade hittat i Stevens inkorg.

Lite längre ner passerade de en stor båt som byggts om till restaurang. Stolar och bänkar stod kvar på gräsytan utanför, och mittemot låg en parkeringsplats.

Efter det låg det lilla båthuset de letade efter, om man nu kunde kalla det så. Snarare var det en koja, ett litet utrymme, möjligen stort nog för en liten båt, inget märkvärdigt. Perfekt storlek för *Annabelle*. Parkerad bakom det fick Tomek syn på en mörktonad Ford Fiesta, med en registreringsskylt som stämde överens med den som hade fångats på en övervakningskamerabild natten då Jennys kidnappning skedde.

När de närmade sig byggnaden vibrerade Tomeks telefon i fickan. Ett meddelande från Nick hade just kommit, där han meddelade att Vincent Gregory möjligen hade försvunnit. Ett team med uniformerade poliser hade skickats för att titta förbi hemma hos honom, se hur han hade det och informera honom om att de var övertygade om att ett gripande snart skulle göras. Det hade ursprungligen varit Seans idé; han hade haft på känn att Vincent Gregorys liv på något sätt skulle vara i fara. Men han hade inte föreställt sig att det skulle ske så här snart, så kort efter att Elizabeth hade kidnappats.

De kunde inte bara komma att hitta ett offer, nu kunde de hitta två.

Steven Lakes misstänkta vendetta mot sin hustru och sin svåger var stark.

Tomek såg på poliserna bakom sig – sex stycken sammanlagt – och var tacksam över att de var så många.

"Det här är för dig, Annabelle", sa han när han stoppade ner telefonen i fickan och gick fram mot byggnaden.

I mörkret famlade han efter dörren, noga med att inte orsaka några höga eller onödiga ljud. När han kände träpanelen under fingrarna stannade han upp och lyssnade.

Ljud, mumlanden, fortplantade sig genom fibrerna. Liv, inifrån byggnaden. Det var ett gott tecken. Ett mycket gott tecken, verkligen.

När han gjorde sig redo att öppna dörren, med händerna om handtaget, gav han teamet som omringade byggnaden en sista blick.

Och så gick han in.

KAPITEL
FEMTIOSJU

D et första han lade märke till med platsen var lukten. Härsken, rutten. Den sorten som sticker i svalget, kryper in i ögonen och får en att grimasera. Lukten av ruttnande och förmultnande avföring. Och först när hjärnan fått en chans att bearbeta stanken tog han in synen, vyn rakt framför sig.

För en av syskonen Gregory var det för sent. För den andra hängde livet på en skör tråd.

Ovanför Vincent Gregory stod hjärnan bakom hela operationen. Med kniven i hand, tryckt mot mannens strupe. Samtidigt dinglade Elizabeth Lake från en stålställning i A-form, upphängd i ett rep. Hennes mage och hals var uppskurna, och blodet fortsatte att droppa från hennes bara fötter och samlades i pölen under.

Plask.

Plask.

Plask.

"Steven..." sa Tomek och höjde händerna i luften för att visa att han inte menade något illa. "Lägg ner kniven."

Tomek var smärtsamt medveten om poliserna bakom sig, som väntade på en order. Men just nu, i hans huvud, var det bara han, Steven och Vincent. Två män som kanske förtjänade det som väntade dem. För Steven skulle det ha blivit ett gripande och ett långt fängelsestraff. För Vincent skulle det ha blivit döden.

Det hade funnits en tid – så sent som för tjugo minuter sedan, efter att han fått veta om Seans barndom – då han skulle ha låtit de två hålla på, låtit dem spela ut sina egna öden...

Men det kunde han inte. Inte igen.

Det misstaget hade han gjort med Tony. Och han återupplevde det nästan varje dag.

Scenen framför honom var en plågsam påminnelse om det som hade hänt förr.

Tony som hängde från en träbjälke, förblödande, med könsorganen instoppade i munnen. Döende på ett liknande ställe.

Parallellerna var för starka för att han skulle kunna ignorera dem. Han kunde inte låta någon annan dö på ett sådant här ställe.

"Lägg ifrån dig vapnet, Steven", upprepade Tomek. "Snälla."

Vid det här laget hade den första blicken av chock och överraskning på Steven Lakes ansikte vissnat och ersatts av en blick fylld av desperation och ilska. Och det fanns inget värre än en lynnig man som inte hade något kvar att förlora.

"Hur hittade du mig?" frågade Steven.

"Det är vårt jobb", svarade Tomek.

"Ut härifrån. Lämna det här stället. Jag... jag har oavslutat... Ni kan inte vara här."

"Men vi är här, kompis. Och vi kommer att behöva att du lägger ifrån dig vapnet."

Nu vände Steven knivbladet mot Tomek. Hans ögon vidgades och han bet samman tänderna maniskt.

"Ut. Ni måste ut. Ni kan inte vara här!"

Tomek tuggade på underläppen. "Det går inte, kompis. Förlåt. Det bästa jag kan göra är att bara jag stannar. Resten av gänget går medan jag blir kvar. Hur låter det?"

Steven vägde förslaget i en minut. Sedan insåg han att det var förlust hur han än gjorde. Hur situationen än spelade ut sig fanns det ingen utväg för honom, ingen båt att hoppa i och segla bort med. Ingenstans kvar att gömma sig.

"Okej", sa han till slut och valde det minst dåliga. "Du stannar. Men alla andra går. Nu!"

Tomek vände sig mot uniformspoliserna och gav dem en liten nick. Inom några ögonblick var de borta.

"Så där... Hur var det?" sa han. "Känns det lite bättre så?"

Han var medveten om den nedlåtande tonen i sin röst, men det fanns inte mycket han kunde göra åt det.

"Varför är du här?" frågade Steven, fortfarande med mordvapnet riktat mot honom.

"Därför att jag gör mitt jobb", svarade Tomek. "Något din svåger anklagade mig för att inte göra för inte så länge sedan."

Vincent Gregory, som var fastbunden vid en stol mitt i båthuset, blängde på Tomek. Som om han skyllde honom för att ha skrivit under hans dödsdom, slagit i den sista spiken i kistan, och allt Steven Lake behövde göra var att ge den en smäll. Eller, mer träffande, dra ett snyggt rent snitt över hans hals.

"Jag behöver ändå att du lägger ifrån dig kniven, Steven. Så kanske vi kan prata."

"Prata om vad? Det finns inget att prata om."

"Jag har några frågor som jag gärna vill ha svar på."

Några var en underdrift – han hade en hel fil i anteckningsappen i sin telefon med sådana.

"Kanske kan du stilla min nyfikenhet lite..."

Steven Lake tvekade medan han funderade på bästa vägen ut härifrån. Tomek studerade honom ett ögonblick. Det slog honom att här stod en man som inte hade en aning om vad han gjorde. Att han var panikslagen, reagerade – på samma sätt som han hade reagerat på instruktioner han fått i samband med Annabelle Lakes och Jenny Ingles död. Det slog Tomek i den stunden att han inte alls stod inför någon mästerhjärna. Han stod inför den undergivne, den andra halvan i *folie à deux*.

"Var är din medbrottsling, Steven?" frågade Tomek.

"Min vad? Min...? Vad pratar du om?"

"Jag tror du vet precis vad jag pratar om, Steven. Var är hen, och vem är det?"

"Jag vet inte vad du menar. Det finns inte... det finns ingen annan. Jag agerade ensam. Jag har alltid agerat ensam."

Klassiskt, tänkte Tomek. Mannen var svag och klen och hade blivit hjärntvättad att inte ange sin partner. Svaret fanns någonstans inom honom, och om Tomek skulle få ut det måste han vara smart.

"Du har fortfarande inte lagt ifrån dig kniven, Steven", sa Tomek och pekade på den. "Jag måste verkligen be dig göra det, annars kommer någon av oss att bli skadad."

"Japp! Och det blir han!"

Innan Tomek ens hann uppfatta rörelsen, svingade Steven bladet framför Vincent och höll det mot hans nyckelben som blottats i ett tidigare handgemäng. Mannens bröst hävde sig, upp och ner, och ljuset från lampan i hörnet speglade sig i bladets yta.

"Jag fattar..." sa Tomek. "Jag förstår precis."

"Va?"

"Jag gillade inte din svåger särskilt mycket när jag först såg honom. Om jag inte gjorde det här jobbet skulle jag förmodligen göra samma sak just nu..."

Vincents hånfulla blick blev till rädsla, i takt med att spiken i hans kista var nära att slås in.

"Vad menar du?" frågade Steven, ren förvirring i rösten.

"Din svåger fick mig avstängd från gruppen som utredde din dotters försvinnande. För att jag är polsk. För att han är rasist. Och ännu värre, han fick också min vän kickad från gruppen – på grund av hans hudfärg. Men det roliga är att jag slår vad om att han ångrar det beslutet, för om han inte hade ringt min chef från början så kanske han inte hade suttit i den här situationen nu..."

För ett kort ögonblick tyckte Tomek sig se en gnutta skuld blixtra till i Vincents ögon. Men han visste att mannen var för stolt för sådant.

"Jag vill inte döda honom för att han är rasist..." sa Steven långsamt, som om orden inte riktigt ville formas i huvudet.

Jag vet att du inte gör det, tänkte Tomek. *För att du är en liten jävla rasist också.*

"Om inte för det, så för vad? Är det på grund av *det här*?"

Tomek stack handen i fickan och tog fram utskriften som hade golvat Nick och Victoria på kontoret.

"Var fick du... var fick du tag på den?"

"Som jag sa, jag gjorde mitt jobb."

Tomek fäste blicken på dokumentet. I övre hörnet stod namnet och logotypen för företaget som gjort DNA-testet. Under det fanns datumet för brevet och referensnumret som tilldelats ärendet. Därunder en liten tabell som visade kopplingarna mellan de två DNA-proverna – ett för Annabelle Lake, det andra för Steven Lake.

Eller i Steven Lakes fall, avsaknaden av koppling.

Där, svart på vitt, fanns beviset som tänt gnistan till Steven Lakes mordturné. Bekräftelsen på att Annabelle inte var hans dotter, att hon var någon annans.

Det krävdes ingen raketforskare för att räkna ut vems...

"Jag vet att du hatar honom för det han gjort", började Tomek. "Men du kan inte döda honom."

"Det handlade aldrig om att döda honom", svarade Steven. "Jag ville krossa honom. Jag ville att han skulle se allt han älskade falla sönder och brinna upp rakt framför ögonen på honom." Steven vände sig mot Elizabeths livlösa kropp. "Och där är hon. Det enda han älskade... Det han älskade mest i världen. Älskade henne tillräckligt mycket för att knulla henne..."

Tomek valde att hålla tyst. Att låta Steven säga allt han behövde. Att låta honom säga det Tomek behövde höra.

Att stilla sin nyfikenhet.

"Jag har alltid vetat att de var nära..." fortsatte Steven, som om Vincent inte satt rakt framför honom, fortfarande vid liv, fortfarande andandes. "Det har de alltid varit. Hur skulle det kunna vara annorlunda, med tanke på vad de gick igenom som barn? Men jag trodde aldrig att de skulle gå så långt som till incest. Jag... jag misstänkte först att något pågick mellan dem på en trädgårdsfest en sommar. Jag kom på dem i ett av rummen när de kramades. Men det var inte en sån där syskonkram, det var något djupare. Båda förnekade att det fanns nåt mer, men jag visste det, jag såg det. Jag *kände* det. Sedan dess kunde jag inte släppa det. Jag var tvungen att få veta, men jag var för rädd..."

"Så du kidnappade henne?"

Steven tvekade medan han återupplevde händelserna i huvudet. Han sänkte blicken mot golvet och stirrade ut i tomma intet.

"Jag... jag..." Steven svalde hårt. "Det finns inget fint sätt att säga det här, men... jag har aldrig kunnat älska Annabelle. Jag har aldrig älskat henne som min egen. Jag har alltid känt att hon var annorlunda än jag – inte bara till utseendet utan till personligheten. Därför har jag aldrig tillåtit mig att *fullt ut* älska henne. Hon har alltid varit ett steg ifrån mig. Hon bara... finns. Hon är bara... där."

"Jag fattar", svarade Tomek.

Vid det höjde mannen blicken och mötte Tomeks ögon för första gången på länge.

"Du... du förstår?"

Han nickade och ryckte på axlarna så där som snubbar gör när de är för rädda för att erkänna något pinsamt.

"Jag fick nyligen veta att jag var pappa efter tretton år. Hon dök upp på min tröskel en kväll och har bott hos mig sedan dess. Hon klev fram ur skuggorna efter all den här tiden och plötsligt ska jag älska henne som om hon alltid hade varit hos mig? Det har varit svårt. Vi har kämpat, minst sagt, men det går framåt."

"Det är inte samma sak", sa Steven. "För hon *är* ditt barn."

"Så har det inte känts. Och det gör det fortfarande inte. Ibland har hon känts som en fullständig främling, för det är vad hon är... Det är första gången jag har träffat henne i mitt liv. Det är det som är en främling. Jag antar att det var så du kände med Annabelle?"

Steven nickade.

"Det gjorde jag. Då. Men inte längre..."

Sorg och skuld syntes tydligt i Stevens ansikte, när kinderna och läpparna började skrynkla sig, när ögonen smalnade, när tårarna började tränga fram.

"Jag har inte kunnat förlåta mig själv för det jag gjorde mot henne. Jag skulle aldrig ha gjort det. Jag skulle aldrig ha dödat henne. Hon förtjänade det inte. Inget av det här var hennes fel. Det ansvaret låg på Elizabeth och... och..." Steven verkade plötsligt minnas mannen som satt bunden framför honom, och då förändrades hans ansiktsuttryck. Ödmjukheten och sårbarheten, som hade varit befriande att höra, försvann och ersattes åter av raseri.

Raseri mot Vincent Gregory för att ha legat med hans fru – med sin egen syster – och för att vara far till barnet som han trott var hans. Hela den dynamiken var en total mindfuck för Tomek, något han fick bearbeta när det här var över, men just nu var hans första prioritet att se till att ingen annan kom till skada.

"Ångrar du att du dödade Jenny Ingles?" frågade Tomek och tog ett litet steg fram medan Steven var distraherad.

"Va?"

"Jenny Ingles. Ångrar du att du kidnappade henne, våldtog henne och dödade henne?"

Steven sänkte blicken igen. Den här gången lät han också kniven falla ner längs sidan.

Och där kom svaret.

En man som ångrade det han gjort men som ändå känt sig tvungen att göra det.

"Varför våldtog du henne, Steven?"

"Därför... därför att jag kunde. För att jag hade makten."

Därför att Steven hade passerat punkten utan återvändo...

Det fanns ingen bitterhet i hans röst, inga onda undertoner som antydde att han var en dålig person. Bara en djupt förvirrad och trasig människa.

Tomek visste inte om han redan tyckte synd om honom, eller om han ville tycka synd om honom.

"Ångrar du det?" frågade han igen.

Steven nickade försiktigt, som ett litet barn mitt i en utskällning.

"Tror du inte då att om du dödar din svåger kommer du kanske att ångra det också? Jag tror inte att du är en dålig människa, Steven. Jag tror att du har gjort misstag. Jag tror att du mobbade min vän i skolan därför att din pappa var rasist och det var allt du visste. Och jag tror att du gjorde de här sakerna för att någon sa åt dig. Någon styrde dig."

Blicken i Stevens ögon – medlidande, sorg – sa Tomek att han hade rätt, men det var inte de orden som kom över hans läppar.

"Jag gjorde allt själv..." sa Steven, men svagheten och hesheten i rösten antydde att han inte ens trodde på det själv.

"Förklara då det här för mig", sa Tomek och tog ännu ett steg fram. Nu var det ungefär en meter mellan dem, tillräckligt kort för att Tomek skulle känna den fräna stanken i Steven Lakes andedräkt. "Hur fejktade du ditt självmord? Hur tog du dig tillbaka till land efter att du dumpat *Annabelle*? När vi hittade den var den en och en halv kilometer ut till havs."

"Jag är en bra simmare."

"Och jag är Brad Pitt. Vi kan alla säga saker som inte är sanna, kompis... Så varför vill du inte berätta? Jag har trott på allt annat du sagt fram till nu. Så varför ljuger du för att skydda dem? *Vem* försöker du skydda?"

Steven brottades inom sig för att hitta svaret på den frågan. Säg eller säg inte. Berätta allt eller säg inget. Och Tomek såg det utspela sig i mannens ansikte.

Till slut fick han det svar han väntade sig.

"Jag är en bra simmare."

Det tog ytterligare några minuter för Tomek att helt lugna ner situationen och övertala Steven att släppa vapnet. När han till sist gjorde det, stormade uniformerade poliser som väntat tålmodigt utanför in och grep mannen. Ett team ambulanssjukvårdare hade kallats in och var på väg för att ta hand om Vincent, som lämnats på stolen med händer och fötter fortfarande bundna.

"Ska du inte få loss mig härifrån?" morrade han åt Tomek när denne kom fram.

Innan han svarade såg Tomek hur uniformspoliserna förde ut Steven Lake ur båthuset, med händerna bakbundna.

"Du är i chock", svarade Tomek. "Vi vet inte vilka skador du har. Vi skulle inte flytta någon som just har fallit sex meter ifall personen har brutit ryggen, eller hur? Samma sak med dig."

"Vad fan snackar du om? Jag har inte fallit från nånstans."

Det visste Tomek. Klart han visste det. Han bara drev med mannen. En sista gång – därför att, och han hoppades mer än något annat, att det här skulle vara *sista* gången han såg honom. Och om så blev fallet ville han suga i sig varje ögonblick av det, varje obekväm och smärtsam sekund.

"Jag tror vi låter dig sitta kvar tills ambulanspersonalen kommer..."

"Nej, snälla gör inte det. Du måste få ut mig härifrån. Jag vill inte stanna... snälla."

Tomek pressade bort den självgoda minen från ansiktet. Så rollerna hade verkligen bytts.

"Behöver jag påminna dig om att jag just räddade ditt liv? Du kommer att tacka mig för att jag låter dig sitta och bearbeta allt."

Vincent förvred ansiktet, redo att avfyra ännu ett verbalt angrepp mot Tomek, men besinnade sig genast.

"Jag vet. Tack. Jag... jag är ledsen för allt jag gjorde mot... mot dig och din polare."

En genuin ursäkt. En som Tomek inte hade väntat sig att höra, även om den bara var värd ungefär åttio procent eftersom den yttrades under extrem press. Han tvivlade på att Vincent skulle ha sagt de orden av fri vilja, om det inte hade varit för kniven som nyss tryckts mot hans hals.

"Du har tur att min kollega inte kom ner hit..." började Tomek. "Annars är jag rätt säker på att han hade låtit dig dö och antagligen slutat med att döda din svåger efteråt."

"Det kan du ge dig fan på att han hade, de är alltid likadana, de där—"

Tomek höll upp handflatan framför Vincent Gregorys ansikte. "Jag ber dig, snälla avsluta inte den meningen. Du har precis fått en ny chans i livet och jag skulle hata att du fick uppleva så lite av den genom att fortsätta vara rasist. Och eftersom du kom så långt i meningen tänker jag lämna dig här. Kanske kan du säga adjö till din syster."

Om det där var ett straff eller en gest av tacksamhet visste Tomek inte. Hur som helst lämnade han skjulet med en nöjd känsla, med en aning upprättelse. Han hade räddat Vincent Gregory från döden, även om mannen inte förtjänade det.

När han var på väg ut ur byggnaden kom två ambulanssjukvårdare rusande mot platsen. Tomek stoppade dem och förklarade att Vincent mådde alldeles utmärkt och att han kanske behövde ett par minuters väntan till.

Fem. Tio. Längden fick de avgöra.

KAPITEL
FEMTIOÅTTA

E fter hans gripande hade Steven Lake satts i en arrestcell där han hade väntat på att hans advokat skulle anlända. Därifrån hade han förts in i förhörsrummet och tillbringat de följande fyra timmarna sittande mittemot DS Campbell.

Tomek hade stannat i ett par timmar för att se sin vän borra sig in i berättelsen bakom morden, innan han till slut började bli trött och bestämde sig för att åka hem. Det hade varit roligt att se Steven Lake vrida sig och se obekväm ut när han stod öga mot öga med mannen han hade mobbat som barn. Han hade hatat varenda minut av det, och Tomek var glad att få gå därifrån på så gott humör. Den enda nackdelen med förhöret – efter att de hade fått ut allt de behövde av honom – var att han fortfarande var ovillig att avslöja namnet på den som hjälpte honom. Just den pusselbiten skulle kräva fler resurser, mer tid, mer arbete, på bekostnad av alla andra utredningar som hade landat på gruppens bord sedan Annabelle Lakes försvinnande.

Och om de skulle få tag på den personen, behövde de göra det snabbt. Att Steven hade gripits hade hittills hållits internt, men det var bara en tidsfråga innan hans medhjälpare fick reda på vad som hade hänt honom – den ökade polisnärvaron och teknikertältet som stod uppställt utanför det lilla båthuset var avslöjande nog.

Följande morgon, efter bara ett par timmars sömn, klädde Tomek på sig för jobbet, lämnade av Kasia vid skolan för omväxlings skull (för att ta igen lite förlorad tid på sistone) och åkte sedan in till kontoret.

"Vad ler du åt?" hade Kasia frågat när han hade parkerat ett par hundra meter längre ner på gatan så att inga av hennes skolkompisar skulle se att hon fick skjuts av sin tråkiga gamle pappa.

"Jobbet", sa han och masserade ratten med ena handen. "Vi gjorde ett gripande i går kväll. Men det hårda jobbet är inte klart. Vi har ett till att gripa."

"Schysst", sa hon med ett leende. Ett genuint leende, följt av ett intresse för hans jobb: "Hur länge tror du att det dröjer innan ni gör nästa?"

Tomek tittade på klockan på den andra handleden. "Jag skulle säga att vi är klara innan dagen är slut."

"Ska vi slå vad?" Kasias ögon strålade förväntansfullt vid utsikten att få pengar.

"Du är fortfarande skyldig mig för de femtio pund du snodde häromdagen."

"Jag trodde att du hade glömt det", sa hon, fortfarande leende. "Hur som helst. Vad säger du? Tio pund?"

"Vänta lite", sa Tomek. "Låt mig se om jag har fattat rätt. Inte nog med att du vägrar betala tillbaka de femtio pund du stal, du satsar också emot min förmåga att göra ett gripande?"

"Ja. Det kan man väl säga."

"Så du menar att du vill ha en mördare ute på gatorna längre än nödvändigt?"

Kasias entusiasm rann av henne och hon tittade ner på mobilen. "Tja, när du säger det så där..."

"Ja. Jag uttrycker det så. Dessutom är du för ung för att spela. Jag har försökt och misslyckats gruvligt flera gånger, så tro mig: det är inte värt det. Så, iväg nu, stick till skolan, jag har—"

"Ska fånga en mördare, jag vet."

Tomek såg henne kliva ur bilen och gå mot skolgrindarna med en varm känsla i hjärtat. Hon pratade inte bara med honom om hans jobb med en luft av äkta intresse och nyfikenhet, hon pratade också som hon hade gjort för några veckor sedan. Det kändes som om hon hade blivit sig själv igen, sitt gamla jag, sådan hon brukade vara – eller åtminstone sådan hon var för sex veckor sedan.

Med henne såg det ljusare ut. Ännu en anledning att le.

Och när hon skyndade genom skolgrindarna och försvann i ett hav av svarta och röda skoluniformer, ekade Steven Lakes ord i hans huvud. *Hon förtjänade det inte. Inget av det här var hennes fel.* Detsamma kunde sägas om Kasia. Inget av det här – att bli utslängd och tvingad att bo hos honom – var hennes fel, och därför behövde han sluta skylla på henne för att hans liv hade ställts på ända. Det var inte hennes fel, och inte hans heller. Det var deras nya vardag, en som han såg fram emot. Ett liv med sin dotter.

KAPITEL
FEMTIONIO

"Vad får dig att le så där?" frågade Rachel när han kom in i sambandsrummet. "Det blir en bra dag i dag," svarade han, samtidigt som han slängde ner väskan vid sitt skrivbord och loggade in. "Jag känner det. Solen skiner. En mördare är borta från gatorna. En annan är på väg att åka fast. Och jag har inte ens fått i mig morgonkaffet!"

"Ugh", sa hon, "ibland avskyr jag överdrivet glada människor."

Tomek snurrade runt på stolen och lutade sig bakåt tills han fick henne i synfältet bakom datorskärmen. "Och vi avskyr överdrivet griniga människor också," svarade han. "Men vi två måste lära oss att leva i harmoni." Sedan flätade han samman fingrarna och började humma.

Rachel drog datormusen över skrivbordet och korsade armarna. "Vem är du och vad har du gjort med Tomek? Den Tomek jag känner är en sur jävel."

"Välkommen till nya mig, baby! Vad har jag missat? Något nytt om dem som inte får nämnas vid namn?"

Innan hon svarade reste sig Rachel ur stolen och strosade bort till hans skrivbord, där hon stannade vid hans sida. "Tyvärr inte. Steven Lake visar sig vara en hård nöt att knäcka."

"Ser ut som att vi får ta på oss tänkarmössorna, Watson!"

Länge stirrade Rachel på honom med ett tomt, förbryllat uttryck i ansiktet. Sedan grymtade hon och lufsade tillbaka till sitt eget skrivbord.

Tomek småskrattade när han såg henne gå, sedan vände han sin uppmärksamhet mot datorn. Han behövde hitta en utgångspunkt, en plats där han kunde leta efter deras okända medhjälpare. Som tur var hade han ägnat hela natten åt att tänka på det.

Ända sedan utredningen började hade den till synes slumpmässiga kopplingen mellan Annabelle Lakes försvinnande och Jenny Ingles försvinnande oroat honom. Det måste ha funnits en anledning. Det måste det. Det stämde inte med Steven Lakes motiv att helt slumpmässigt ha plockat upp en tjej från gatan, våldta henne, pumpa henne full med heroin och sedan döda henne på samma sätt som han hade gjort med sin egen dotter.

Det gick inte ihop för honom.

Vilket betydde att det måste ha funnits en koppling. Inte mellan Steven Lake och Jenny Ingles, utan mellan hans medhjälpare och tonåringen.

En koppling som skulle gömma sig djupt i Jenny Ingles bakgrund.

Tyvärr, eftersom hon var död, var han tvungen att utesluta att hon kunde hjälpa honom på något sätt. Detsamma gällde hennes usla ursäkt till fostermamma, Alison.

Vilket lämnade bara en möjlighet: Jenny Ingles biologiska föräldrar.

KAPITEL
SEXTIO

K aren och Johnny Ingles bodde i en liten etagelägenhet med ett sovrum i Grays, några kilometer utanför M25. De kom ursprungligen från Canvey Island, men hade tvingats flytta till trakten för nästan tio år sedan efter att ha förlorat vårdnaden om sin dotter, Jenny. Det var ungefär så mycket Tomek visste om dem. Ungefär så mycket han också ville veta. Av ett papper kunde han bara lära sig så mycket; han hoppades att de skulle kunna fylla i luckorna och berätta hela historien.

Vid sidan av deras ytterdörr stod en liten växt. En svärmorstunga, *dracaena trifasciata*. Tomek tittade ner och beundrade den och tänkte på sina egna växter som nu stod på hedersplats i vardagsrummet, och på sina bonsaiträd på fönsterbrädan i sitt sovrum. När han böjde sig ner för att granska jordens innehåll och bladens allmänna hälsa märkte han inte att dörren öppnades och att en man stod ovanför honom.

"Kan jag hjälpa dig?" frågade Johnny Ingles.

Hopkrupen på huk tittade Tomek upp och såg en man med välkammat hår och ett ännu prydligare skägg. Han bar en löst sittande pikétröja och ett par jeans som såg ut att vara några storlekar för stora. Vid första intrycket verkade han inte vara en man som var oförmögen att ta hand om en dotter, en man vars barn skulle omhändertas av socialtjänsten. Men det misstaget hade han gjort förut...

"Förlåt", sa Tomek och reste sig. "Detektivsergeant Tomek Bowen. Är du Johnny Ingles?"

Mannen gick genast i försvar, hållningen blev spänd. "Det är jag..."
Tvekan i rösten. "Vad gäller det här?"

Tomek stack handen i fickan och halade fram sin tjänstelegitimation.
Leende sa han: "Är det i sin ordning att jag kommer in?"
Johnny Ingles kastade en blick över axeln innan han gav Tomek tillåtelse
att kliva in. "Det är lite stökigt, men—"

"Det är lugnt. Jag ser många hem. Jag ser mycket stök."
Men just i det här fallet var Tomek inte säker på vad "stök" Johnny
syftade på, för huset var nästan kliniskt, felfritt. Hans egen lägenhet var
smutsigare än så här och den tyckte han ändå var i ett tillräckligt beboeligt
skick.

I vardagsrummet fann han Karen Ingles som satt i soffan och spelade på
sin iPad. Den plötsliga ankomsten av en främling i hennes hem gjorde
henne panikslagen och hon svängde ner benen från soffan och reste sig i
givakt.

"Älskling, det här är detektivsergeant Tomek Bowen. Detektiv, det här
är min fru, Karen."

När formaliteterna var avklarade, och han hade tackat nej till en kopp
te, slog sig Tomek ner i soffan och stödde armbågarna mot knäna. Han
slogs av hur annorlunda familjen Ingles hem var jämfört med misären Jenny
hade levt i hos sin fosterförälder.

"Jag ska försöka fatta mig kort, men som ni vet mördades Jenny för en
liten tid sedan. Jag är här för att berätta att vi har gjort ett gripande och att
hennes mördare kommer att åtalas i eftermiddag för mordet på henne."

Ett uttryck av lättnad, blandat med sorg, svepte över deras ansikten.

"Men tyvärr tror vi att ytterligare en gärningsman är inblandad i hennes
död." Tomek drog in ett djupt andetag och höll det ett ögonblick. "Jag
förstår att det här är en mycket svår tid för er båda, men jag undrade om jag
kan få ställa några frågor om er dotter och hur ni förlorade henne..."

Snörvlande, med tårarna i halsen, frågade Karen Ingles: "Kommer det
att hjälpa er att ta reda på vem mer som dödade vår dotter?"

Tomek nickade långsamt. "Jag tror det, ja."

"Okej. Bra. Ja. Vad vill ni veta?"

KAPITEL
SEXTIOETT

Tomek knackade på dörren och väntade.
Och väntade.

Det var nästan lunchtid, och vid det här laget hade nyheten om att Steven Lake gripits börjat dyka upp på nätet och i tv och radio. Inte de exakta detaljerna, men tillräckligt för att hans medhjälpare skulle förstå att tiden var ute.

Mycket snart.

Faktiskt så snart dörren öppnades.

När den till slut gjorde det möttes han av någon han bara hade träffat en gång och sedan helt glömt bort. Hon hade inte funnits med i hans tankar, och han hade inte kommit på att ta med henne i dem. Hon hade hållit sig i utkanten av utredningen från början. Och nu, med det han visste om henne, berömde han henne för förmågan att hålla sig väl utom synhåll.

"Kommissarie... Vad gör du här? Gäller det Steven? Har ni hittat honom?"

"Jag tror att du vet att vi har det, doktor. Får jag komma in?"

På gatan utanför Tara Moores hus stod ett par poliser, redo för allt oväntat. Han hade bett dem ge honom lite tid med henne innan de gick in.

"Får jag?" frågade han.

Läkaren hade inte mycket att säga till om och steg åt sidan. Sedan Tomeks senaste besök hade antalet delfin- och enhörningsprydnader minskat drastiskt, och många möbler i huset verkade ha försvunnit.

"Ska du någonstans?" frågade Tomek medan han kikade in i de olika rummen som utgick från hallen.

"Bara en snabb semester till Cornwall."

"Har jag inte rätt i att du redan har varit ledig i två veckor? Jag är förvånad att de lät dig ta extra ledigt."

Tomek stannade i vardagsrummet; hon stannade i dörröppningen och blängde på honom.

"Jag kan vara väldigt övertygande när jag vill."

"Det har jag hört," sa Tomek och slog sig ner på kanten av soffbordet, medan hans blick fortfarande svepte runt som en fyr.

"Finns det någon särskild anledning till att du tittade förbi, kommissarie? Det är bara det att jag har—"

"Vi hittade Steven," sa Tomek och lät blicken vandra över allt i huset utom henne. "Det visar sig att det var han som kidnappade både sin dotter och Jenny Ingles och sedan dödade dem. Han lär få sitta inne länge. Men du blir säkert glad att höra att han inte har angivit dig... Han har varit tyst på den punkten."

Det dröjde ett tag innan hon sa något.

"Att han inte anger mig – vad menar du med det?"

"Men snälla, Tara. Vi vet båda vad det betyder. Vi vet båda att det är du som har hjälpt honom hela tiden. Den som stal Bradley Baxters bil. Den som hämtade Annabelle den där dagen efter skolan. Den som kliniskt rengjorde bilen efter att ha dumpat den på bondgården. Den som tog hand om henne medan hon var i det där skjulet. Den som gav henne hennes favoriträtter för att det skulle se ut som att Vincent Gregory hade gett dem till henne. Den som övertalade och manipulerade Steven Lake att göra allt det här. Den som föreslog att han skulle göra DNA-testet från första början."

"Det där var en lögn."

Påståendet tog Tomek på sängen. Hennes ord innehöll inte ett spår av empati. I stället bar de på stolthet, på trots. Och Tomek anade att han skulle få höra betydligt mer...

"Jag ändrade mejlet med DNA-resultatet," sa hon.

"Hur?"

"Tja, jag hittade på det. Jag har sett några stycken i mina dagar, så jag vet hur de funkar och hur de ser ut. Allt jag behövde göra var att hitta en tom mall, fylla i rätt namn, den information jag ville ha, och sedan skicka det till honom från en fejkad e-postadress. Han skulle ju inte märka någon skillnad, eller hur?"

Avslöjandet slog omkull Tomek. Det här betydde att Annabelle Lake *var* Stevens biologiska dotter. Att han hade kidnappat och dödat henne av helt fel skäl. Av misstag...

Tomek tog ett ögonblick för att ta in informationen.

"Varför?" frågade han till slut. "Varför fick du honom att tro att hon inte var hans?"

"För du slapp höra honom. Ständigt gnäll och klagande på Elizabeths relation med Vincent, hur nära de var, hur mycket han kände att något hade pågått mellan dem. Det tog aldrig slut och gick mig på nerverna."

"Så du övertalade honom att krossa sin egen familj som resultat?"

Hon ryckte på axlarna, nonchalant, som om frågan var lika oskyldig som om hon ville ha ketchup till pommesen: "Ja, om det finns tar jag lite..."

"Ibland behöver man bara ge folk pistolen så gör de resten själva..."

"Men inte när det gällde Jenny Ingles, väl?"

"Steven krävde lite mer övertalning när det gällde henne. Jag var tvungen att övertyga honom om att det här var vad hon förtjänade, att hon fick vad som väntade henne."

"Nej, det gjorde hon inte. Ditt problem var med hennes föräldrar. Inte med henne. Jenny hade ingenting med din avskedning att göra, och det vet du."

Glöden i Taras uttryck verkade mattas något. Hemma hos Karen och Johnny Ingles hade de berättat om sin trasiga och obefintliga relation till sin dotter, vilket helt och hållet hade varit en följd av Taras försummelse och oprofessionella agerande. Innan hon arbetade på Southend Hospital hade Tara haft samma jobb som barnläkare på sjukhuset i Basildon. Jenny Ingles hade varit en av hennes patienter, men efter en konflikt med hennes föräldrar hamnade Tara under utredning och fick sparken från sjukhuset. Efter att till slut ha övertygat sin chef i Southend, som råkade vara en god vän, fick hon snabbt samma jobb på ett annat sjukhus utan att någon reagerade. Samtidigt hade hon anmält Karen och Johnnys bristande föräldraförmåga till socialtjänsten och drivit en kampanj mot dem för att de skulle förlora sin dotter. Så medan hon lyckades förlora en karriär och få tillbaka den, höll familjen Ingles på att förlora det enda de höll kärt i livet.

Och det var vad allt det här hade handlat om. Hämnd, vedergällning mot Karen och Johnny Ingles för att de nästan förstört hennes karriär.

"Hon var en missanpassad, en knarklangande hora som förtjänade det," fräste Tara.

"Och vem tror du bär skulden för det? Du skapade henne. Du ledde in henne på den vägen. Om du inte hade lagt dig i hennes liv eller hennes föräldrars, så hade inget av det här hänt."

Tara slog handen i dörren så hårt att den slog runt och studsade mot väggen. "Om de inte hade fått mig sparkad hade inget av det här hänt!"

Det var inte vanligt att Tomek kände sig hotad och obekväm, men där han stod bara några centimeter från den här kalla och kalkylerande mördaren började han känna sig en smula skärrad. Det fanns något ostadigt hos Tara Moore som skrämde honom. Att hon när som helst kunde slå om och kasta sig över honom. Men han var inte klar än. Han hade fler frågor som han behövde svar på.

"Vems beslut var det att våldta Jenny?"

"Stevens."

Tomek trodde henne inte. Han hade sett hur mannen erkände kvällen innan, hur han skämdes och ångrade sig – inte beteendet hos en man som gjort det för att han *kunde*, för att han hade makt över henne. I stället hade han betett sig som en man som fått order att göra det.

"Jag tror att det var du," fortsatte Tomek. "Jag tror att du övertalade honom att göra det för att du tyckte att det var vad hon förtjänade."

Tara bara ryckte på axlarna, tillbaka i sin nonchalans.

"Och vad då om jag gjorde det? Hon förtjänade allt."

"Och heroinet?"

"Det hade hon redan på sig. Sparade mig besväret att plundra läkemedelsförrådet på sjukhuset. Steven försökte ett par gånger men det var fullständig röra. Han hittade inte en ven om den så var märkt. Så jag fick kliva in och göra det, den dumme jäveln."

"Dumjävel? Hur kan du säga så?"

Tara fnös. "Kära nån, kommissarie. Trodde du verkligen att jag älskade honom? Nej, naturligtvis inte. Det var bara lätt att komma åt honom eftersom han var så uppslukad av sin familj. Jag visste från första stund att han var svag och skulle göra vad jag än sa åt honom."

Det var allt Tomek behövde höra. Så fort hon var klar släppte han ut en lång, tung suck som tömde både kropp och huvud. Sedan stack han handen i linningen bak på byxorna och lossade handbojorna från bältet.

"Tara Moore, jag griper dig för kidnappningen och morden på Annabelle Lake och Jenny Ingles. Du behöver inte säga någonting..."

━━━

Och det hade hon inte. Hon förblev tyst hela vägen tillbaka till stationen. Så snart hon kom in i förhörsrummet redogjorde hon för varje liten detalj i sin plan som om det var sagostund. Som om hon ville briljera inför dem, visa hur smart hon hade varit.

När förhöret till sist var över gick Tomek och några från teamet och tog en drink på Last Post. Bara en, för de hade alla ansvar de behövde tillbaka till. Och när han gick tillbaka till bilen, medan alkoholen började skvalpa runt i hjärnan, fick han syn på en gestalt på parkeringen. Hans första misstanke var att det var en av Charlottes kriminella vänner som kom för att skicka honom ännu ett meddelande. Så han blev glatt överraskad när han såg att det var Vincent Gregory. Mannen bar en svart hoodie, men den här gången var luvan neddragen över ögonen för att dölja blåmärkena i ansiktet.

När Tomek närmade sig drog Vincent av sig luvan och räckte fram handen. Tomek ignorerade den och stoppade sin i rockfickan.

"Bra att se dig," sa han. "Du ser inte så illa ut som jag trodde."

"Jag... jag ville bara säga tack. Tack för allt ni har gjort. Och... och förlåt för hur jag betedde mig. Jag skulle aldrig ha dömt dig som jag gjorde. Och jag är ledsen."

Tomek blev tagen, och innan han hann komma på ett svar drog mannen på sig luvan igen och försvann bort mot tågstationen, som en superhjälte som försvinner i natten.

När han såg mannen gå tänkte Tomek att de senaste tjugofyra timmarna hade varit nyttiga, positiva. Det fanns nu två färre mördare på gatorna.

Och nu kunde han lägga till en rasist på den listan också.

KAPITEL
SEXTIOTVÅ

E n av förmånerna med att vara polis var att han hade tillgång till
betydligt fler resurser än en genomsnittlig medborgare. Resurser som
gjorde det lätt för honom att hitta adressen till den tjej som hade mobbat
Kasia. Var det ett etiskt sätt att använda de resurserna? Troligen inte, men
mobbning var inte etiskt det heller, och ändå höll folk på med det – och
med mycket värre saker.

Huset de letade efter låg någonstans i slutet av gatan. På högra sidan.
Nummer ett-fyra-sju. Google Maps visade att det hade en svart panelklädd
dörr med ett långt handtag som löpte nästan hela vägen ner, och ett vitt
garage till höger.

"Ett-fyra-ett..." sa Sean och räknade ner husnumren medan Tomek
spanade efter ytterdörren. "Ett-fyra-tre... Ett-fyra-fem."

"Ett-fyra-sju." Precis som Google hade sagt att det skulle vara. Nu
hoppades han att de boende skulle vara precis som hans datasystem sa att de
skulle vara.

"Där har du den, kompis. Den är din."

Efter att ha hittat en parkeringsplats lite längre ner på gatan lämnade
Tomek Sean i bilen och gick fram mot ytterdörren, medan han rätade till
slipsen. Det var helg, så han räknade med att alla skulle vara hemma – eller
åtminstone *någon*.

Som tur var hade han rätt. När dörren öppnades möttes han av en kvinna som var väl över femtio men gjorde sitt bästa för att hålla fast vid sina tjugo. Håret var både plattat och lockat, huden solbränd ett par nyanser för mörkt som om hon legat för länge i solarium. Fransförlängningar och rikliga mängder smink som låg tjockt. Och en liten dos botox på alla de vanliga ställena.

"Du måste vara fru Redknapp," sa han.

"Känner jag dig?" svarade Helen Redknapp, med en röst som var djupare än han väntat sig.

"Nej. Jag heter Tomek. Jag undrade om er dotter Crystal är hemma?"

Helen sneglade över axeln och kikade in i huset. Uppenbart bekymrad över att en fyrtioårig man stod vid hennes dörr och frågade efter hennes trettonåriga dotter, ropade hon på sin man, en stor buffel till karl, som kom dundrande ut mot dörren. Axlarna och musklerna var så breda – bevis på att han aldrig gjort något annat i livet än att lyfta vikter – att han knappt fick plats genom dörrkarmen.

"Vem är du?" morrade han och gjorde en liten nick med huvudet.

"Jag är Tomek. Jag undrade om jag kunde få prata med er dotter?"

"Vad har du med min dotter att göra?"

"Inget. Jag ville bara prata med henne."

"Det du har att säga till min dotter kan du säga till mig."

"Det är precis vad jag tänker göra. Har ni några andra familjemedlemmar där inne som vill vara med i samtalet? En bror, en syster, kanske? Jag behöver bara er tre men alla andra är välkomna, antar jag. Ju fler som vet vad er dotter har hållit på med, desto bättre."

Utan förvarning trängde sig Axel Redknapp förbi sin hustru och gick ända upp i ansiktet på Tomek. Mannen var några centimeter kortare, men det han saknade i längd tog han mer än igen i bredd och styrka – fyra gånger om. I hans andedräkt fanns spår av en banansmoothie.

"Vad fan gör du här, brorsan?"

Sedan höjde han händerna för att ta i Tomek.

"Det där skulle jag verkligen inte göra om jag vore du," sa han lugnt, stilla.

"Varför i helvete inte?"

"För att jag vill prata med er dotter innan jag griper dig för att ha angripit en polis."

Det självgoda leende Tomek blixtrade av mot Axel gjorde mannen rasande, men polislegitimationen i hans ficka räckte för att kyla ned honom.

Det behövdes, annars hade han snart legat nedtryckt i marken med armarna på ryggen, fasthållen medan han kastades in i baksätet på en polisbil.

"Så, det blev lite mer begripligt för er alla nu, eller hur?" sa Tomek, utan att göra minsta försök att dölja skadeglädjen i tonen. "Var är er dotter?"

"Vad har hon gjort?" frågade Axel.

"Det får ni strax veta. Helen, om du kan gå och hämta henne vore jag tacksam. Jag vill inte att det här ska ta mer av vår tid än nödvändigt."

Helen behövde inte höra det två gånger. Genast vände hon dem ryggen och sprang in i huset. Ljudet av att hon ropade på sin dotter ekade genom hallen hela vägen ut till farstun. En stund senare kom båda två.

Crystal var sin mamma upp i dagen, och det syntes tydligt vem som försökte efterlikna vem. Den unga tjejen bar en tjock grön huvtröja och ett par löst sittande mjukisbyxor som var prydligt instoppade i ett par tjocka vita strumpor. Det där såg han allt oftare nuförtiden, särskilt hos Kasia. Kanske var det mode... något han aldrig förstått sig på.

"Familjen är samlad igen, toppen." Tomek klappade händerna och klev fram, i väntan på att Axel skulle flytta sig ur vägen. "Det här blir kort och gott för alla. Det finns ingen anledning att gå in. Om era grannar råkar höra, så är det ert problem, inte mitt. Jag säger det här en gång och sen är det klart. Är ni redo?"

Frågan var retorisk, men de nickade ändå. Det syntes att de var rädda, oroliga för vad han hade att säga. Och han njöt av det här – och han var fast besluten att njuta mer än Crystal njöt av att jävlas med hans dotter.

"Helen, Axel – det har kommit till min kännedom att er dotter har fått tillgång till en viss bild på mig. Hon kan förklara logistiken och bakgrunden, men jag är här för att tala om att sprida nämnda bild till resten av skolan räknas som hämndporr och är ett mycket allvarligt brott som kan leda till ett långt fängelsestraff.

"Det har också kommit till min kännedom att er dotter har mobbat min dotter i skolan. Stulit hennes kläder på idrotten. Förnedrat henne inför hela klassen. Fått henne att sjukanmäla sig och önska att hon slapp gå dit. Bildgrejen kan jag tåla – det är att driva med mig. Men när det drabbar min dotter, och ni väljer att rikta in er på min dotter med sånt där och allt annat ni gör mot henne, då är det något jag inte accepterar. Så jag har kommit hit i god tro för att varna er för att hålla er borta från henne. Och om jag får veta att det här fortsätter, då kommer jag tillbaka. Och då kommer jag tillbaka med en gripandeorder."

"Varför? Du kan inte gripa henne för mobbning," väste Helen.

"Nej. Helt sant. Men jag kan gripa er båda för era kopplingar till Billy Morton och den narkotikaliga han driver på Canvey Island. Jag är glad att vi sprang på varandra häromdagen på parkeringen i Knightsbridge, Axel – det gjorde det mycket lättare att känna igen ditt ansikte." Tomek gjorde en paus för att betrakta huset. "Det här är en *väldigt* fin fastighet ni har," sa han. "Inte billig, kan jag tänka mig. Och er Range Rover Sport är också en förträfflig bil – jag skulle gärna äga en själv någon gång, men tills vidare håller jag mig till min. Men jag skulle ännu hellre vilja veta hur ni har betalat alltihop. Kanske kan vi diskutera det i ett förhörsrum någon dag...?"

"D-d-det blir inte nödvändigt..." stammade Axel, med svag och hes röst.

"Utmärkt. Då hoppas jag att vi är överens. Crystal håller sig borta från min Kasia, och jag håller mig borta från er. Ha en trevlig eftermiddag, hörni. Och gör inget otypiskt – sånt har vi en tendens att snappa upp..."

Tomek gav dem en rent hånfull vinkning och ett överväldigande självbelåtet leende som hotade att ta över hela ansiktet. Han gick med tydligt studs i stegen tillbaka till bilen, och när han sjönk ner i passagerarsätet började han fnissa.

"Positivt resultat, då?" frågade Sean när han startade motorn och lade i ettan.

"Du hade rätt," svarade Tomek. "Jag hade aldrig haft lika roligt om jag hade spöat skiten ur honom."

"Inte för att du hade kunnat, alltså," sa Sean. "Du såg hur stor killen var, va?"

Leendet försvann från Tomeks ansikte. "Dra åt helvete. Skjutsa hem mig nu. Jag har en eftermiddag jag vill tillbringa med min dotter."

———

När han blev avsläppt vid lägenheten hade Kasia bakat klart kakan de hade förberett på morgonen.

"Det luktar gott!" sa Tomek när han kom in i köket.

Hon hade telefonen liggande på bänken, musiken dånade ur de pyttesmå högtalarna, och hon stod och jammade till Harry Styles.

"Den smakar ännu bättre," svarade hon, med små kaksmulor runt munnen.

Sedan räckte hon honom en bit. En överväldigande citronkick slog mot hans sinnen och skickade hans smaklökar i spinn.

"Du har rätt, den är utsökt. Lärde du dig att göra den här på hemkunskapen?" frågade Tomek.

"Pfft. Snälla. Mrs Shaw önskar att hon kunde laga mat lika bra som så här..."

"Då har vi nog hittat din passion," sa han och tog en bit till. "Det här är en av de bästa jag ätit på länge."

"Fast jag kan inte göra den varje dag, annars blir du tjock. Och i din ålder, du–"

"Ja, ja. Det räcker med det där, tack."

Tomek sträckte sig över bänken, petade på hennes mobilskärm och sänkte volymen i högtalarna. Det var skönt att höra sina egna tankar igen.

"Gick ditt möte bra?" frågade hon.

Ett ögonblick tog det för Tomek att förstå vad hon syftade på. Men så kom han ihåg. Den lilla vita lögnen han hade dragit.

"Mycket bra, tack," sa han. "Bättre än väntat."

När Tomek sträckte sig efter en bit till, oförmögen att hejda sig, daskade hon honom på handen med en träslev.

"Pappa, *sluta!*"

Först var han inte säker på att han hört rätt. Men när insikten och skammen lade sig över hennes ansikte förstod han att hon sagt det han trodde att hon sagt.

"Kallade du mig just *pappa?*"

Värme svällde i kroppen.

"Nej. Nej, det gjorde jag inte..."

Det självgoda flin han haft utanför familjen Redknapps drogfinansierade hus var tillbaka, större, ljusare och kaxigare den här gången.

"Det gjorde du. Du sa *pappa.* Du sa: "Pappa, sluta!"... *pappa...*"

Han trodde inte den här dagen skulle komma. Han trodde inte att hon någonsin skulle känna sig tillräckligt bekväm för att kalla honom det ordet. Men det gjorde hon, och det hade hon. Något måste ha förändrats, något i henne måste ha tyckt att det var en bra idé, att han var värd det.

Han behövde inte veta vad eller varför; han var nöjd med att låta den informationen stanna hos henne. Bara det faktum att hon sagt det räckte.

Att deras relation var på väg åt rätt håll.

Pappa...

Vilket påminde honom. För varje pappa fanns också en mamma.

"Jag tänkte," började han och masserade handens ovansida. "Du har inte sagt något om att åka och hälsa på din mamma på sistone. Var det något du fortfarande var intresserad av att göra?"

Kasia behövde inte lång tid för att bestämma sig. Hon bet sig i underläppen, strök undan en hårslinga från ögonen och skakade på huvudet.

"Nej, det tror jag inte," sa hon med säker röst.

"Säker?"

"Positiv."

"Om du någonsin ändrar dig, säg bara till så ordnar jag något."

Leende klev hon fram, slog armarna om hans midja och kramade honom.

"Tack," sa hon.

"Förlåt?"

"Tack...?"

"Vad saknas?"

Hon tittade upp på honom och rullade med ögonen.

"Okej då. Tack, *pappa*."

"Så ska det låta."

"Du kommer inte släppa det här nu, eller hur?"

"Det kan du ge dig fan på."

"Eh. Språket!"

"Arsle är okej. Du får säga arsle. Jag är på så gott humör att jag låter det passera."

Han lade armen om hennes axlar och drog henne tätare intill bröstet.

"Åh," sa hon. "Tack, pappa. Ditt rövhål."

SLUTET

Men inte riktigt. Historien fortsätter i *Dödens Beröring*:

När dimman lättar en kall decembermorgon i Essex, träder en mardröm fram. Kroppen efter 17-åriga Lily Monteith hittas på ett fält, hennes mord kusligt unikt – iscensatt enbart för henne.

DS Tomek Bowen, som jonglerar en krävande utredning med livet som ensamstående pappa, finner ett oroande samband mellan Lilys död och en rad olösta mord från år tillbaka. Morden upphörde tvärt – men nu verkar rovdjuret vara tillbaka.

Med tiden som fiende måste Tomek nysta upp det förflutna för att stoppa en mördare som förfinar sitt hantverk. **För den här gången nöjer sig mördaren inte med att jaga – de förbereder något betydligt värre.**

Ta reda på vad som händer i *Dödens Beröring* redan nu!

ÄVEN AV JACK PROBYN

Mordmysterieserien om DS Tomek Bowen:

Bok 1: Dödens Rättvisa

Southend-on-Sea, Essex: DS Tomek Bowen — driven, envis och hemsökt av sin brors död — kallas till en av de mest chockerande brottsplatser han någonsin har sett. En man har ritualmördats och dumpats på en kolonilott nära den lokala flygplatsen. De tidiga utredningarna tyder på att det var en man med ett förflutet. Ett förflutet som skaffade honom många fiender.

Bok 2: Dödens Grepp

Annabelle Lake trodde att hon kände igen Ford Fiestan som väntade utanför hennes skola, och föraren i den. Hon hade fel. Hennes kropp hittas en tid senare, hängande från en gunga på en lokal lekplats på Canvey Island.

Bok 3: Dödens Beröring

När dimman lättar en decembermorgon i Essex, upptäcks kroppen av en tonårsflicka liggande med ansiktet nedåt på ett fält. Följaktligen hamnar ärendet snabbt på DS Tomek Bowens bord som, medan han försöker jonglera sin nyfunna tillvaro som ensamstående förälder till en trettonårig dotter, måste kartlägga den dödliga händelsekedjan och föra sanningen i dagen.

Bok 4: Dödens Kyss

De mörkaste hemligheterna förblir sällan hemliga länge...

När kroppen av en hemlös man upptäcks på strandpromenaden i Southend, inkilad mellan strandhytterna i Thorpe Bay, är det ingen i Essex som höjer på ögonbrynen.

Men när obduktionen visar att det rör sig om den lokale parlamentsledamoten Herbert Tucker, börjar staden vakna.

Bok 5: Dödens Smak

Vissa hemligheter går aldrig att skölja bort...

På en blåsig och bitande kall morgon besöker Morgana Usyk, ägare till Morgana's

Café, Mulberry Harbour drygt en och en halv kilometer ut till havs. En kort stund senare hittas hennes kropp i det grunda vattnet, flytande intill hamnen.

Bok 6: Dödens Ängel

När flygvärdinnan Angelica Whitaker anmäls saknad efter en utekväll på en av de populäraste nattklubbarna i Southend, hamnar fallet på kriminalinspektör Tomek Bowens bord – för första gången i hans karriär. Så snart utredningen drar igång riktas misstankarna mot mannen hon dansade med på klubben, men när hennes kropp senare hittas i en kyrka, arrangerad som en ängel, börjar samma fingrar peka mot en beräknande, kontrollerad och sadistisk mördare.

OM FÖRFATTAREN

Jack Probyn är en brittisk kriminalförfattare och har skrivit kriminalthrillerserien om Jake Tanner, som utspelar sig i London.

Han bor numera i Surrey med sin partner och sin katt, och arbetar på en ny mordgåteserie som utspelar sig i hans hemtrakter i Essex.

Vill du inte skriva upp dig på ännu ett nyhetsbrev? Då kan du hålla dig uppdaterad om Jacks nya släpp genom att följa något av kontona nedan. Du får ett meddelande när jag släpper en ny bok, utan krånglet med att behöva prenumerera på mitt nyhetsbrev.

BookBub författarsida "Följ":
1. Precis som för Amazon ovan, klicka på länken här: https://www.bookbub.com/authors/jack-probyn
2. Bredvid min profilbild finns en knapp med texten "Följ"
3. Klicka på den, så meddelar BookBub dig när jag har en ny utgåva.

Vill du ha ännu mer aktuell information om nya släpp, min skrivprocess och allt däremellan, är min Facebook-sida bästa stället för att hålla dig uppdaterad. Där växer det fram en liten gemenskap. Varför inte bli en del av den?